청명
清明

청명철에 비 어지럽게 버리니
길 가는 나그네는 시름겨워지네
술집이 어디 있는가 물으니
목동이 멀리 살구꽃 핀 마을을 가리키네

清明時節雨紛紛
路上行人欲斷魂
借問酒家何處有
牧童遙指杏花村

天龍神舞

천룡신무

천룡신무 5
월인 新무협 판타지 소설

초판 1쇄 찍은 날 § 2005년 12월 6일
초판 1쇄 펴낸 날 § 2005년 12월 16일

지은이 § 월인
펴낸이 § 서경석

편집장 § 문혜영
편집책임 § 장상수
편집 § 이재권 · 유경화 · 심재영

펴낸곳 § 도서출판 청어람
등록번호 § 제1081-1-89호
등록일자 § 1999. 5. 31
어람번호 § 제2-0761호

주소 § 경기도 부천시 원미구 심곡1동 350-1 남성B/D 3F (우) 420-011
전화 § 032-656-4452 팩스 § 032-656-4453
http://www.chungeoram.com
E-mail § eoram99@chollian.net

ⓒ 월인, 2005

ISBN 89-5831-854-6 04810
ISBN 89-5831-616-0 (세트)

천룡신무

천룡신무

天龍神舞

월인 新무협 판타지 소설

5

남패천(南覇天)

도서출판 청어람

목차

第四十章
출입허가증(出入許可證)

"궁궐이 따로 없군!"

남패천 성문을 들어서면서 진우청은 고개를 설레설레 흔들었다.

멀리서 보았을 때도 어마어마한 규모의 남패천이었지만 이렇게 성문을 들어서고 보니 그 규모는 감탄사조차 불허하게 만들었다.

진우청과 유화성 일행의 숫자도 적은 것은 아니었다. 게다가 백봉령주와 오무평이 데리고 온 호위무사들도 있었으니 꽤 많은 사람들이 남패천의 성문으로 들어섰다고 볼 수 있었지만 그들을 특별히 주목하는 사람들은 없었다. 그건 워낙 넓은 성문과 그 성문을 통해 드나드는 다른 사람들 때문이었다. 그들 외에도 남패천 성문 안을 드나드는 사람들은 충분히 많았다.

두두두!

한 떼의 인마가 진우청 일행 곁을 지나 바쁘게 성문을 빠져나갔다.

그들 역시 진우청 일행에게는 일말의 관심도 없었다.

"저놈들은 항상 바쁘군!"

먼지를 뒤집어쓴 오무평이 자신들에게는 눈길 한번 주지 않고 바람처럼 달려나가는 기마무사들을 보며 퉁명스럽게 중얼거렸다.

"노인장!"

기마대가 순식간에 성 밖으로 나가고 시야에서 사라지자 진우청이 고개를 돌리고 불쑥 오무평을 불렀다.

"왜 그러나?"

"혹시 이곳에서 노인장의 위치는 방금 지나간 젊은이들이 타고 간 말이나 손질하는 정도 아닌지요?"

오무평의 무위로 봐서, 또 백봉령주와 다른 젊은이들이 오무평을 대하는 태도를 봐서는 결코 범상치 않은 신분임을 짐작할 수 있었지만 진우청은 시침을 떼고 물었다.

"이놈이?"

오무평이 볼을 씰룩거리며 진우청을 노려보았다.

휘주현으로 들어설 때부터 신경을 긁었던 진우청은 이곳으로 올 때까지 내내 오무평을 성가시게 했다. 이제껏 살아오면서 누구에게도 이런 대접을 받지 않은 오무평으로서는 천적을 만난 셈이었다.

"새파란 젊은이들조차 눈길 한번 주지 않고 지나가는 사람이라면 그렇겠다는 판단이 들지 않습니까?"

진우청은 오무평의 사나운 눈빛에도 아랑곳 않고 주절거렸다.

"오 노야께서는 남패천 비원각에서도 극비리에 활동하는 분이라 비원각 내에서조차 모르는 사람이 많아요. 그러니 내성(內城) 소속인 저들은 더 모를 수밖에 없지요."

오무평이 궁지에 몰리는 것을 막아주며 백봉령주가 말했다.

"아무리 그래도 그렇지… 손님들을 초대해 놓고 마중 나오는 인간들 하나 안 보이다니……."

괜한 오무평의 심기를 건드린 진짜 이유는 그것이었다.

손님을 초대했으면 대문 앞에서부터 맞이하여 집 안까지 인도를 해주어야 하는데 대문을 들어선 지 벌써 한참이 지났건만 접대하러 나오는 인간들은 한 놈도 보이지 않았다. 저 큰 성문을 대문이라 할 수 있을지는 모르겠지만 모두들 자기 일에만 몰두하고 있었다.

성 밖에서 배를 타고 노는 인간들은 세상에서 제일 팔자 좋게 놀고 있었고, 성안에서 광주리를 든 아낙네들이나 등짐을 진 사내들은 또 그들 나름대로 부지런히 움직였다. 그리고 여전히 진우청 일행에게는 눈길도 주지 않고 있었다.

"그건 여기가 외성(外城)이라서 그래요."

진우청의 속마음을 읽은 백봉령주가 얼른 답했다.

"외성?"

"이곳 남패천은 외성, 내성(內城), 본당(本堂)의 세 곳으로 나누어져 있는데, 외성은 남패천이라기보다는 그냥 바깥 세상이나 마찬가지에요. 비상시에는 성문이 내려지고 남패천의 일부가 되지만 평소에는 그냥 어디서나 볼 수 있는 마을로서 남패천의 명령이나 남패천의 규칙들과 전혀 무관하게 움직여요."

"그래도 이건 너무……."

백봉령주의 설명에도 불구하고 진우청은 여전히 불만스런 표정으로 고개를 두리번거렸다.

"또한 비상시가 되어 성문을 내리고 남패천의 일부가 된 적이 최근 수십 년 동안 한 번도 없어서 더욱 그래요. 남패천의 법이 적용되는 곳은 내성에서부터예요. 그곳에서는 진 공자님께서 원하는 접대를 받으실 수 있을 거예요."

"그럼 본당은?"

"그곳은 성주님과 그 가족들, 그리고 장로들이 기거하는 곳이에요. 특별한 일이 없는 한 그곳은 접근이 허락되지 않는 곳이에요. 우리 역시 그곳에는 근처에도 못 가봤어요."

이번에는 하수린이 백봉령주를 대신해서 설명했다.

"이곳에 오면 황제도 자존심이 상하겠군!"

진우청은 퉁명스럽게 내뱉고는 입을 다물었다.

그때 먼저 내성으로 갔던 사내 하나가 돌아와 백봉령주에게 뭔가 말하자 백봉령주는 난처한 표정을 지은 후 앞에 있는 주루를 쳐다보았다.

"우선 저곳에서 잠시 쉬며 목부터 축이기로 해요."

백봉령주는 일행을 커다란 주루로 안내했다.

그곳 역시 일반 주루와 다름이 없었다. 각양각색의 사람들이 자리하여 술을 마시거나 음식을 들고 있었다. 그들은 유가검보 무사들과 남패천 소속의 호위무사들을 보면서도 딴 세상 사람들 대하듯 흘깃 눈길만 한번 주고는 자신들의 일에 열중했다. 백봉령주의 말대로 평소에는 남패천과 상관없는 일반 마을 사람들의 모습이었다.

"그럼 난 이쯤에서 사라질 테니 손님 접대 잘하게나."

차를 한 잔 마신 오무평이 백봉령주에게 당부하고는 몸을 일으켰다.

"어디로 가시오, 노인장?"

진우청이 얼른 소리를 질렀다.

"아까도 말했다시피 오 노야는 내성에 있지 않고 이곳 외성 어디엔가 거처를 정하고 평범하게 살고 있어요. 그러다가 이번처럼 필요할 때면 비원각의 부탁을 받고 움직여요. 여기까지 온 걸로 오 노야의 임무는 끝이에요.”

얼른 일어서서 오무평을 향해 고개를 숙여 인사한 백봉령주가 말했다.

“노인장! 거처라도 알려주고 가시오. 심심하면 찾아갈 테니 술이라도 한잔…….”

“꿈에 볼까 겁난다, 이놈아!”

이미 주루 밖으로 나간 오무평의 목소리가 진우청의 고함 소리를 끊었다.

“쩝! 그런 대로 순진한 구석이 많은 노인네였는데…….”

진우청은 아쉬운 표정으로 오무평의 빈자리를 쳐다보며 입맛을 다셨다.

“킥!”

백봉령주의 옆 자리에 앉아 있던 은봉령주가 실소를 터뜨렸다. 그렇게 자주 대면하지도 않았고 잘 알지도 못했지만 저 노인을 쩔쩔매게 할 수 있는 사람도 있다는 것이 신기한 것이다.

오무평이 사라지고 그들은 잠시 더 주루에 앉아 차를 마셨다. 그때 앞서 내성으로 들어간 또 한 사내가 주루로 들어서서 백봉령주에게 뭔가를 내밀었다.

“허가증이 나왔어요. 이젠 내성으로 들어가요!”

백봉령주는 사내가 가져온 서류 몇 장을 받아 들며 말했다.

“허가증? 그런 것도 있어야 하오?”

진우청은 눈살을 찌푸렸다.

초대할 땐 언제고, 문 앞에 도착하니 허가증이 있어야 한다는 말에 배알이 뒤틀린 것이다.

"평소에는 그렇지 않아요. 그런데 어제 남패천 내에 이급경계령이 내려졌어요. 무슨 영문인지는 모르겠지만 이급경계령이 내려지면 누구를 막론하고 이런 절차가 불가피해요. 성대한 환영을 하지 못하는 것도 아마 그 때문인 것 같아요."

백봉령주는 조심스런 목소리로 말했다. 그녀 역시 천주전 회의가 있은 후 갑작스럽게 내려진 이급경계령에 대해서 자세히 아는 바가 없었기에 뜻밖의 기분이었다. 어쨌든 대접이 시원찮다고 은연중에 불평하고 있는 진우청에겐 면목이 없었다. 하지만 이제 허가증이 나왔으니 이들을 내성으로 안내하고 나면 자신의 임무도 끝나는 것이다.

백봉령주는 발걸음을 재촉했다.

잠시 후, 진우청과 유화성 일행을 이끌고 내성 성문 앞에 도착한 백봉령주는 허가증을 내밀었다.

육중한 소리와 함께 철문이 위로 올라가며 열리고 진우청의 눈앞으로 내성의 정경이 펼쳐졌다.

내성은 외성과 전혀 다른 모습의 딴 세상 같았다.

바둑판처럼 줄을 맞춘 듯하면서도 기묘한 방향으로 배치된 건물들……

그 건물들 사이로 미로 같은 통로들은 얼핏 보기에도 함부로 돌아다니다간 길을 잃고 하루 종일 헤맬 것 같았다.

"출입허가증을 다시 제시하시오!"

내성 안으로 완전히 들어서자 무장을 한 일단의 사내들이 수문장처럼 서 있었고, 그중 한 사내가 말했다. 억양없는 목소리와 함께 특별히

누군가에게 시선을 두지 않는 모습은 철저하게 규칙에 따라 움직이는
병사 같은 인상이었다.

그런 모습에 익숙한 듯 백봉령주는 아무런 거리낌 없이 허가증을 내
주었다.

강시 같은 사내는 장부를 펼치고 그것을 확인하느라 잠시 시간이 걸
렸다.

"원 더러워서……."

진우청이 낮은 소리로 뚱하게 내뱉었다.

그 소리를 들었는지 강시 같은 사내가 고개를 돌렸다. 사내가 일어
서려는 순간 얼른 앞을 막아선 은봉령주가 화사한 미소를 지으며 강시
사내에게 미인계를 펼쳤다.

사내는 진우청을 향해 사나운 눈빛을 한번 던진 후 다시 자신의 일
에 몰두했다.

"구궁팔상진(九宮八象陣)!"

이번에는 못을 박은 듯 시선을 고정시킨 채 건물들을 쳐다보던 유화
성이 신음처럼 중얼거렸다.

"구궁팔상진……? 그게… 무슨 말입니까?"

진우청은 고개를 돌리며 질문했다. 그러나 유화성은 대답을 잠시 미
루고 깊은 눈빛으로 계속해서 건물들의 배치를 훑어나갔다.

심상찮은 유화성의 표정에 진우청도 더 이상 묻지 않고 유화성의 시
선을 쫓았지만 진우청의 눈에는 아까나 지금이나 별다를 것이 없었다.

"저곳이군!"

잠시 후 유화성이 다시 중얼거렸다.

"뭐가 말이오?"

진우청이 다시 물었다.

유화성이 대답을 하려는 찰나 높은 음색으로 들려온 백봉령주의 목소리가 유화성의 대답을 막았다.

"대체 그게 무슨 말인가요? 가짜라니? 이건 조장 한 사람이 조금 전에 내성에 먼저 들어가 직접 얻어온 허가증이에요! 다시 한 번 확인해 보세요!"

백봉령주는 잔뜩 아미를 찌푸리며 강시 같은 표정의 중년 사내를 향해 목소리를 높였다.

"이것도… 그리고 이것도……. 모두 가짜다. 봉쇄!"

강시 같은 중년인은 마치 기관이 작동하듯 한순간의 망설임도 없이 고함을 질렀다.

콰앙—

올라가며 열릴 때는 느리고 육중하게 움직인 문이 반대로 내려올 때는 벼락 치듯 떨어지며 닫혔다.

철문이 닫히는 소리와 함께 수십 명의 사내들이 쾌속하게 움직이며 위치를 잡았다.

그건 강시 사내의 명령도 필요없는 반사적인 움직이었다.

"말도 안 돼요. 다시 한 번 확인해 보세요!"

어이없는 표정이 된 백봉령주는 이젠 짜증스런 표정까지 지으며 외쳤다.

그녀의 외침대로 이건 말도 안 되는 상황이었다.

비록 비원각이 비밀 임무를 주로 수행하는 곳이고, 자신 역시 그곳 소속이라 많은 사람들에게 안면이 알려져 있진 않았지만 천주의 특명을 수행하기 위해 비원각주로부터 직접 명령을 받은 것이다. 그런데 출입허가증이 가짜라니?

어이없고도 공교로운 일이었다.

평소라면 이런 허가증 따윈 필요도 없었다. 비원각 소속임을 증명하는 명패만 있어도 일사천리로 통과가 되었다.

그러나 이급경계령이 내려진 지금의 상황은 달랐다. 허가증이 모든 것에 우선한다.

성문의 경비병도 모두 바뀌어 지금 마주하고 있는 목인각(木人閣)의 강시 같은 인간들이 대신한다.

목인각은 그 전각 앞에 나무로 정교하게 깎은 무인상(武人像)이 버티고 서 있어 그렇게 불렀는데 그 이름은 그 소속 인원들과 너무 잘 어울린다는 평가를 받았다.

나무토막 인간들!

그들은 철저하게 훈련받은 대로만 행동한다.

싸울 때도 그랬고, 이처럼 이급경계령이 내려지며 내성의 경비를 설 때도 그랬다.

그런 몰인간적인 성격들 때문에 이급경계령이 내려지면 항상 그들이 내성의 경비를 담당한다.

철저한 훈련의 효과가 재차 나타났다.

댕댕댕―

종소리가 연속적으로 울리며 주변 건물 곳곳에서도 뭔가 닫히고 부딪치는 소리들이 울렸다.

그런 후 기괴한 정적이 장내에 흘렀다.

“뭐야, 이거? 환영식치고는 좀 요상한데?”

진우청은 고개를 두리번거리며 뒤를 돌아보았다.

"형! 대체 어찌 된 거야?"

진우청은 뒤쪽에 있는 진우혁과 하수린에게 질문을 던졌다.

"나도 모르겠다. 뭔가 잘못된 모양이다. 어제 나올 때는 아무 이상 없었는데……."

진우혁은 유사시 하수린을 보호하기라도 할 모양으로 하수린 곁으로 바짝 붙으며 답했다.

"얼씨구! 십 년 만에 만난 동생보다 정혼녀가 더 중요한단 말이지?"

진우청이 슬쩍 도끼눈을 하며 말했다.

"지금 장난할 때가 아니야. 저 인간들……."

검을 들고 다가오는 무사들을 보며 진우혁이 말했다.

"재미있군!"

내성 성문이 훤히 내려다보이는 전각 창문에 선 한 사내가 미소를 머금으며 중얼거렸다.

"그렇군요. 융통성이라고는 약에 쓸래도 없는 목인각 놈들이 처음으로 마음에 드는군요. 평소에는 아주 짜증이 났는데 말입니다."

다른 사내 하나가 말을 받았다. 그리고 잠시 정적이 흘렀다.

"자네… 무공보다 강한 춤이란 말, 들어본 적 있나?"

"그게 무슨 말씀이신지요?"

"글쎄… 실은 나도 잘 모르겠네. 무슨 개뼈다귀 같은 소린지……."

"여기 비원각 소속의 사람임을 증명하는 명패가 있어요. 확인해 보세요."

백봉령주가 결국 자신의 신분증인 명패를 내보이며 말했다.

“비원각 소속이라면 이급경계령이 내려진 상태에선 그게 통하지 않는다는 것을 더 잘 알겠군. 특히 외인은 절대로 그냥 통과할 수 없다는 것은 더 더욱……."

“그건……."

백봉령주는 대답할 말을 찾지 못했다.

강시 같은 사내의 말이 한마디도 틀리지 않았기 때문이다.

잠시 난감한 표정을 짓던 백봉령주는 표정을 다잡았다.

이급경계령이 내려진 상태에서의 행동 요령은 잘 알고 있었지만 속절없이 끌려갈 수만은 없었다. 외성에 도착할 때부터 대접이 시원찮다고 무언의 압력을 넣고 있는 진우청을 보며, 그리고 진우청보다는 몇 배 더 대접해 주고 싶은 유화성을 위해서도 그럴 수는 없었다.

“하지만 이번 일은 천주님의 특명을 받은 비원각……."

“우리 역시 천주님의 특명인 이급경계령을 하달받고 임무를 수행하는 중이오!"

강시 같은 사내는 백봉령주의 말을 다 듣지도 않고 자기가 해야 할 말만 했다.

“그럼 어쩌란 말인가요? 우리가 통행증을 위조한 것도 아닌데……."

“그건 알 수 없는 일……."

강시 같은 사내는 딱딱 끊어지는 투로 말하고는 손짓을 했다.

뒤에 있던 사내들 몇 명이 상자를 들고 왔다.

“무장 해제하고 가짜 통행증을 가진 외인들은 포박을 한 다음 통과시키겠소."

“뭐라구요!"

백봉령주의 눈매가 표독스러워졌다.

"그게 규칙이오."

강시 사내는 조금도 개의치 않고 말했다.

"포박? 이런 개떡 같은!"

백봉령주와 강시 같은 사내의 승강이를 보고 있던 진우청이 마침내 고함을 질렀다. 그리고는 형을 향해 고개를 돌렸다.

"형! 그냥 집으로 돌아가는 게 어때?"

진우청은 콧김을 내뿜으며 말했다.

강시 같은 사내의 하는 꼴을 보니 절대로 그냥 통과할 수 있을 것 같지 않았다.

그리고 무장 해제니, 묶이느니 하는 말은 도저히 용납할 수가 없었다.

진우청은 다시 한 번 고함을 지르려 입을 벌렸다.

그러나 한발 앞선 진우혁의 목소리가 진우청의 고함을 막았다.

"장사꾼은 동전 한 닢의 이익을 위해 십 리 길도 마다 않는다는 말을 잊었어?"

진우혁의 말을 들은 진우청은 눈살을 찌푸렸다. 그 소리는 어릴 때부터 수없이 들었지만 자신으로서는 반 푼도 수긍할 수 없는 소리였다.

십 리 길을 누가 대신 가준다면 한 닢이 아니라 열 닢도 줄 것이다. 그리고 그 시간에 자신은 한잠 늘어지게 자며 힘을 아낄 것이다.

언젠가 그런 의견을 피력했다가 조부님으로부터 싹수가 노란 놈이라는 말과 함께 비 오는 날 먼지 날리도록 맞았다. 하지만 지금도 그 생각은 변함이 없다.

"그리고 위기는 곧 기회! 이럴 때일수록 냉정하게 생각하고 행동하며 상황을 역전시킬 수를 찾아야지요.”

진우혁의 말이 끝남과 동시에 하수린이 옆에서 거들었다.

한 사람이 한 것 같은 두 사람의 말을 들은 진우청은 잠시 동안 멍하니 눈만 끔벅거렸다.

두 사람은 마치 고도의 합격술을 익힌 무인들처럼 말로써 고절한 합격술을 펼쳤다.

진우청은 자신도 모르게 고개를 흔들었다.

“그래도 그렇지! 초청할 때는 언제고, 이제는 멀쩡한 사람을 밧줄로 묶겠다니… 금을 태산처럼 쌓아준다고 해도 어떻게 그런 꼴을 당한단 말이야. 절대 못해.”

진우청은 더욱 세차게 고개를 저었다.

“해라!”

“뭐?”

“한 번만 묶여라!”

“그래요. 우린 지금까지 그보다 더한 일도 견디며 여기까지 왔어요. 잠시 묶이는 게 뭐 대수예요. 잘못된 일은 조금 뒤면 스스로 밝혀질 것이고, 손님을 묶었으니 이후부터는 우리가 훨씬 더 유리한 고지를 점령할 수 있지 않겠어요? 다른 사람은 몰라도 너… 아니, 도련님은 꼭 묶여야 해요.”

하수린이 역전시킬 묘수를 찾아내고는 눈을 반짝거리며 말했다.

진우청은 잠시 동안 입을 다물지 못했다. 그리고 십 년이면 강산도 변한다는 사실을 실감했다.

십 년간의 동떨어진 생활이 같은 뱃속에서 나온 형제의 사고방식을 이렇게 다르게 만들어놓은 것이다.

“절대로 못해!”

진우청은 한 발 뒤로 물러나며 말했다.

“수린이 말이 옳다. 오히려 잘된 일이다. 이젠 묶지 않는다고 해도 넌 기필코 묶여야 한다.”

진우혁이 조금도 틈을 주지 않고 말했다. 그리고 두 눈에서는 손에 들어온 이익을 절대로 놓치지 않겠다는 강렬한 빛이 쏟아져 나왔다.

‘장사꾼들… 아니, 상인들이 싫어.’

진우청은 그 말을 차마 입 밖으로 내뱉지 못하고 속으로만 삼키며 고개를 흔들었다.

“하 소저의 말이 옳네. 뭔가 착오가 있고, 그것은 곧 밝혀질 테니 그렇게 함세. 이 사람들도 명령을 어겨서 곤란한 처지에 빠질 수는 없지 않겠나?”

잠시 뒤 백운 노인이 나서며 부드러운 어조로 말했다.

노인의 눈에는 이들이 일부러 트집을 잡는 것 같지는 않았다. 뭔가 미묘한 상황 때문에 서로 곤란한 처지에 놓인 것 같았다.

백운 노인의 말을 들은 강시 같은 사내의 얼굴에 처음으로 감정이 실리며 백운 노인을 향해 미미하게 고개를 숙였다.

“묶임세!”

강시 사내의 표정을 본 해천 노인도 백운 노인을 따라 앞으로 나섰다.

두 노인이 자청해서 오라를 받자 복잡한 표정을 짓던 유화성도 마침내 몸을 움직였다.

“우선 무장 해제부터…….”

강시 같은 사내가 한결 부드러워진 목소리로 말했다.

백운 노인이 먼저 검을 놓았고, 해천 노인도 참나무 지팡이를 사내에게 넘겼다.

"이 검은 내 부친의 신물이고 가문을 상징하는 검이오. 이걸 남에게 넘긴다는 것은 내 가문을 넘기는 것이나 마찬가지이니 같이 묶이겠소. 당신도 무인이라면 이해하리라 생각하오."

유화성은 표풍검을 거꾸로 들며 말했다. 공격할 의사가 없다는 표시였다.

잠시 망설이던 사내가 천천히 고개를 끄덕였다.

"하지만 다른 사람들은 모두 무장 해제하시오!"

유화성에게만 예외를 인정한 강시 같은 사내는 유화결과 유화경에게는 추호도 틈을 주지 않고 고함을 질렀다.

눈을 질끈 감은 유화결은 검을 풀었다. 상처 때문에 제대로 휘두르지도 못하는 것이기는 하지만 무기를 남의 손에 넘겨준다는 것은 어쩔 수 없는 수치심을 유발시켰다.

적들에게 둘러싸인 유가검보를 탈출한 이후, 형이 그 지친 몸을 이끌고도 남패천으로 가지 않고 화산으로 직행하려 했던 이유를 이젠 알 것 같았다.

뒤를 이어 유화경도 입술을 깨물며 검을 넘겨주었다.

모두들 무장 해제를 하는 동안 진우청은 상체를 뻣뻣이 세웠다. 그렇게 하면 평상시에도 안 보이는 등 뒤에 꽂힌 용곤과 호곤이 더욱 안 보이기 때문이었다.

다행히 성문 경비들은 용곤과 호곤의 존재를 눈치채지 못하고, 몸수색까지는 할 생각이 없는 모양이었다.

무장 해제가 끝나자 경비무사들은 상자에서 밧줄들을 꺼냈다.

은색과 붉은색 빛이 감도는 밧줄들이 쏟아져 나왔다.

한눈에 보기에도 보통의 밧줄이 아니었다.

교룡삭(蛟龍索)이니 혈룡삭(血龍索)이니 하는 등의 명칭이 붙은 밧줄이 분명해 보였다.

그 밧줄들을 보자 잠시 가라앉았던 반감이 들소 떼처럼 다시 밀려왔다.

"난 못해!"

진우청은 나직하게 말했다.

"다 끝난 일을 가지고 왜 그러세요."

하수린이 도끼눈을 하며 더욱 낮게 말했다.

"묶여야 한다!"

진우혁이 엄한 목소리로 말했다. 그 목소리에서 할아버지의 냄새가 물씬 섞여 나왔다.

회초리를 들고 베개 위로 올라서게 할 때의 목소리!

그 목소리가 형의 음성에 섞여 있었다.

'젠장!'

어이없는 심정과 함께 불평을 삼킨 진우청은 안광을 빛냈다.

'가출 기간을 오 년 더 늘려야겠어.'

결심을 굳힌 진우청은 진우혁에게로 고개를 돌렸다.

"묶일 테니 형도 내 부탁 하나 들어줘."

"말해!"

진우혁이 빠르게 답했다.

"집에 가거든 향후 십오 년 동안 날 봤다는 얘기 하지 마! 그럼 묶이겠어."

"대체 그게 무슨……?"

뜻밖의 제안에 하수린이 눈을 동그랗게 떴다.

"그래야 내 도움이 아니라 순전히 형 능력으로 이번 일을 성사시킨 것이 되잖아. 그러니 그렇게 해."

하수린이나 진우혁이 딴 추측을 못하도록 진우청은 얼른 말했다.

"철들었네! 그렇게 해요. 그러면 우리 아버지도……."

하수린이 반색을 하며 말하다 얼른 입을 다물었고, 진우혁도 천천히 고개를 끄덕였다.

그러는 사이 두 노인이 밧줄을 받았다.

다음으로 유화성의 상체에도 밧줄이 감기기 시작했다. 동시에 진우청의 상체에도…….

몇 바퀴 둘러진 밧줄에 힘이 들어가기 시작하자 진우청은 독사 지옥 속으로 끌려들어 가는 표정을 지으며 진우혁을 쳐다보았다.

진우혁과 하수린은 정반대 쪽을 쳐다보고 있었다.

감긴 밧줄에 힘이 들어가자 담담하던 유화성 역시 자신도 모르게 눈을 질끈 감았다.

번쩍!

감겨지던 유화성의 눈이 순간적으로 크게 뜨여지며 폭광을 내쏘았다.

바늘보다 더 작은 암기 하나가 명치를 향해 빛살처럼 날아오고 있었다.

잡아채거나 팅겨내는 것은 본능적으로 불가능하게 느껴지는 섬뜩한 기운이 담긴 암기였다.

파앗—

유화성이 쾌속하게 상체를 틀었다.

암기는 유화성의 신형을 벗어나 허공으로 사라졌다.

동시에 팔에 감기던 밧줄 역시 유화성의 몸에서 흘러내렸다.

그런 상황은 진우청도 마찬가지였다.

오히려 진우청은 더했다.

두 개의 우모침 같은 암기가 미간과 명치를 향해 각각 날아들었다.

"어엇!"

고함과 함께 진우청은 와락 몸을 틀며 튕기듯 옆으로 신형을 이동시켰다.

그 결과 밧줄을 감던 사내 하나가 진우청의 상체에 부딪쳐 허공으로 붕 떴다가 떨어졌다.

"적도들이다!"

잠시 부드러운 표정을 지었던 사내가 강시의 모습으로 되돌아와 득달같이 고함을 질렀다.

고함과 함께 사내는 즉시 검을 빼 들었다.

쨍—

쨍—

강시 사내를 따라 다른 사내들 역시 검을 빼 들었다.

"척살하라!"

"아, 안 돼요!"

백봉령주가 고함을 질렀지만 강시 같은 사내들의 행동은 섬전처럼 빨랐다.

한 사내는 이미 유화성을 향해 검을 찔러 넣고, 다른 몇 명의 사내들은 진우청을 향해 덮쳐들고 있었다.

"이런 우라질!"

가슴을 향해 찔러드는 검 하나를 수초처럼 흔들리는 상체로 비껴 흘린 진우청은 욕설을 토했다.

밧줄을 둘러오는 사내를 어깨로 밀친 것은 절대로 의도적인 행동이 아니었지만 설명하거나 변명할 겨를조차 없었다.

휘익—

또 한 자루의 검이 가슴을 찔러오는 검에 연이어 목을 잘라오고 있었다.

진우청은 허리 어림으로 흘러내린 밧줄을 잡으며 신형을 회전시켰다.

파앗—

밧줄 끝 한 자락이 채찍처럼 휘둘러지며 사내의 손목을 때렸다.

사내가 입을 딱 벌리며 들고 있던 검을 떨어뜨렸다.

"그만둬요!"

백봉령주가 날카롭게 고함을 질렀지만 이런 상황을 종결시키는 것은 물길을 되돌리는 것만큼 힘들었다.

"저들은 더 이상 말릴 수 없어. 우린 싸움이 확대되지 않도록 이곳을 지켜."

다시 한 번 고함을 치려는 백봉령주를 보며 은봉령주가 말렸다.

어이없게도 자신에게 배부된 출입허가증마저 가짜였다. 그래서 은근히 화가 났고 일의 결과가 어떻게 돌아가는지 보고 싶은 심정이었다.

상황이 좀 더 진척되면 어떤 의도로, 어떤 세력들이 이런 일을 꾸몄는지 조금이라도 더 많은 단서를 잡게 되는 것이다. 또한 잠깐이었지만 유화성과 진우청의 몸놀림이 범상치 않았기에 조금 더 지켜보아도 될 것 같았다.

퍼억—

그러는 사이, 파육음이 들리며 두 사내가 주르르 뒤로 밀려났다.

유화성이 휘두른 검갑에 가슴과 어깨를 가격당하고 대여섯 걸음씩이나 밀려난 두 사내의 눈에서 불꽃이 튀었다. 사정을 봐주어 검갑으로 두드렸으니 망정이지 그렇지 않았다면 가슴이 갈라지고 어깨와 팔이 한꺼번에 잘려 나갔을 것이다.

그 옆에서는 진우청에게 당한 사내들이 이를 갈고 있었다.

제대로 된 공격에 당했다면 차라리 나았을 것인데 그냥 불쑥 내지른 장난 같은 손짓에 맞고, 어린애 팽이놀이 하는 것 같은 밧줄에 맞아 뒤로 밀려난 것이 참을 수 없는 모양이었다.

"무언가 오해가 있는……."

달려드는 사내들 몇 명을 밧줄과 맨손으로 쳐낸 진우청은 이런 상황을 야기한 암기에 대해 변명을 하려다 입을 다물었다.

병자로 치자면 이젠 백약이 무효한 판국이었다.

손바닥과 밧줄에 가격당하고 밀려난 사내들에 더해 다른 두 사내도 가세해 검을 휘둘러 오고 있었다.

각각 다른 방향에서 날아드는 네 개의 검을 보며 진우청은 잠시 갈등했다.

용호곤을 꺼내서 간단하게 막느냐, 아니면 그냥 맨손과 밧줄로 상대하느냐 하는 갈등이었다.

진우청은 맨손과 밧줄로 갈 데까지 가보기로 결심했다.

용호곤을 꺼내면 무장 해제를 하는 자리에서 끝까지 무기를 숨긴, 더욱 불순한 무리로 낙인찍힐 것이 분명했다.

검 하나가 쾌속하게 날아들었다.

진우청은 뿌리듯이 밧줄을 휘둘렀다.

자신을 묶으려 할 때는 짙은 혐오감을 느끼게 하던 검붉은색의 밧줄이 남을 공격할 때는 정말 마음에 들었다.

사내의 검에 감겼지만 밧줄은 조금도 손상을 입지 않았다.

진우청은 와락 밧줄을 잡아당겼다.

쨍―

밧줄에 감겨 당겨진 검이 또 다른 검 하나와 부딪치며 쇳소리를 냈다. 결과적으로 두 개의 검격이 무력화되었다. 나머지 두 개의 검이 왼쪽에서 상단과 하단을 동시에 찔러들었다.

진우청은 한 개의 검이 막 옷깃을 건드리는가 싶은 순간 두 다리를 교차시켰다.

용무의 한 자락이었다.

"어엇!"

사내들이 다급성을 터뜨렸다.

무희들이 비단 천을 몸에 감듯 두 개의 검을 스치듯 회전한 진우청의 거구가 코앞으로 다가든 것이다.

퍽―

퍼억―

두 개의 파육음이 또다시 울렸다.

상대의 공격이 거칠어질수록 반격 역시 그럴 수밖에 없었다. 그리고 되도록 멀리 쳐내야 또 다른 상대를 쉽게 처리할 수 있는 것이다.

진우청의 손에 각각 가슴을 한 방씩 가격당한 두 사내가 가랑잎처럼 날아갔다.

진우청은 더욱 빠르게 몸을 움직였다.

진우청의 몸이 흐릿하게 잔상을 남기며 사내들 사이를 뚫고 들어갔다.

사내들의 표정이 급격하게 변했다.

상대의 움직임이 전혀 예측 불능한 방향으로 이어졌기 때문이다.

마치 섶을 지고 불 속으로 뛰어들 듯 자신들의 공격 전면으로 들이닥친 것이다. 그렇게 되면 가만있어서 스스로 검에 찔리기 마련. 그건 누구나 할 수 있는 생각인데, 다음 순간 진우청의 두 손이 그 예측을 무너뜨렸다.

커다란 두 개의 손이 환영처럼 흔들리자 그 손 사이로 거미줄이 쳐졌다. 진우청을 묶으려 했던 밧줄이 만드는 거미줄이었다.

스스스—

거미줄이 사내들의 검신 속으로 빨려들었다.

아니, 사내들의 검이 거미줄 속으로 빨려들었다.

검은 그대로 든 채 순식간에 손목이 결박당한 사내들이 놀란 눈으로 서로의 얼굴을 쳐다보았다.

"이, 이……!"

사내 하나가 황당함과 수치심으로 벌겋게 물든 얼굴을 하며 팔을 움직였다. 그러자 자신의 검이 동료의 목을 향해 움직이고 있었다.

동료의 검에 목을 베이게 생긴 사내가 상체를 젖히며 팔을 흔들었다. 이번에는 그 사내의 검이 동료의 목을 노리고 찔러들었다.

두 사내는 결국 움직임을 멈추었다.

사내 둘을 포박한 진우청은 무섭게 검을 내려치는 또 다른 사내 둘을 향해 양손을 휘둘렀다.

물을 가르듯 뻗어 나온 두 손이 사내들의 검을 옆으로 흘리고는 그

여세를 몰아 사내들의 목덜미로 다가갔다. 그리고는 태연하게 두 사내의 멱살을 잡았다.

멱살을 잡힌 두 사내의 눈에 불신의 빛이 어렸다. 검으로 누군가를 공격하는 도중에 멱살이 잡힌 것은 한 방 맞고 뒤고 튕겨 나간 것보다 더한 치욕이었다.

치욕적인 생각이 머리 속을 빠져나가기도 전에 처참한 결과가 뒤를 따랐다.

먼저 어깨가 부딪치고, 뒤이어 서로의 머리를 들이받은 두 사내는 나란히 바닥에 드러누웠다.

第四十一章
삼절삭(三絶索) 서문휴(徐紊畦)

"**방**금 그게 뭐였나? 소림의 박룡수(搏龍手)?"

아까 그 전각 안에서 청의사내가 말했다.

"처음에는 그렇게 보이기도 했는데 소림의 박룡수가 저렇게 무식할 순 없지요."

옆에 있던 흑의사내가 답했다.

"그럼 아미의 산화수(散花手)였나?"

"산화수는 훨씬 섬세하지요. 저런… 마구잡이 식의 손놀림은 아닙니다."

"그래도 눈 깜짝할 사이에 묶어버리지 않았나."

"……."

"자네 말대로 산화수는 아닌 것 같군."

“…….”

“저 곰 같은 놈은 도저히 예측 불능이지만 다른 한 놈은 정말 제대로 된 놈이군!”

청의를 입은 중년인은 유화성에게로 시선을 돌렸다.

쨍—

유화성은 쾌속하게 떨어지는 사내 하나의 검을 쳐내며 표풍일섬의 검초를 펼쳤다.

사내의 어깨에서 핏줄기가 터져 나오며 검을 떨어뜨렸다.

되도록이면 살수를 피하고자 했기에 어깨 윗부분에 상처가 난 것으로 그쳤다. 그러지 않았다면 심장에 구멍을 뚫릴 상황이었다.

이를 뿌드득 간 사내가 검을 주워 올리려 했지만 팔이 말을 듣지 않았다.

그 사내의 빈자리를 메우며 또 다른 사내 셋이 한꺼번에 달려들었다.

유화성의 눈이 무심한 빛을 뿜어냈다.

그의 검에서도 비슷한 기운이 퍼져 나왔다.

찌이잉—

표풍소설의 초식이 펼쳐지며 눈보라 같은 검기에 마주한 세 개의 검이 싹둑 잘려 나갔다.

세 사내의 놀란 눈빛을 뒤로하며 유화성의 신형이 앞으로 쏘아졌다.

백봉령주도 놀란 눈으로 유화성의 검초를 지켜보았다.

예전과 비교하여 유화성의 검초는 분명히 달라져 있었다.

이미 절정에 이른 실력을 지닌 사내였기에 자신이 그 변화를 정확히 꼬집어내기에는 무리가 있었지만 달라졌다는 것은 분명히 느낄 수 있었다.

훨씬 날카로워졌다고 할까…….

그건 충분한 설명이 아니다.

단순히 날카로워졌다는 말로는 십분지 일도 다 설명할 수 없다.

여전히 예전의 그 바람같이 표홀한 기운은 남아 있었지만 훨씬 간결해지고 신랄해졌다.

예전의 바람이 웅혼한 봄바람이었다면 지금 유화성의 검에서 불어오는 바람은 북풍한설 같았다.

모든 것을 얼려서 으스러뜨릴 듯한 바람!

잠깐잠깐 표풍검에서는 그런 바람이 뿜어져 나왔다.

백봉령주는 가슴이 무거워지는 기분을 느꼈다.

살기를 최대한 억누르고 요혈을 공격하고 있지 않아 큰 상처를 입은 사람이 없었지만 분노와 함께 저 사내가 제대로 검을 휘두르게 된다면 얼마나 많은 사람들이 피륙 조각으로 변하게 될지 알 수가 없었다.

쌔애액―

여전히 무심한 표정으로 유화성은 검을 휘둘렀다.

제일 앞의 사내가 검풍에 밀려 제대로 공격을 하지 못하자 다른 사내들이 한꺼번에 유화성을 향해 달려들었다.

그 사내들을 향해 진우청의 신형이 황소처럼 쏘아졌다.

유화성의 눈빛이 무심하게 가라앉았다면 진우청의 눈빛은 점점 더 불만스런 빛이 강해졌다.

"사람을 초대해 놓고 문전박대도 모자라 칼까지 휘두른단 말이지?"

진우청은 콧김을 내뿜으며 눈을 치떴다.

남패천의 대접에 이젠 참을 수 없는 분노가 일기 시작한 것이다.

퍼억—

쏘아져 나가던 진우청이 슬쩍 몸을 틀며 무릎을 쳐올렸다.

검을 내려치려던 사내가 내장이 터질 듯한 충격을 받고는 새우처럼 상체를 구부리며 무너졌다.

한 사내의 복부를 무릎으로 걷어찬 진우청은 다른 쪽 다리를 쭉 뻗으며 또 한 사내의 종아리를 쓸었다.

사내의 하체가 들려지며 중심이 흔들렸다.

와락 앞으로 다가선 진우청의 팔꿈치가 사내의 명치를 건드렸다.

"크윽!"

단말마를 내지른 사내가 앞으로 꼬꾸라지며 먹은 것을 게워냈다.

진우청의 손이 다시 어지럽게 흔들렸다.

세 개의 검이 손등과 손바닥에 밀려 나무 울타리에 구멍이 뚫리듯 빈틈이 생겼다.

그 사이로 진우청의 발이 사정없이 꽂혀들었다.

파육음이 터지며 세 명의 사내가 한꺼번에 무너졌다.

그러는 사이 유화성 역시 몇 명의 사내들을 무력화시키고 진우청과 등을 마주했다.

자연스럽게 두 사람을 가운데 두고 포위망이 형성되었다.

유화성은 재빨리 주변을 훑었다.

자신과 진우청 두 사람에게 수많은 검이 겨누어져 있었지만 다행스럽게도 다른 일행에게는 공격이 가해지지 않고 있었다.

그건 백봉령주와 또 다른 비원각 소속의 여인인 은봉, 금봉령주가 일행들 앞에 나서서 싸움의 범위를 확대시키지 않고 있었기 때문이다.

유화성과 진우청의 실력을 익히 아는 백운, 해천 노인 역시 젊은이

들을 통제하고, 유화결과 유가검보의 무사들 또한 맹수 같은 두 눈을
번뜩이고 있었지만 유화성의 손짓으로 나서지 않고 있었다.

유화성은 차가운 눈빛과 함께 생각을 정리했다.

이들은 임무에 충실하고 상황에 충실할 뿐이다. 이런 이상한 상황을
만든 인간들은 따로 있을 것이다.

지금까지는 그들의 의도대로 됐지만 더 이상은 놀아줄 수 없었다.

진우청 역시 그런 생각을 했는지 유화성 쪽으로 고개를 돌렸다.

"귀찮으니 한 번에 끝냅시다."

진우청이 나직이 말했다.

"개가 모두 쓰러지면 주인이 나오겠지!"

유화성도 고개를 끄덕였다.

파앗—

유화성의 대답을 들은 진우청이 발끝으로 바닥을 찍었다.

진우청의 몸이 그 자리에서 둥실 허공으로 떠올랐다. 그건 마치 바
람을 받은 연이 갑자기 허공으로 솟구치는 것 같은 모습이었다.

포위망을 형성한 채 잔뜩 긴장하고 있던 사내들이 짧은 경호성과 함
께 급급히 뒤로 물러났다.

"이런 발차기를 강호에서는 원앙각이라 한다지?"

남패천 무사들 머리 위로 솟구친 진우청이 한 소리 중얼거림과 함께
두 발을 빠르게 내질렀다.

한 쌍의 원앙처럼 앞서거니 뒤서거니 하며 순식간에 여섯 번의 발길
질이 사내들을 향해 쏟아졌다.

세 명의 사내가 검을 휘둘러 보지도 못하고 턱과 어깨, 목덜미 등을
가격당하며 쓰러졌다. 유화성 역시 표풍만리의 검초를 펼치며 나머지

반을 향해 짓쳐들었다.

한 사람은 현란한 검초를 펼치는 깎아 만든 듯한 사내.

다른 한 사람은 공격이나 수비, 어느 것 하나 예측 불능한 몸짓을 하는 곰 같은 덩치의 청년.

그 두 사람의 합공은 도저히 어울리지 않을 것 같으면서도 기묘한 조화를 이루며 포위망을 부수어 나갔다.

"대체 저 사람은 정체가 뭐지?"

눈을 크게 뜬 은봉령주가 백봉령주를 향해 물었다.

그녀의 식견으로 유화성의 검법이 이미 절정을 넘어섰다는 것은 한순간에 알 수 있었다.

아직까지 자신의 실력을 채 삼 할도 제대로 내보이지 않으면서 성문 경비무사들을 쓰러뜨리고 있다는 것이 느껴졌다.

반면 진우청의 움직임은?

한마디로 정체불명의 동작과 공격이었다. 그런데도 유화성 못지않은 숫자의 경비무사들을 때려눕히고 있었다.

"오만 냥 값을 하긴 하는 건가요?"

백봉, 은봉령주와 비슷한 표정이 된 하수린이 진우혁을 향해 속삭였다.

어릴 때부터 진우청이 형 진우혁과 싸우는 모습은 무수히 보았었다.

형만큼 덩치가 크고 힘도 세어 싸움이 일어나면 죽자고 형에게 달려들었다.

할아버지께서 와서 뜯어말릴 때까지…….

그리고 십 년이 지났건만 진우청은 그때 싸우던 모습을 그대로 재현하고 있었다.

무공을 배운 것 같지 않은 단순한 동작과 단순한 수법들! 그런데 단순하기 짝이 없는 그 동작으로 유화성 못지않게 잘 패대기치고 있었다.

백봉령주나 은봉령주뿐만 아니라 대부분의 사람들도 제대로 파악하지 못하는 진우청의 진면목을 무공도 익히지 않은 그녀가 파악할 수는 없었다. 그래서 더 혼란스러웠다.

"오천 냥어치는 배운 것 같은데……."

비슷한 생각을 한 진우혁이 답했다.

진우혁의 그런 판단이 마음에 안 들기라도 한 듯 진우청의 신형이 어지럽게 흔들렸다.

퍼퍼퍽—

치고, 부딪치고, 밀치는 마구잡이 식의 동작 같았지만 그 동작에 걸린 남패천 무사들이 한꺼번에 나가 떨어졌다.

유화성도 마지막 남은 두 사람을 동시에 검신으로 두드려 바닥에 딩굴게 했다.

단 두 사람으로 인해 천하사패의 하나인 남패천의 남문 위병들은 그렇게 바닥에 드러누웠다.

싸움을 끝낸 진우청과 유화성은 긴장을 풀지 않고 주변을 둘러보았다.

강시 같은 수문장과 그 부하들은 모두 드러누웠지만 뒤쪽 건물은 여전히 신경을 거슬리게 했다.

그 건물은 방문자들의 배첩을 받고 방명록 등을 기록하는 건물 같았는데 지금은 문이 닫힌 채 짙은 음영을 드리우고 있었다.

잠시 후, 그곳 한쪽에서 문이 열리는 소리가 들렸다.

짝짝짝!

뒤이어 경쾌한 박수 소리가 흘러나왔다.

진우청은 그늘 안쪽으로 시선을 모았다.

어두운 구석 한쪽에서 희미한 물체가 보였다.

처음에는 어린아이인 줄 알았는데 어른, 그것도 중년인이었다. 체구가 너무 작아 아이가 앉아 있는 것처럼 보였다.

자신은 이 싸움과 무관한 듯 건물 안 그늘 깊은 곳에서 쭈그리고 앉아 있던 사내는 천천히 일어섰다.

음영 짙은 구석에 쭈그리고 앉아 있을 때도 작았고, 걸어나오는 모습 역시 마찬가지였다.

오 척 단구란 말도 과하다는 느낌이 드는 중년인이었다.

미소를 가득 머금은 채 앞으로 걸어나오며 오 척 단구의 사내는 다시 박수를 쳤다.

어린아이의 볼을 두드리듯 두 개의 손바닥이 가볍게 맞닿는 것 같았는데도 박수 소리는 장내를 가득 채우며 울려 퍼졌다.

“정말 훌륭하군. 단 두 명이 남패천 내원, 그것도 가장 강한 남문고수들을 일각도 되기 전에 모조리 쓰러뜨리다니…….”

중년 사내는 손뼉을 치던 손을 내리며 감탄스런 어조로 말했다.

“삼절삭(三絶索)!”

중년인의 정체를 알아본 은봉령주가 낮은 신음을 토했다.

“비원각 깊은 곳에 있는 미인들께서 이 천한 것을 알아주시다니…영광이로고.”

삼절삭이라 불린 중년인은 포권을 지어 보이며 미소를 지었다.

“대협께서 왜 이곳에 계시죠?”

백봉령주도 중년인을 향해 빠르게 질문을 던졌다.

"나야 위에서 시키면 시키는 대로 하는 사람이지. 이급경계령이 내려지면서 나 역시 내 아이들과 함께 이곳 남문의 경계를 이중으로 맡게 되었지."

삼절삭 서문휴(徐紊畦)는 자신의 부하들을 소개하듯 뒤를 돌아보며 손을 펴서 가리켰다.

그의 손이 가리키는 곳에서 몇 개의 작은 문이 더 열리며 매복의 기척이 느껴졌다.

모습을 다 드러내지 않고 있었지만 그들 모두 활을 손에 들고 명령만 내리면 금방이라도 화살을 날릴 자세를 잡고 있었다.

"며칠 따분했는데 아주 좋은 구경을 했어."

서문휴는 진우청과 유화성을 쳐다보며 더욱 짙은 미소를 배어 물었다.

"대협께서도 이분들을 공격하실 생각은 아니겠죠? 이번 일은 어처구니없는 실수, 아니, 그보다는 뭔가 음모의 냄새가 풍겨요. 그러니 일을 더 크게 만들지 않았으면 해요."

백봉령주는 음모라는 단어에 힘을 주며 말했다.

"그런 건 내가 알 바 아니고… 내 부탁을 들어준다면 나 역시 그대의 말대로 더 이상 확대시키지 않고 그냥 이렇게 대치하는 것으로 끝내지."

"뭔가요, 그 부탁이라는 게?"

백봉령주는 긴장한 눈빛과 함께 물었다.

서로 다른 소속에서 활약하다 보니 마주칠 기회는 거의 없었다. 그러나 삼절삭 서문휴라는 이름은 잘 알고 있었다.

여간해선 모습을 잘 드러내지 않지만 인간백정이라 불리는 사내!

삼절삭이라는 별호가 말해 주듯 그의 독문병기는 세 개로 나눠지는 밧줄이다.

그 기병을 귀신같이 다루었기에 내력이나 실력이 객관적으로 우세하다고 평가받던 고수들도 그에게 패한 경우가 여러 번 있었다.

백봉령주는 그가 싸우는 모습을 한 번도 본 적은 없었지만 그 악명은 익히 들었다.

그런 인간이 이곳 성문지기로 왔다는 것은 평소라면 도저히 있을 수 없는 일이다. 이 상황 역시 가짜출입증과 같은 음모의 연장선에 있는 것이다.

"저 친구와 한판 붙어보고 싶군."

삼절삭 서문휴는 번뜩이는 눈으로 진우청을 쳐다보며 말했다.

예상대로 난감한 요구였다.

진우청의 그간 모습으로 보아 서문휴에게 쉽게 당할 사람은 아니었다. 그렇다고 서문휴 또한 누구에게 쉽게 당할 사람이 아니다. 두 사람이 대결을 벌인다면 피 튀기는 대결이 될 것이다. 서문휴는 필히 그렇게 할 것이다.

아무런 부담 없이 구경을 하는 입장이라면 더없이 좋은 구경거리가 되겠지만 지금은 절대 그럴 수 없다.

"그건……."

"안 된다는 말은 하지 말게나. 되고 안 되고는 내가 결정하니까. 주변이 봉쇄된 이상, 앞으로 적어도 일각 이상 이곳은 폐쇄된 우리만의 공간이지. 당장 내 아이들에게 명령을 내려 화살을 날리고 전원 몰살을 시킨다고 해도 이 상황에서는 하자가 없지. 내, 그대들의 미모를 찬양하여 규정대로 하지 않고 이런 제안을 하고 있다네."

삼절삭 서문휴는 백봉, 은봉, 금봉 세 여인을 향해 차례로 한번씩 미소를 던지고는 앞으로 나섰다.

서문휴가 앞으로 나서자 뒤쪽에서 몸을 숨긴 채 활시위를 당기고 있던 사내들의 손에 힘이 들어가며 활시위가 화살을 쏘아내고 싶어 안달하고 있었다.

서문휴는 손을 저어 팽팽한 긴장감을 누그러뜨렸다. 대신, 그 긴장감을 자신과 진우청의 사이로 전이시켰다.

"뭘 먹고 자랐나?"

진우청 앞에 선 서문휴는 감탄스런 표정으로 진우청을 올려다보며 물었다.

오 척 단구의 그가 진우청 앞에 서자 그야말로 반 토막으로밖에 보이지 않았다.

"그러는 대협은 뭘 드셨기에 그 모양이시오?"

진우청은 단도직입적으로 서문휴의 약점, 더 나아가 상처라 할 수 있는 곳을 건드렸다.

"그 모양이라……. 큭큭!"

서문휴의 표정이 이상하게 일그러지더니 마침내 입에서 괴소가 흘러나왔다.

"핵심을 찌르는 질문일세. 큭큭! 사실, 좋은 것은 다 먹었는데 이 모양이라네. 그래서 그냥 조상 탓으로 돌리기로 했네. 큭큭!"

서문휴는 한 번 더 괴소를 흘렸다.

이젠 진우청이 기이한 눈빛으로 서문휴를 쳐다보았다.

어찌 보면 무공을 익히다 살짝 주화입마에 빠진 인간 같기도 했고, 어찌 보면 장난기 가득한 악동 같기도 했다.

한마디로 고수의 모습과는 거리가 먼 사람 같았다.

그런데 갑작스럽게 변화가 일어났다.

괴소를 흘리던 그가 이젠 시작해 보자는 말과 함께 허리춤에서 밧줄을 풀어내자 전혀 딴 사람처럼 변했다.

우선 오 척 단구의 키가 배는 더 커진 느낌이었다.

사람의 키가 갑자기 커질 수는 없는 법! 그런 느낌은 순전히 그의 온몸을 감싼 기도 때문이었다. 독문병기를 손에 쥐며 자연스럽게 흘러나온 기운이 이젠 그의 키뿐만 아니라 그의 몸통도 거대한 돌탑처럼 느껴지게 만들었다.

진우청은 순식간에 달라지는 서문휴의 모습에 숨을 한번 가다듬었다.

자금성 대전의 기둥같이 굵고 긴 호흡이 온몸으로 흘러들었다.

그와 함께 서문휴에게서 느껴지던 압박감이 눈 녹듯 사그라졌다.

그건 상대적으로 서문휴가 압박감을 느낀다는 말이었다.

서문휴의 입꼬리가 말려 올라갔다.

"좋아, 좋아!"

감탄사를 내뱉은 서문휴는 등 뒤에서 두 자 정도 길이의 쇠막대를 꺼냈다.

일견하기로는 쇠막대였지만 그건 대롱이었다.

서문휴는 그 대롱 사이로 밧줄을 집어넣었다. 그리고 밧줄 양쪽 끝에 삼각뿔 모양의 삼릉추(三稜錐)를 달았다.

삼절삭이란 말이 이젠 이해가 되었다.

재질이 무엇인지 모를 긴 밧줄 하나가 쇠대롱에 끼워지며 세 개의 부분으로 나누어졌다. 가운데에 두 자가량의 쇠대롱, 그리고 양쪽 각각 넉 자가량의 쇠사슬! 그렇게 삼절삭이 되었다.

삼절삭이 완전한 모습으로 손에 들려지자 서문휴의 몸에서 풍기는 기도가 또 한차례 달라졌다.

작았던 키가 커지고 커다란 돌탑처럼 느껴지던 모습에서, 쳐다보는 것만으로도 소름을 돋게 하는 나찰의 모습이었다.

진우청과 유화성, 그리고 모든 사람들은 절로 눈살을 찌푸렸다.

삼절삭을 바닥에 늘어뜨리고 선 서문휴의 전신에서 자욱한 피 냄새가 풍겨왔다.

그의 삼절삭에서도 금방이라도 피가 스며 나올 것 같았다.

한 사람의 기도가 시시각각 어떻게 이리 변화무쌍하게 바뀔 수 있을까 하는 생각이 들 정도로 서문휴에게서 느껴지는 분위기는 처음과 극명하게 차이가 났다.

"이젠 됐네."

서문휴가 입을 한껏 벌리며 만족한 미소를 지었다.

아까와 똑같은 표정의 미소였지만 그 미소 역시 삼절삭을 들기 전과는 백팔십도로 달라 보였다.

마치 시체를 뜯어 먹다가 입에 피칠을 한 채 고개를 돌리는 요괴의 미소와 흡사했다.

진우청은 서문휴의 모습에서 슬쩍 욕지기를 느끼며 코를 씰룩거렸다.

아직 단 한 방울의 피도 흘리지 않았지만 콧속으로 자욱한 혈향이 맡아지는 것 같았다.

진우청은 앞으로 나섰다. 어떤 인간이 수작을 부렸는지 모르겠지만 끝까지 가야 해결이 날 일이었다.

“조심하게.”

유화성이 걱정스런 목소리로 말했다.

“형님은 혹시 모를 저 화살들을 맡아주십시오!”

진우청은 여전히 화살을 시위에 걸고 있는 매복자들을 쳐다보며 말했다. 유화성이 미미하게 고개를 끄덕였다.

서문휴의 몸에서 풍겨 나오는 혈향이 더욱 짙어졌다.

그에 따라 진우청의 눈에서 서서히 흘러나오기 시작하는 빛도 짙어졌다.

“나도 됐소.”

진우청은 서문휴 앞으로 한 걸음 더 다가들었다.

서문휴가 차갑게 웃었다.

파앗—

입가에 물린 미소가 다 가시기도 전에 서문휴의 신형이 벼락 치듯 앞으로 다가왔다.

그를 따라 삼절삭이란 밧줄도 긴 몸체를 가진 뱀처럼 꿈틀거리며 날아왔다.

차르르—

삼절삭이 경고음을 토하며 어느새 진우청의 전신을 감아왔다.

진우청은 이상한 밧줄이 목을 휘감으려는 찰나, 밧줄에 스치듯이 상체를 틀었다.

찌이익—

어깻죽지의 옷깃이 밧줄에 스치며 쩍 갈라졌다.

예상했던 대로 평범한 밧줄이 아니었다.

밧줄 끝에 달린 삼릉추도 위험했지만 더 위험한 것은 밧줄 자체였다.

처음에는 아무것도 없어 보였는데 밧줄 전체에 미세하면서도 날카로운 쇳조각이 박혀 있었다.

공력을 불어넣음과 동시에 튀어나온 미세한 쇳조각들이 어깨에 닿기도 전에 옷깃을 잘랐다. 오히려 칼날보다 더 위험한 밧줄이었다.

그 쇳조각들에서 손을 보호하고자 쇠대롱을 끼워 넣은 것이리라.

휘이잉—

휘파람 소리 같은 음향이 울려 퍼지며 춤을 추는 밧줄이 다시 날아들었다.

진우청은 눈을 가늘게 뜨며 밧줄이 일으키는 변화를 읽었다.

그 순간 전혀 다른 음향과 함께 밧줄이 낚싯대처럼 곧게 늘어나며 목을 찔러왔다.

휘감을 듯이 날아오는 밧줄의 변화에 신경을 쓰던 진우청은 갑자기 직선으로 찔러오는 삼릉추를 보며 급히 손을 쳐올렸다.

손등에 가격당한 삼릉추가 허공으로 튕겨 올랐다.

파앗—

그때 또 한 개의 삼릉추가 똑같은 모양으로 날아들었다. 손등으로 쳐낸 삼릉추가 허공으로 튕겨짐과 동시에 다른 쪽의 삼릉추가 날아든 것이다.

진우청은 허리를 틀어 삼릉추를 피했다.

차르르—

쇠대롱 안에서 철삭이 긁어대는 소리가 울리며 이번에는 두 개의 삼릉추가 한꺼번에 춤을 추며 날아들었다.

뱀의 꼬리처럼 요동치며 날아드는 두 개의 삼릉추를 보며 진우청은 이 요상한 병기가 자신의 용호곤과 몇 가지 효용에서 닮은 점이 있다는 생각을 했다.

거리를 둘 때는 용호곤으로, 거리가 좁혀진 근접전에서는 용곤과 호곤으로 사용하는 것처럼 삼절삭이란 저 병기 역시 그랬다.

철삭 위를 마음대로 미끄러지는 대롱을 움직여 공수의 거리를 조정했다.

밧줄의 한쪽 끝까지 대롱을 미끄러지게 하면 밧줄이 닿을 수 있는 최대한의 거리까지 공격이 가능했고, 조금 전처럼 쇠대롱을 밧줄의 중간에 위치하게 하여 움직이면 거리는 반으로 줄어들지만 두 개의 밧줄, 또는 두 개의 삼릉추로 공격할 수 있었다.

무척이나 까다로운 병기였다.

거리가 떨어졌을 때는 역공의 위험 없이 한 개로 안전하게 공격했고 가까워졌을 때는 역공을 받을 수 있겠지만 대신 두 개의 밧줄과 삼릉추가 한꺼번에 공격하며 그 역공의 위험을 줄였다.

두 개의 삼릉추가 한곳으로 모이며 심장을 파고들려는 순간 진우청은 끝까지 감추려던 생각을 포기하고 용곤과 호곤을 꺼내 두 개의 삼릉추를 각각 쳐냈다.

까앙—

용곤과 호곤에 부딪친 삼릉추가 왔던 곳으로 쾌속하게 날아갔다.

휘리릭—

서문휴는 두 자 길이의 쇠대롱을 양손으로 빠르게 회전하며 자신의 가슴을 향해 되돌아오는 삼릉추를 허공으로 선회하게 만든 후 한 손으로 갈무리했다.

"큭큭!"

서문휴의 입에서 괴소가 흘러나왔다.

자신의 무기를 간단히 튕겨 버린 진우청에 대한 감탄인지, 아니면 비웃음인지 구별하기 힘든 웃음이었다.

"폭풍철곤이라는 무기인가?"

서문휴가 용곤과 호곤을 유심히 쳐다보며 물었다.

굳이 대답을 요구하지 않는 혼잣말 같은 질문이었기에 진우청은 아무 말 않고 바닥에 늘어져 있는 삼절삭에만 시선을 주었다.

조금 전의 공격은 전력을 다하지 않은 인사 정도의 수준이었고 다음부터는 제대로 날아올 것이다.

휘주에서 벌어진 비무대회에서도 이따금씩 이상한 병기를 들고 나오는 사람들이 있었다. 삼절삭이란 저 병기는 그것들보다 훨씬 더 괴이하고 까다로운 기병이었다.

특히 저 요상한 밧줄!

밧줄을 쳐다보는 진우청의 눈이 검게 물들었다.

"이젠 제대로 해보지."

미소를 지운 서문휴가 한 발 앞으로 나서며 손에 든 대롱을 슬쩍 흔들자 바닥에 늘어져 있던 철삭이 출렁 일어서고 그 끝에 달린 삼릉추도 허공으로 떠올랐다.

무게를 가진 모든 물체는 떠오른 순간부터 다시 바닥으로 내려올 준비를 한다. 허공에 뜬 철삭과 삼릉추 역시 그렇게 떨어져 내리려 했다.

그때 서문휴의 손이 이상한 각도로 꺾였다.

끼긱—

철삭에 쇠대롱이 긁히는 소리가 나며 허공에 잠시 정지하는 듯하던 삼릉추와 철삭이 진우청을 향해 쏜살처럼 날아들었다.

진우청은 꼭 필요한 만큼만 상체를 젖혔다.

삼릉추가 진우청의 상체를 스치듯 지나갔다. 삼릉추는 피했지만 그 뒤를 따라 요동치는 철삭이 한 자 정도 아래로 가라앉으며 진우청을 쓸어갔다.

진우청의 상체가 그대로 더 뒤로 넘어갔다.

뼈가 없는 연체동물처럼 뒤로 휘어지는 상체의 움직임에 철삭마저 애꿎은 허공만 긁으며 지나갔다. 아니, 지나가는 듯 보였다.

출렁!

스쳐 지나간 줄 알았던 쇠사슬이 춤을 추며 뒤로 젖혀진 진우청의 상체를 양단할 듯 떨어져 내렸다. 설상가상으로 다른 한쪽의 삼릉추와 철삭도 때를 같이 하여 진우청의 신형을 향해 덮쳐들었다.

허공에서 물결치며 수직으로 떨어져 내리는 철삭과 수평으로 요동치며 날아오는 철삭은 그물처럼 진우청의 전신을 옥죄어갔다.

철추가 거의 몸에 다다랐을 때 진우청은 한 손을 땅에 짚고 그것을 축으로 신형을 회전시켰다. 그러자 도저히 믿기지 않은 일이 벌어졌다.

철삭과 삼릉추는 머리카락 한 올 차이로 진우청을 비껴 지나가고, 진우청의 신형은 회오리바람처럼 소용돌이치며 솟구쳐 올라 원래의 모습으로 그 자리에 섰다.

그것을 본 서문휴의 얼굴에서 혈향 짙은 미소가 사라지고 혼란함이 그 자리를 대신했다.

보법도 아니고 초식의 운용도 아닌, 기묘한 움직임!

그렇다고 축출공도 아니었다. 그 찰나적인 순간에 축출공이 이루어졌다가 다시 원래의 모습으로 돌아오는 것은 불가능했다.

온몸의 관절 마디마디, 그리고 온 신체의 말단에 각각 눈이 달려 있지 않고는 불가능한 움직임이었다.

상상을 초월한 동작이라는 말로밖에는 표현할 수 없는 움직임!

그 움직임이 그물망 같은 철삭과 삼릉추의 공격을 피해낸 것이다.

혼란함이 어렸던 서문휴의 얼굴에 은은한 살기가 피어올랐다.

아까처럼 양손에 든 쇠몽둥이로 삼릉추와 철삭을 쳐낼 수도 있었다. 그런데 그런 식으로 자신의 공격을 피해냈다는 것은 삼절삭의 숨은 효용을 눈치챘다는 말이었다.

서문휴의 눈에 어린 살기가 점점 짙어졌다.

용무의 춤사위로 삼릉추의 공격을 무력화시킨 진우청의 눈에서도 차가운 빛이 흘러나왔다.

"형! 더 뒤로 물러서!"

고개를 돌린 진우청이 진우혁을 향해 고함을 질렀다. 이미 충분히 떨어진 거리에서 노심초사하며 진우청을 지켜보던 진우혁은 움찔하며 하수린의 팔을 끌며 뒤로 물러섰다.

"더 뒤로! 그리고 당신들도!"

진우청은 한 번 더 고함을 지르며 이번에는 유가검보의 무사들도 뒤로 물러나게 했다.

진우혁과 유가검보의 무사들이 의혹과 경각심이 한꺼번에 떠오른 표정으로 뒤로 물러섰다.

"큭큭! 아주 좋아!"

진우청의 행동을 지켜보던 서문휴가 예의 그 괴소를 흘리며 손을 움직였다.

손목을 비트는 순간 쇠대롱이 철삭 한쪽 끝으로 밀려가며 최대한 길어진 철삭과 삼릉추가 춤을 추며 날아왔다.

쌔애앵—

먼저 반달 모양으로 휘어진 철삭 한 가닥이 거대한 칼날이 되어 진우청의 허리를 쓸어왔다.

진우청은 바람에 날리는 깃털처럼 훌쩍 뒤로 물러섰다.

그러자 이번에는 삼릉추가 진우청의 미간을 노리고 들었다.

용곤과 호곤을 하나로 합친 진우청은 삼릉추 끝을 향해 용호곤을 찔러 넣었다.

끼리릭—

기분 나쁜 쇳소리가 울리며 철삭이 춤을 추었다. 삼릉추도 따라서 춤을 추며 나선형으로 회전하는 철삭과 함께 용호곤을 타고 올랐다.

뱀이 대나무를 타고 오르는 모습이었다. 물론 뱀과는 비교할 수 없는 빠르기와 회전이었다.

그 순간, 진우청은 손목을 빠르게 흔들어 용호곤 끝으로 동그라미를 그렸다.

까가각!

용호곤을 휘감으며 밀려오던 철삭이 용호곤의 곤신에 부딪쳐 비명을 토했다.

진우청은 더 빠르게 손목을 흔들어 용호곤 끝이 그리는 동그라미를 점점 크게 만들었다. 그렇게 하자 곤신을 휘감은 철삭의 나선도 따라서 커지며 진우청의 손끝 한 치 앞까지 뻗어온 삼릉추가 마침내 더 이상 전진을 멈추고 조금씩 뒤로 물러났다.

진우청이 용호곤으로 그리는 동그라미가 커질수록 삼릉추는 점점 더 뒤로 밀려났다.

"하앗!"

대호가 사는 동굴만큼 커진 나선 속으로 진우청은 쾌속하게 용호곤을 찔러 넣었다.

"우라질!"

욕설을 토한 서문휴가 쇠대롱을 세차게 흔들며 뒷걸음질을 쳤다.

진우청은 찔러가던 용호곤의 방향을 바꾸며 나선형 동굴의 사방을 두드려 갔다.

따다다당―

콩을 볶는 것 같은 소리가 터져 나오며 동굴만한 크기의 나선형을 만들고 있던 철삭에서 빛의 폭죽이 터진 것 같은 착각이 들었다.

철삭에 꽂혀 있던 칼날 같은 쇳조각들이 사방으로 비산하면서 만들어진 현상이었다.

그것이 삼절삭에 숨어 있던 마지막 효용이었다.

진우청이 어지럽게 날아오는 삼절삭을 용호곤으로 쳐내지 않고 곡예사 같은 몸짓으로 피한 것은 최대한 가까이서 삼절삭에 숨겨진 쇳조각의 비밀을 캐내기 위함이었다.

"이놈!"

자신의 비밀 암기가 모두 떨어져 나가자 일그러진 얼굴로 고함을 지른 서문휴가 발작적으로 쇠대롱을 흔들었다.

"하앗!"

진우청도 고함을 지르며 벼락처럼 용호곤을 휘둘렀다.

다 풀리지 못한 나선형의 철삭이 용호곤에 걸리며 서문휴의 신형을 휘감아갔다.

역공을 해오는 자신의 병기에 서문휴는 대경하며 몸을 틀었지만 용호곤이 한발 앞섰다.

퍼억!

떡을 치는 소리와 함께 오 척 단구의 서문휴가 가랑잎처럼 옆으로 날아갔다. 동시에 맹렬한 기세로 날아들던 철삭과 삼릉추도 제멋대로 얽히며 서문휴를 따라 구석에 처박혔다.

"형 괜찮아?"

진우청은 급히 진우혁과 하수린을 쳐다보았다.

진우혁이 창백한 표정으로 고개를 끄덕였다.

진우청의 고함에 의해 뒤로 물러나 있었지만 철삭에서 튀어나온 미세한 쇳조각들은 간담을 서늘하게 했다. 진우청이 용호곤으로 깨를 털어내듯 털어내 버린 쇳조각들이 뒤로 물러서지 않은 상태에서 한꺼번에 날아왔다면 자신과 하수린은 고슴도치가 되었을 것이다.

형과 하수린의 안전을 확인한 진우청은 다시 용호곤을 움켜쥐었다.

매복한 채 활을 겨누고 있던 서문휴의 부하들이 화살을 쏘아대기 시작한 것이다.

"모두 저곳으로 피해요!"

그동안 사태를 관망하며 상황이 더 악화되지 않도록 최대한의 노력을 기울이던 백봉령주가 고함을 질렀다.

화살을 날리고 있는 서문휴의 부하들은 내막을 알 리 없다.

이 모든 일들이 누군가의 수작임이 분명했지만 그들 눈에는 외부인이 자신들의 상관을 처치한 것으로밖에 보이지 않을 것이다. 그리고 그 다음부터는 정해진 대로 움직일 뿐이다.

쌔애액—

화살을 쳐내며 앞으로 쏘아진 유화성이 건물 한쪽 기둥을 향해 검을 휘둘렀다.

파앗—

다른 한쪽 기둥을 향해서도 용호곤이 폭풍처럼 날아들었다.

우지끈!

건물 기둥이 수수깡처럼 댕강 부러지며 벽이 흔들렸다.

"피, 피해라!"

두 개의 기둥과 함께 지붕이 무너져 내리자 다급한 고함 소리가 그 안에서 들리며 사내들이 분분히 몸을 날렸다.

활을 겨누고 매복해 있을 때는 위협적이었지만 밖으로 나오자 그들은 추풍낙엽이었다.

용호곤과 표풍검 앞에서 그들은 자세도 잡기 전에 바닥에 뒹굴었다.

"뭐 이따위 곳이 다 있어!"

검을 지팡이 삼아 기를 쓰고 일어나려는 사내 하나를 걷어차 도로 드러눕게 한 진우청이 땡감 씹은 표정을 하며 버럭 고함을 질렀다.

"이것 보시오, 이 소저?"

진우청은 백봉령주에게로 다가갔다.

"그 사람이 우릴 초청한 것이 맞긴 한 거요?"

진우청은 백봉령주가 질겁을 하던 '그 사람'이란 단어에 힘을 주며 말했다.

백봉령주는 죄인처럼 입을 다물고만 있었다. 그녀로서는 입이 열 개라도 할 말이 없었다.

"도로 돌아가야겠으니 저 문이나 여시오!"

와락 등을 돌린 진우청은 내려진 성문을 쳐다보며 말했다.

"진 공자, 잠시만!"

백봉령주가 다급한 음성으로 말했다.

"이젠 정말 정떨어졌소! 그러니 문이나 여시오!"

고함을 지른 진우청은 어떤 일이 있어도 등을 돌리지 않겠다는 자세로 서 있었다.

"애초에 공자님들이 반항을 하지 않았으면……."

백봉령주가 쩔쩔매는 모습을 본 금봉령주가 나섰다.

"밧줄이 감기는 순간 이런 물건이 명치로 날아드는데 소저 같으면 가만있겠소?"

그 말과 함께 진우청은 어깨 위 옷에 꽂혀 있는 암기를 손끝으로 뽑아 들었다. 날아오는 순간 급히 몸을 틀었지만 하나는 아슬아슬하게 옷깃에 꽂힌 것인데 결과적으로 증거물이 되었다.

진우청의 손끝을 쳐다본 백봉령주와 금봉령주의 눈이 크게 뜨여졌다.

암기는 미세한 털이 돋아난 거미 뒷다리같이 생겼는데 크기는 훨씬 작았다.

우모침도 아니고 세침도 아닌 이상한 암기였다.

"어떻게 이런 일이?"

금봉령주가 새파랗게 질리며 목소리를 높였다.

자신은 저 암기가 날아오는지도 몰랐다.

자신이 알아차릴 정도였다면 수문 병사들도 알아차렸을 것이고 이런 일은 발생하지도 않았을 것이다.

이런 암기를 소리없이 날려서 이런 상황을 야기한 자!

과연 누굴까?

금봉령주의 머리 속이 복잡해졌다.

"형! 사업이고 뭐고 그냥 집으로 가! 여기 있다간 목숨이 위태로울 거야."

혐오스런 모양의 암기를 백봉령주와 금봉령주가 있는 땅바닥으로 던진 진우청은 진우혁의 어깨를 끌다시피 하며 말했다.

만약 그 흉칙한 암기가 자신이 아닌 형에게로 날아왔다면 어찌 됐을 것인가?

소름이 끼쳤다.

자신을 죽이려, 아니면 이런 곤란한 상황에 처하게 만들려 한 인물이라면 형을 해치지 말라는 법이 없다. 오히려 자신을 격동시키기 위해 제일 먼저 형을 해칠 수도 있었다.

진우혁의 어깨를 끄는 진우청의 손에 더욱 힘이 들어갔다.

"무인들만이 목숨을 건다고 생각해?"

어깨를 비틀며 진우청의 손을 옆으로 흘린 진우혁이 낮은 목소리로 말했다.

"뭐라고?"

단호한 진우혁의 몸놀림에 어깨를 놓고 우뚝 마주 선 진우청은 진우혁의 얼굴을 내려다보았다.

"이런 큰 사업은 목숨을 걸고 나서지 않는 한 성공하기 힘들어. 상대를 이기기 위해서 무인들이 목숨을 거는 것과 마찬가지로 우리도 그러지! 상대를 이기고 사업권을 따내기 위해선 우리도 목숨을 걸어. 이번 일에 난 목숨을 걸었어."

진우혁은 차분히 말하고는 입을 다물었다.

잠시 동안 진우청은 아무 말도 못하고 진우혁의 얼굴만 쳐다보았다.

진우혁의 얼굴에서 웬만한 무인에게서는 찾아보기 힘든 고집과 기개가 느껴졌다.

진우청은 눈을 끔벅거렸다. 이익을 위해서라면 자존심도 팽개치고, 동생을 밧줄에 묶이게까지 할 때는 기가 차서 장사하는 사람들 전부가 싫어졌는데 지금 다시 보니 뭔가 달라 보였다.

자신보다는 훨씬 작은 체구였지만 형은 오히려 자신을 위축시키고 있었다. 그래서 형인 모양이었다.

"나름대로 멋있게 컸구나, 형! 물론 나보다는 한참 작긴 하지만……."

진우청은 대견한 듯 형 진우혁을 내려다보며 어깨를 두드렸다.

딱—

이번에는 진우혁의 손이 진우청의 뒤통수를 갈겼다.

"좋아, 형! 형의 뜻이 그렇게 확고하다니 지금 당장 돌아가자는 말은 않겠어! 하지만 오늘 일은 절대로 그냥 넘어갈 수 없어! 다시는 이런 일이 일어나지 않도록 만들겠어!"

고함처럼 말한 진우청은 백봉령주와 은봉, 금봉령주를 쳐다보았다.

"그 사람, 아니, 이 집 주인에게 가서 전하시오. 직접 와서 사과하지 않는다면 이곳에서 한 발짝도 안 움직이겠다고……."

그 말과 함께 진우청은 그늘이 드리워진 성벽 아래로 가서 털썩 하고 땅바닥에 주저앉았다.

참는 데도 한계가 있는 법이다.

이곳에서 형을 만나고 싶다는 마음에 달려오긴 했지만 그전에 사 등분한 세상의 한쪽 주인이라는 남패천주의 초청을 받은 사람이다. 그런데 처음부터 끝까지 이런 대접이라니…….

'지금부터는 장사꾼의 기질로 상대해 주지.'

진우청은 내심 중얼거리며 성벽에 느긋하게 등을 기댔다. 그리고는 작정한 대로 장사꾼처럼 생각했다.

천주란 사람이 특명까지 내려 데려오라고 했다면 뭔가 그만큼 바라는 것이나 아쉬운 것이 있을 것이다. 그걸 이용해 이런 일을 벌인 자들을 찾아내도록 하고 재발 방지를 약속받을 심산이었다.

한 개의 성시만큼 큰 남패천! 그것도 내성 문 앞에서 일어난 일이라 천주의 귀에까지 들어가는 데도 시간이 많이 걸릴 것이다. 또한 귀에 들어갔다 하더라도 천주가 직접 나올 가능성은 희박하리란 생각은 들었지만 최대한 소란을 피워서 누군가 책임있는 사람의 다짐을 받아야 한다. 그래야 형이나 하수린, 아니, 예비 형수가 조금이라도 더 안전해지는 것이다.

그런 생각과 함께 진우청은 아예 눈까지 감았다.

그러자 온몸으로 뭔가 이질적인 느낌이 몰려왔다.

이렇게 눈을 감지 않으면 쉽게 감지하지 못할 느낌!

그것은 바늘 끝으로 살짝 찌르는 것 같기도 하고, 아예 착각인 것 같기도 했다.

진우청은 한쪽 눈을 실눈으로 뜨며 그 느낌의 존재를 찾았다.

우습게도 그건 바늘이 아니라 눈빛이었다. 저쪽 전각 높은 곳, 그리고 가려진 주렴 뒤에서 뻗어 나오는 한줄기 눈빛이 그런 느낌을 주고 있었다.

허허실실!

진우청은 비스듬히 드러누웠다.

　진우청의 그런 모습을 본 사람들은 잠시 어이가 없는 표정이었지만 문전박대나 마찬가지의 상황에 오도 가도 못한 신세가 되어 우두커니 서 있었다.

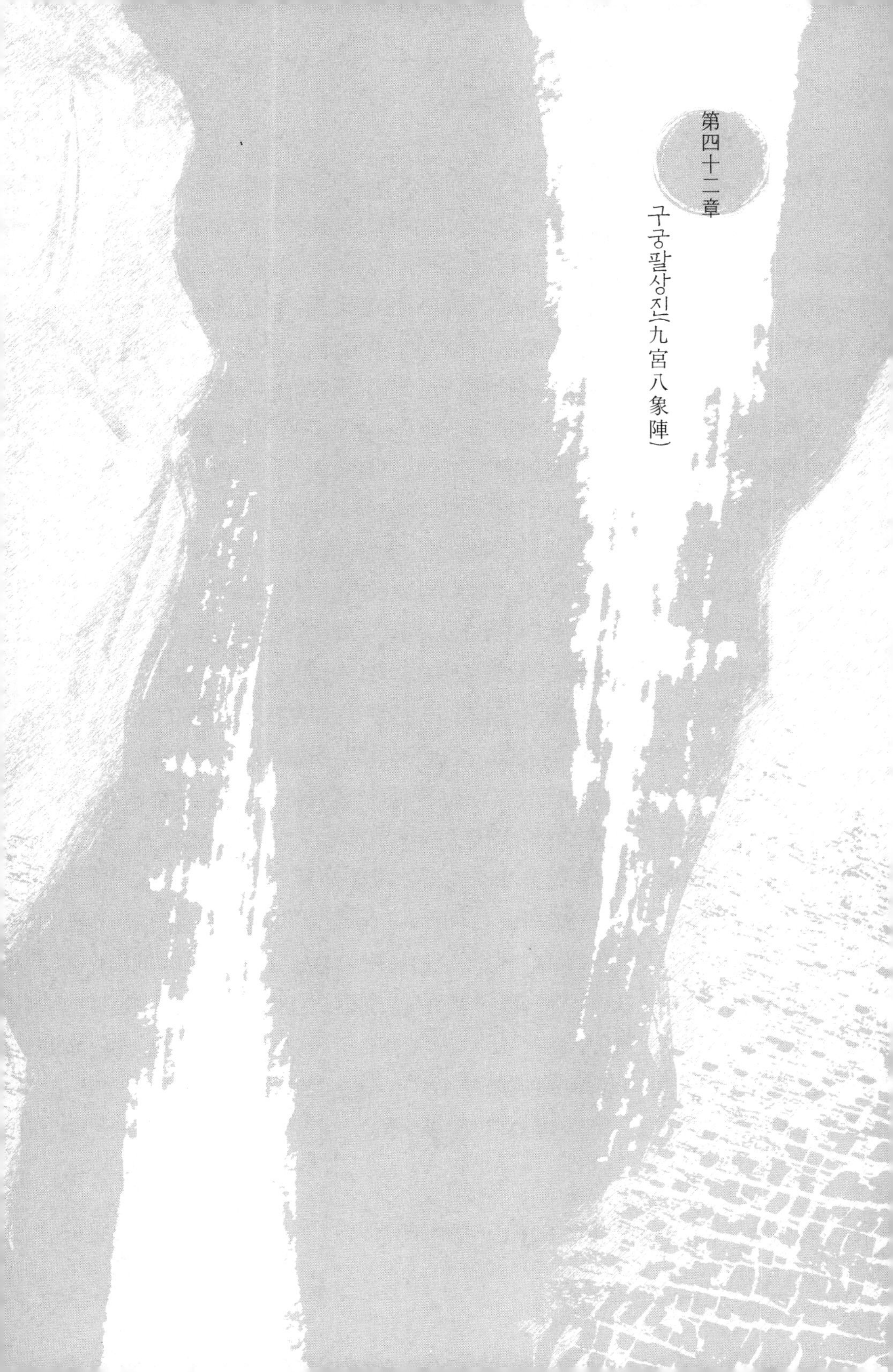

第四十二章

구궁팔상진(九宮八象陣)

구궁팔상진(九宮八象陣)

　　　　　　　　　"어떤가?"

주렴 뒤에서 청의인이 물었다.

"혼란스럽군요."

흑의인이 답했다.

"그런가?"

"그렇습니다. 이제까지의 모든 동작에서 단 한 군데도 유파를 짐작할 수 있는 곳이 없습니다."

"그런데도 남문 위병들은 물론, 삼절삭 서문휴까지 모두 때려눕히지 않았나?"

"반이지요."

"그렇군. 반은 검을 든 저놈이 쓰러뜨렸지. 어쨌든 자네 이목으로도 불가능하다니 놀랄 일이구면."

“무공도 무공이지만 저 행동거지는 도대체……."

“이젠 아예 비스듬히 드러누웠구먼. 한숨 자기라도 할 모양이야. 저 모습만 본다면 외성 파락호가 울고 갈 지경이군. 노야께서 뭘 잘못 짚은 것이 아닐까?”

청의인이 의심스런 눈길을 보냈다.

“글쎄요. 그것까진 모르겠습니다. 어쨌든 여기서 처치하지 못했으니 잘못 짚었다고도 할 수 없지요. 이젠 노야께서 직접 판단할 일이지요.”

“그렇구먼!”

“제 생각으로 오히려 검을 든 저놈이 더 위험할 것 같습니다. 저놈의 검법은 초식을 뛰어넘은 상태입니다.”

“그러면서도 자신의 실력을 절대로 다 드러내지 않는 모습은 이무기의 기질까지 갖추고 있군.”

“조탁의 팔을 잘랐다는 소문이 맞는 듯합니다.”

흑의인은 유화성에게 시선을 온통 고정시킨 채 말했다.

“저놈도 붕산철장을 일장에 날렸다고 하지 않던가?”

“……."

“어쨌든 이쯤 되면 본당의 여우가 나타나겠지?”

청의인은 시선을 돌려 뒤쪽 창문 밖을 쳐다보았다.

“그럴 겁니다. 가짜출입증은 비원각의 책임이니까요.”

흑의사내는 자신있게 말했다.

“그럼 우린 이쯤에서 사라지도록 하지.”

청의인이 주렴이 쳐진 창가에서 천천히 물러났다.

그 뒤를 흑의인이 따랐다.

진우청은 성벽에 등을 기대고 앉아 있다가 비스듬히 드러누웠다.

계속해서 신경을 자극하던 눈빛이 멀어져 가는 느낌이었다.

백운 노인과 진우혁이 혀를 차며 일어나라고 했지만 진우청은 들은 척도 않고 오히려 성벽 쪽으로 몸을 돌려 누웠다.

기분 나쁜 눈빛은 이젠 완전히 사라졌다.

그 눈빛의 느낌이 사라지자 은근슬쩍 졸음이 밀려왔다.

엉덩이와 머리 기댈 곳만 있으면 빙판 위에서도 자는 체질이었지만 이건 좀 너무하는 것이 아닐까 싶었다.

암기가 목숨을 노리고 날아오던 곳, 그리고 한바탕 싸움을 치른 곳에서 잠이 오다니…….

진우청은 스스로도 한심한 생각이 들었지만 눈을 뜨지는 않았다. 눈을 뜨고 기다리든 감고 기다리든 마찬가지였다.

거치적거리는 놈들은 한 시진 안에는 제대로 움직이지 못할 정도로 때려눕혀 놓았고, 뒤에는 성벽이고 앞에는 두 노인과 유화성, 유가검보 무사들이 지키고 있으니 잠이 오는 모양이었다.

그런 와중에 겹겹이 닫힌 문들이 열리는 소리가 들려오는 것도 같았다.

아까 강시 같은 수문장의 명령에 따라 건물 곳곳에서 봉쇄된 뭔가가 풀리는 모양이었다.

그 소리에 이어 여러 개의 발자국 소리들이 들렸다.

누군가 다른 사람들이 오는 모양이었다. 증원군일 수도 있었고 아닐 수도 있었다. 증원군이라면 다시 한바탕 싸울 가능성도 있었다.

발자국 소리가 멈추며 무언가를 설명하는 백봉, 은봉령주의 목소리가 빠르게 들렸다.

중원군은 아닌 모양이었다.

그렇다면 본당에서 나온 인물들인가?

어쨌든 책임있는 인물이 나타나지 않으면 꼼짝 않을 생각이었다.

규모로 미루어보아 앞으로도 몇 개의 문을 더 지나야 할 것 같은데 그때마다 이런 대접을 받을 수는 없는 일이 아닌가?

"우선 장내부터 정리하세요."

은봉령주 같기도 하고 백봉령주 같기도 한 목소리가 들렸다.

발자국 소리들이 더 분주하게 들리며 이윽고 등 뒤에서도 들렸다.

그건 유화성 일행과 두 노인 일행의 발자국 소리가 분명했다.

이젠 그만 일어나 봐야 할 것 같았다.

'끄응!'

진우청은 억지로 의식을 일깨우며 몸을 일으켜 성벽에 등을 기대고 앉았다.

아직도 눈은 뜨지 않은 채…….

"언제까지 그렇게 있을 건가요?"

혼미한 의식 속에서 은봉령주의 것 같기도 하고 백봉령주의 것 같기도 한 여인의 목소리가 착각처럼 바로 앞에서 들렸다.

진우청은 게슴츠레 눈을 떴다.

착각이 아니었다.

바로 앞에 한 여인이 서 있었고, 양옆으로 두 노인과 유화결 등이 호기심 어린 눈으로 자신을 쳐다보고 있었다.

등 뒤에서 들린 발자국 소리는 이 여인이 다가오자 양옆으로 갈라서며 울린 소리인 것 같았다.

"다시 만났군요."

'다시 만나?'

여인의 목소리에 진우청은 눈을 조금 더 크게 떴다. 백봉령주도 은봉령주도 아닌, 생면부지의 여인이었다.

그런데 다시 만나다니?

진우청은 뭘 잘못 들었지 않나 하며 여인의 얼굴을 조금 더 자세히 쳐다보았다.

그러다 어느 순간, 진우청은 벌떡 신형을 일으켰다.

얼굴은 처음 봤지만 그 외의 것은 기억에 있었다.

"그러고 보니 넌… 아니, 소저는?"

진우청은 어이없는 눈빛으로 앞에 선 여인을 쳐다보았다.

강서지부에서 소나무 뒤에 숨어 뭔가를 염탐하다가 자신에게 발각되어 한바탕 추격전과 함께 일전을 치르지 않았던가?

제법 치열하게 싸우긴 했지만 이 여인과 그 호위들의 공격에서 살벌한 적의를 느낄 순 없었다. 그런 자각과 함께 더 이상 귀찮은 일을 만들지 않을 의도로 홀쩍 등을 돌렸는데 전혀 뜻밖으로 여기서 다시 만난 것이다.

"그리 오랜만은 아니죠?"

구양혜림이 배시시 웃으며 말했다.

"남패천 사람이오?"

잠시 동안 구양혜림을 쳐다보고 있던 진우청은 백봉령주와 구양혜림을 번갈아 보며 말했다.

"그분은……."

백봉령주가 서둘러 설명을 하려는 찰나, 구양혜림이 손을 들어 제지

하고는 입술을 움직였다.

"남패천 사람이에요. 그리고 저번에 이름은 가르쳐 드렸죠?"

구양혜림은 진우청을 빤히 처다보았다. 그 눈빛이 어서 자신의 이름을 기억해 내라고 재촉하고 있었다.

"잠시 착각을 했소. 그리고 보니 소저를 본 적도 없고, 이름 역시 들은 적이 없는 것 같소."

진우청은 설레설레 고개를 저으며 답했다.

머리 아프게 이름을 기억하느니보다는 본 적도 없고, 이름 역시 들은 적도 없는 것으로 밀어붙이는 것이 편할 것 같았다.

구양혜림의 얼굴에 잠시 당혹감이 어렸다가 어이없는 웃음기가 번져 나갔다.

그날 한바탕 대결을 벌인 후, '내가 왜 이런 일을 벌였지?' 하는 표정과 함께 없던 일로 하자며 서둘러 등을 돌리고 떠나던 진우청의 모습이 떠오른 것이다.

"호호호!"

마침내 구양혜림이 교소를 터뜨렸다.

"다 큰 것이……!"

"어, 어머니!"

구양혜림의 웃음소리를 끊으며 한 중년 여인이 몇 명의 호위와 함께 장내에 나타났다.

구양혜림의 어머니이자 남패천 정보 조직을 움직이는 비원각주 원다영이었다.

원다영의 출현에 백봉령주와 다른 두 명의 령주가 황급히 고개를 숙였고 웃음을 멈춘 구양혜림도 얼른 옆으로 물러섰다.

"요즘 들어 너무 설치는구나."

원다영은 구양혜림을 향해 슬쩍 눈살을 찌푸려 보이고는 두 노인에게로 시선을 준 후 가볍게 고개를 숙였다.

"남패천 비원각주 직을 맡고 있는 원다영이라 합니다. 원로에 고생이 많으셨습니다."

가볍게 인사말을 던진 원다영은 진우청과 유화성을 쳐다보았다.

짧은 순간 마주친 원다영의 눈에는 빠른 판단력과 함께 지혜의 빛이 넘쳐흘렀다.

"우리 비원각에서 큰 착오가 있었군요. 그래서 이런 일이 벌어진 데 대해 모든 분들께 정식으로 사과드려요."

원다영은 진우청과 유화성을 향해서도 가볍게 고개를 끄덕였다.

숙이지도 않고, 남의 말에 수긍을 하듯이 끄덕거린 고갯짓이었지만 그 모습은 자연스럽게 흘러나오는 기품과 어우러져 보는 사람의 마음을 편안히 가라앉히고, 어떤 동작보다 정중한 사과의 기운을 느끼게 했다.

"평소라면 이런 일이 벌어지지 않았을 것이지만 요즘 무림 정세가 심상치 않아 남패천 전역에 이급경계령이 내려졌어요. 그래서 이런 일이 발생되었군요. 다시 한 번 정식으로 사과드리며 재차 이런 일이 발생하지 않을 것을 남패천주의 큰며느리 이름으로 약속드리겠어요."

집주인이 나와서 사과하지 않고는 움직이지 않겠다고 한 진우청의 말이 전해졌는지 원다영은 거듭된 사과와 재발 방지의 약속까지 했다.

'큰며느리?'

진우청은 원다영의 말을 되뇌었다.

비원각이라면 백봉령주와 금봉, 은봉령주, 그리고 오무평 같은 사람을 부리는 곳인데, 여인의 몸으로 그곳의 수장 자리를 맡고 있다는 사실에 대단하다는 생각을 했지만 남패천주의 큰며느리란 사실은 뜻밖이었다.

‘그렇다면 저 여인은……?’

진우청은 구양혜림을 쳐다보았다.

원다영을 보고 어머니라고 부른 것 같았으니 이곳 남패천주의 손녀라는 답이 나온다.

‘어쩐지 손가락 하나로 범상치 않은 기운을 뿜어내더라니…….’

그런 생각과 함께 진우청은 머리 속이 복잡해짐을 느꼈다.

남패천주의 손녀딸이 왜 강서지부를 엿보았는지 쉽게 이해가 가지 않았고, 왜 자신과 악착같이 대결을 벌였는지는 더욱 모를 일이었다.

‘그건 뒷일이고…….’

고개를 흔든 진우청은 원다영을 쳐다보았다.

집주인은 아니지만 집주인의 큰며느리가 나와서 사과하고 재발 방지를 약속했으니 아쉬운 대로 만족할 수 있었다. 특히 그녀가 이곳의 정보 조직을 주무르는 비원각주라면 조금은 더 안심이 되는 것이다.

그때 원다영이 부하들을 보며 지시를 내렸다.

“귀한 손님들이니 접객당으로 모셔라. 그리고 대접에 한 치의 소홀함이 없도록 해라.”

원다영의 지시에 따라 같이 나온 무사들과 시녀들이 진우청 일행을 안내했다.

진우청은 그래도 마음이 안 놓여 뻣뻣하게 서 있었다. 결국 진우혁과 하수린이 얼른 양팔을 끌어 접객당으로 향했다.

진우청과 유화성 일행이 접객당으로 사라지자 비원각주 원다영의 표정이 매서워졌다.

잠시 후 그녀의 입술이 움직였다.

"추룡! 너는 오늘 일의 배후를 조사해라."

원다영의 전음을 받은 사내가 아주 짧은 순간 눈을 반짝였지만 더 이상 아무런 반응은 보이지 않았다. 각주가 전음으로 지시하는 것에 대해서는 대답은 물론, 들은 척도 하지 않는 것이 그들 사이의 행동 방식이었다.

"현검! 너는 은봉령주에게서 건네받은 암기의 출처를 찾아라. 우리 남패천에서 쓰는 물건이 아니니 외부, 특히 중원세가에서 온 사람들 쪽에 초점을 맞추어라."

현검이란 사내 역시 원다영의 지시를 받은 후 아무런 표시도 내지 않고 있다가 천천히 몸을 움직였다.

'걱정이야! 이렇게 신속하고 노골적으로 나올 줄 몰랐어.'

내심 중얼거린 원다영의 얼굴에 긴장감이 어렸다.

접객당에 도착한 진우청 일행은 여장을 풀고 점심을 들었다.

점심 후, 차를 드는 자리에서도 긴장감은 남아 있었다.

예상치 못한 성문 앞 사건 때문에 접객당 주위로 삼엄한 경계가 쳐졌기 때문이다.

그런 분위기를 누그러뜨리기 위해 원다영과 구양혜림은 두 노인과 진우청, 유화성에게 이것저것 질문을 하기도 하고 농담을 건네기도 했다.

잠시 후, 두 명의 시녀가 옷가지를 들고 들어왔다.

그 옷은 한바탕 싸움으로 인해 먼지가 묻은 진우청과 유화성이 갈아

입을 옷이었다.

특히 진우청의 옷은 서문휴의 삼절삭을 상대하며 곳곳이 찢어져 있었다.

“맘에 안 드실지 모르겠지만 이걸로 갈아입고 할아버지를 만나기로 해요.”

구양혜림이 시녀들에게서 옷을 받아 건네며 말했다.

유화성은 말없이 옷을 받아들었지만 진우청은 뚱하게 쳐다볼 뿐 손을 내밀지 않았다.

“뭔가 하실 말씀이 있으신가요, 공자님?”

구양혜림은 진우청을 빤히 쳐다보며 말했다.

“대체 소저의 할아버지께서는 뭣 때문에 날 초청한 것이오?”

그건 그동안 가장 큰 궁금증이었다.

“할아버지를 만나보시면 알게 될 것 아닌가요?”

구양혜림은 생글거리며 대답을 회피했다.

“좋소. 그런 그렇다 치고… 일전에 소저께서 강서지부에 숨어들어 날 염탐하며 대결을 청했던 이유는 또 무엇이오?”

진우청은 두 번째 궁금했던 질문을 던졌다.

“그것 역시 할아버지를 만난 자리에서 자연히 알게 될 거예요. 같은 맥락의 일이었으니까요.”

“같은 맥락?”

그게 어떻게 같은 맥락이 되는지 짐작이 가지 않았다. 궁금증은 하나도 풀리지 않았지만 구양혜림의 표정을 보니 이곳에서 그 궁금증을 푸는 것은 불가능해 보였다.

입맛을 다신 진우청은 고개를 돌렸다.

그때 한 사내가 방으로 들어와 원다영에게 뭔가를 전했다.

"천주님께서 두 분을 지금 만나보시겠다고 합니다. 두 분 공자님은 어서 옷을 갈아입으세요."

원다영이 빠르게 말하며 진우청에게 직접 옷을 건넸다.

잠시 후, 다른 사람들은 접객당에서 숙소를 배정받고 유화성과 진우청, 진우혁, 하수린은 원다영 일행을 따라 본당으로 향했다.

진우청과 유화성은 애초에 천주를 만나기로 약속된 사람들이었다.

반면, 진우혁과 하수린은 계획에도 없었는데 같이 만나자는 연락을 받았다.

두 사람의 얼굴에는 다 감추지 못한 흥분의 기운이 새어 나왔다.

자신들도 같이 만나자는 것은 서역 특산물 사업권을 자신들 가문에 넘겨주겠다는 말이나 같은 뜻이다.

그걸 위해 이제껏 온갖 고생을 하고, 성문에서 동생을 밧줄에 묶이게까지 하지 않았던가. 그 노력이 결실을 맺는 것이다.

"무슨 부탁인지 모르겠지만 웬만하면 들어드리세요. 그래야……."

하수린이 진우청 옆으로 다가와 낮은 목소리로 말했다.

벌써 세 번째였다.

진우청은 와락 인상을 찌푸렸다.

"자꾸 그러면 왕창 뒤집어엎어 버리는 수도 있소."

진우청이 으르렁거리듯 말하자 하수린이 찔끔 눈을 내렸다.

잘나가다가도 그렇게 한번 뒤틀리면 아무도 말릴 수 없다는 것을 어릴 때부터 잘 알고 있었기 때문이다.

"여기서부터 너희들은 외곽을 경비해라."

복잡한 건물들 앞에서 원다영은 호위무사들에게 지시를 내렸다.

　호위무사들은 고개를 숙인 후 신속히 좌우로 갈라져 건물들 옆으로 사라졌다.

　"우리는 이곳을 통해서 본당으로 가게 됩니다."

　원다영은 건물들 사이로 난 미로 같은 길을 가리키며 말했다.

　진우청은 복잡하고 꼬불꼬불한 길을 보며 고개를 쭉 뺐다. 복잡하게 이어진 길이라 직선으로 가는 것보다 두 배는 멀어 보였다.

　"원래 계획으론 두 분 공자님은 내일 천주님과 만나기로 되어 있었는데, 오늘 그런 일이 있고 보니 한시도 미룰 수 없겠다는 생각이 들어 제가 전령을 보냈어요. 그래서 지금 만나게 되었어요. 이 길은 외부인의 손길이 닿지 않는 가장 안전한 길이에요."

　설명과 함께 원다영과 구양혜림이 미로 같은 길 안으로 앞서 걸으며 안내했다. 그 뒤를 진우청 일행과 유화성이 따르고 세 명의 령주가 제일 뒤에서 따랐다.

　길은 복잡하고 꼬불꼬불했지만 원다영의 말대로 외부인의 손길이 닿기는 힘들게 만들어져 있었다. 혹시 외부인의 침입이 있더라도 미로 같은 길을 알지 못하면 오히려 역공을 받을 가능성이 높았다.

　원다영 모녀는 복잡한 그 길을 아무런 거리낌 없이 찾아갔다. 똑같은 길 같았지만 곳곳에 미세한 표식들이 있었는데 천주의 가족들은 그것을 훤히 읽고 있었기 때문이다.

　우웅―

　원다영을 따라 미로 같은 길을 일각 정도 걸었을 때 미세한 소음들이 사방에서 들려왔다.

　진우청과 유화성은 크게 의식하지 못하고 계속 걸음을 옮겼다. 그런데 원다영 모녀가 주춤 걸음을 멈추었다.

기관음이 다시 들려왔다.

이번에는 진우청과 유화성도 걸음을 멈추며 청력을 돋우었다.

성문 앞에 들어섰을 때도 이런 소리가 들렸으나 지금은 뭔가 훨씬 더 복잡하고 육중한 기운이 담겨져 있었다.

아울러 그 음향 속에는 사람의 가슴을 내려앉게 하는 기운도 함께 담겨 있었다.

구양혜림이 얼른 고개를 돌려 원다영을 쳐다보았다.

"어머니! 저건 진이 발동하는 소리 아닌가요?"

구양혜림은 고개를 갸웃거리며 원다영을 쳐다보았다.

"가만있어 보아라."

원다영이 긴장한 눈빛으로 주변 건물들의 배치를 읽었다.

건물들이 선박이나 마차처럼 이곳저곳으로 움직일 순 없다. 처음 보았을 때와 마찬가지로 변한 것은 없었다.

외부인의 눈에는 변함없어 보였지만 남패천의 사람들에게는 그게 아니었다.

원다영과 구양혜림의 뒤를 이어 백봉령주와 은봉령주의 눈에서도 긴장의 빛이 번져 나갔다.

'이럴 수가!'

원다영은 신음을 삼켰다.

"구궁팔상진(九宮八象陣)이 발동되었다!"

잠시 후, 원다영은 납덩이처럼 무거운 음성으로 말했다.

"그게 무슨? 구궁팔상진이 왜 발동된단 말인가요? 구궁팔상진은 일급경계령이 내려지고, 아울러 전시 상태가 되어야 발동되는 것이 아닌가요?"

구양혜림은 도저히 이해할 수 없다는 표정과 함께 고함을 질렀다.

구궁팔상진!

그것은 남패천 내성에서 본당으로 이르는 곳에 설치된 절진이다.

교묘하게 배치된 건물들과 그 건물들 안에 있는 여러 기관 장치들을 이용하여 진식을 펼치는 것인데, 발동되면 그 안에 있는 사람들에게는 치명적인 죽음의 진이었다. 그만큼 위험하고 치명적이기에 구양혜림의 말대로 일급비상사태가 발효되고, 또 적도들이 침입했을 때만 발동하는 진이었다.

"말도 안 돼요. 구궁팔상진은 본당에서만 발동시킬 수 있어요. 그리고 작동시킬 수 있는 사람도 몇 안 되는……."

은봉령주가 빠르게 고함을 지르다가 비원각주 원다영의 표정을 살폈다.

비원각주 원다영의 입술이 참을 수 없는 분노로 파르르 떨리고 있었다.

구궁팔상진은 지금 발동되어서는 안 되는 것이기도 하지만 발동시킬 수 있는 사람 역시 시아버지인 천주와 그 아들들… 그러니까 자신의 남편, 그리고 시동생들뿐이다.

결론은 명백했다.

남편이 아내와 딸을 죽이고자 진을 발동시키지는 않았을 것이다. 시아버지 역시 마찬가지이고…….

그렇다면 자신의 존재를 눈엣가시로 생각하고 있는 시동생들!

그들 중 한 명이 자신을 죽이고자 이런 극단적인 짓을 벌이고 있는 것이다.

쫘악―

깨물린 원다영의 입술에서 피가 흘러내렸다.

그동안 후계자 자리를 놓고 암중으로 갈등이 많다는 건 알았지만 피를 나눈 형제들끼리 이런 악독한 짓을 벌이리라고는 생각지 못했다.

남편의 세력을 약화시키려면 최우선적으로 자신을 제거해야 할 것이다.

자신을 죽임으로써 남편의 날개를 꺾고, 시아버지인 천주가 벌이는 일을 방해함으로써 혼란을 야기시킨 후, 그 틈을 노리는 것!

그런 면에서 본다면 흉수는 정말 핵심을 찔렀다.

자신에 더해, 시아버지가 애타게 기다리는 청년도 함께 진 속에 가두었으니까.

위험 부담이 큰 이런 일을 벌일 정도라면 사전에 충분히 계획했을 것이다. 그건 자신들에게는 그만큼 더 위험하다는 말이었다.

남패천 가족들에게는 든든한 보호막이 되어주었던 이곳 미로가 이젠 죽음의 길로 변하고 있었다.

원다영은 먹구름처럼 뒤덮어오는 공포감을 억누르고자 안간힘을 썼다.

'과연 누가 이런 대담하고 극단적인 일을 꾸몄을까?'

원다영의 머리 속으로 네 명 시숙들의 얼굴이 섬전처럼 스쳐 지나갔다.

하나같이 야망이 큰 사람들이었다.

첫째 시숙은 뛰어난 무공과 함께 패도적인 성격으로…….

둘째, 셋째, 넷째 시숙 역시 차이는 있겠지만 자신을 제거하고 남편의 날개를 꺾을 기회가 생긴다면 충분히 그럴 수 있는 사람들이었다.

원다영은 온몸에 소름이 끼쳐 오는 느낌에 짧은 순간 진저리를 쳤다.

그사이에도 기관이 작동되는 복잡하고 육중한 소리들이 계속 들렸다.

저 소리가 멈추는 순간 죽음의 진식이 펼쳐질 것이다. 그렇다고 지금 당장 움직이는 것은 아무런 준비도 없이 미로 속으로 뛰어드는 것과 마찬가지이다. 철저히 변화를 읽고 발동되는 순간에 뛰어드는 것이 탈출 가능성이 조금이라도 더 높다.

"어, 어머니!"

처음에는 설마 하는 심정이었지만 이젠 완전히 사태를 파악한 구양혜림이 공포감이 깃든 목소리로 원다영을 불렀다.

"침착해야 한다. 그래야 살아날 수 있는 일말의 희망이 생긴다."

원다영은 구양혜림을 진정시키고 백봉, 은봉, 금봉령주를 손짓으로 불렀다.

세 명의 여인이 빠르게 움직였다.

"무슨 일이 있는 건가?"

조금 떨어진 곳에서 남패천 사람들의 다급한 움직임을 지켜보던 진우청은 고개를 쭉 빼며 중얼거렸다.

그때 구양혜림이 빠르게 달려왔다.

그녀의 뒤를 따라 세 명의 령주도 당황한 모습으로 달려왔다.

"대체 왜 그러시오? 또 출입허가증이 바뀐 것이오?"

진우청은 백봉령주를 보고 물었다.

"차라리 그랬다면 아무 걱정도 없을 거예요."

대답은 구양혜림의 입에서 터져 나왔다.

숨을 가쁘게 몰아쉰 그녀는 계속 빠르게 입술을 움직였다.

"구궁팔상진… 아니, 길게 설명할 순 없어요. 누군가 우리 모두를 함정에 빠뜨려 죽이려 해요."

"우리 모두?"

진우청의 표정에 의혹이 어렸다.

외부인들인 자신들을 누군가가 죽이려 한다면 또 모르는 일이었다. 휘주에서부터 그렇게 사투를 벌이며 이곳까지 왔으니까. 그런데 우리 모두라면 그 속엔 천주의 손녀라는 이 여인과 그녀의 어머니이자 비원 각주라는 저 여인까지 포함됐다는 말이다. 그건 도저히 이해할 수가 없었다.

"그래요. 우리 모두 죽이려 하고 있어요. 그러니 어서… 어서 서둘러야 해요."

"아니… 이게……?"

"어서, 움직여야 해요. 저 소리가 멈추자마자."

은봉령주도 다급하게 소리를 질렀다.

계속된 어이없는 상황에 진우청은 형과 하수린을 쳐다보았다.

남패천 사람들의 반응으로 봐서 위기도 보통의 위기 상황이 아닌 것 같았다. 무공의 고수인 그들도 저렇게 허둥댈 정도라면 형과 하수린은 어쩔 것인가?

"두 패로 나누어 움직여야 한다. 그래야 조금이라도 기관진식의 공격을 분산시킬 수 있다."

원다영이 최대한 감정을 억누르며 말하자 백봉령주가 고개를 끄덕였다.

"유 공자님은 저희들을 따라오세요."

백봉령주가 금봉, 은봉령주와 함께 유화성 앞에 섰다.

"진 공자님과 두 분은 우리와 함께 행동해요. 정말 죄송해요!"

원다영이 구양혜림과 함께 진우청 앞으로 왔다.

"뭐 이런 개떡 같은 곳이……."

마침내 진우청이 분통을 터뜨렸다.

"우청아!"

진우혁이 얼른 진우청을 다독거렸다.

이럴수록 냉정해야 한다는 것은 일찌감치 깨달은 상술이었다.

상계와 무림의 세계가 다르다 해도 이런 순간에는 조금이라도 더 냉정한 사람이 이기는 것이다.

"개떡이 아니라 개똥보다 더 더러운 곳이에요. 이곳은……."

구양혜림이 격앙된 목소리로 진우청의 말에 호응했다.

자기 집이었지만 그동안 부친과 숙부들 사이의 암투를 보며 큰 실망을 한 그녀였다.

남들은 남쪽의 하늘이라는 남패천으로 부르며 부러워했지만 그녀는 오히려 일반 가정집이 부러웠다.

"조용히 하거라. 그런 푸념은 아무런 도움이 안 된다."

엄한 눈으로 구양혜림을 쳐다본 원다영은 진우청과 진우혁에게로 시선을 돌렸다.

"최대한 협력해서 빠져나가야 해요. 이제 곧 기관들이 움직일 거에요."

원다영이 허리에 찬 체대를 뽑아 들며 말했다.

단순히 옷맵시를 내게 하는 체대 같았지만 뽑아 드는 순간 영롱한 광채를 뿌리는 것이 기병이라 할 만했다.

그러는 사이 기관이 움직이는 소리들이 잦아들기 시작했다.

"이곳을 빠져나가기란 결코 쉬운 일이 아니에요. 하지만 두 분 공자님들이라면 어쩌면 가능할 수 있으리라 생각해요. 그러니 우리가 이끄는 대로 한 치 어긋남 없이 움직여 주세요. 부탁이에요."

원다영이 진우청과 유화성을 번갈아 쳐다보며 말했다.

"누가 부탁하지 않아도 살려면 그럴 수밖에 없는 것 아니오? 어서 길 안내나 제대로 하시오!"

고함을 지른 진우청이 용호곤을 꺼내 양손에 쥐었다.

기가 막힌 심정이었지만 일단은 이 개떡, 아니, 개똥보다 못한 곳에서 살아나가야 했다. 뿐만 아니라 무공이라고는 조금도 모르는 형과 예비 형수까지 보호해야 했다.

"형! 내 뒤에서 떨어지지 마!"

진우청은 고개도 돌리지 않고 고함을 질렀다.

그 순간 기관이 작동하는 소리가 완전히 멈췄다.

"지금이에요! 어서 이쪽으로……!"

원다영이 고함을 지르며 빠르게 건물 한쪽으로 몸을 날렸다.

그녀의 목소리와 함께 반대쪽에 있던 백봉, 금봉, 은봉령주도 유화성을 이끌고 몸을 날렸다.

'제길…….'

터져 나오는 불평을 억누르며 진우청은 진우혁과 하수린을 양옆으로 둔 채 급히 움직였다.

피피핑―

잠시 후, 그들이 섰던 자리에 여러 종류의 암기들이 쏟아졌다.

콰앙―

골목 두 개를 돌아 앞으로 달려가던 원다영이 작은 석등 하나를 걷어차며 몸을 날렸다. 그것이 기관의 움직임을 촉발시켜 건물 양쪽에서 장창들이 가로세로로 쏟아졌다.

그것들을 향해 원다영은 체대를 어지럽게 휘둘렀다.

체대에 걸린 장창 세 개가 허공으로 솟구쳤다.

동시에 구양혜림도 날카로운 기합성과 함께 신형을 날렸다.

그녀 역시 그녀의 어머니와 똑같은 체대를 한 손에 들고 허공을 향해 휘둘렀다.

구양혜림의 체대에도 쏘아져 나오려던 장창 다섯 개가 나뭇단 묶이듯 묶여 옆으로 날아갔다.

체대를 무기로 사용하면서 두 모녀는 간간이 빙옥수, 빙옥지를 터뜨렸다. 또한 체대를 하나로 연결하여 밧줄로도 이용, 서로를 끌고 당기며 위험 지역을 뛰어넘고 있었다.

'대단한 모녀지간이군.'

진우청은 혀를 내두르며 두 여인의 활약상을 지켜보았다.

이곳 기관과 진식의 배치를 훤히 꿰뚫고 있는 두 여인의 활약으로 인해 진우청 등은 아직 큰 위험을 겪지 않았다. 두 여인이 지시하는 대로 형과 하수린을 이끌고 신속히 몸을 이동시키면 되었다.

그 와중에 자신에게로 튀어나오는 장창들은 간단히 쳐낼 수 있었다.

'그런데 날아오는 암기들의 방향이 점점 이상하게 바뀌는 것 같은데……'

진우청은 형과 하수린 곁에 최대한 밀착하여 두 여인이 쳐내는 장창들을 유심히 쳐다보았다.

이제까지 날아들던 것보다 장창의 수가 많아지고 속도와 각도도 달라지는 것 같았다.

“귀혼마진(鬼魂魔陣)이 같이 발동되고 있어요, 어머니!”

아니다 다를까, 구양혜림의 목소리가 다급하게 흘러나오고 아래에서 솟구치는 장창을 쳐낸 원다영의 입에서도 신음이 흘러나왔다.

第四十三章

귀혼마진(鬼魂魔陣)

귀혼마진(鬼魂魔陣)

구궁팔상진 제일 첫 관문은 장창과 기관이 어우러진 진식이었다.

말을 타고 침입하거나 중병기를 이끌고 침입하는 적들을 막기 위해 장창들을 이용한 죽음의 진을 펼친다. 파괴력 면에서는 다른 곳보다는 훨씬 강했지만 살상보다는 중병기를 깨뜨리기 위한 기관이기에 공격이 단조로웠다. 그래서 그 배열을 꿰뚫고 있었기에 이곳까지는 뚫고 올 수 있었다.

그런데 귀혼마진이 같이 작동한다면?

얘기는 백팔십도로 달라진다.

귀혼마진은 살아 있는 진이었다.

처음 한 번 발동시키면 정해진 순서대로 발동하는 진과는 달리 그 순서가 마음대로 바뀐다.

원다영은 이를 갈았다.

마음대로!

그건 기관을 조종하는 사람 마음대로라는 말이다.

기관을 발동만 시키고 사라진 것이 아니라 사생결단을 낼 작정을 하고 기관을 계속 조종하고 있다는 말이었다.

기관진식 안에 든 사람을 기필코 죽이고자 할 때는 그렇게 한다.

그러나 음모를 꾸민 인간 역시 그만한 위험을 감수해야 한다. 시간을 길게 끌면 자신 역시 노출될 위험이 커질 수밖에 없기 때문이다. 흉수는 그것을 무릅쓰고서라도 기관진식 안에 든 원다영과 진우청을 죽이고 싶어하는 것이다.

"공자님! 어서 이쪽으로……."

몇 개의 장창을 더 쳐낸 구양혜림이 다급한 목소리로 외쳤다.

한줄기 경각심을 가지고 있던 진우청은 진우혁과 하수린을 낚아채다시피 하며 구양혜림이 가리킨 곳으로 신속히 신형을 이동시켰다.

처음 기관이 작동될 때 들리던 기분 나쁜 소리가 울리며 잠시 장창의 공격이 멈추어졌다.

귀혼마진이 본격적으로 가동되기 전에 생기는 짧은 시간 간격이었다. 그 간격 동안 조금이나마 숨을 돌릴 수 있을 것 같았다.

"앞으로는 훨씬 더 위험해질 것 같아요, 공자님. 공자님 무위로 본다면 걱정할 것이 없지만 두 분은……."

원다영이 걱정스런 눈으로 진우혁과 하수린을 쳐다보았다.

분노를 억누른 그녀의 표정이 처참해 보였다.

"형과 예비 형수는 어떻게든 내가 책임지겠소! 그런데 이 망할 놈의 장소는 얼마나 넓으며, 또 언제까지 이 모양으로 장창들이 튀어나오는 것이오?"

진우청은 벌컥 고함을 질렀다.

벌써 제법 치달려온 것 같은데 빠져나오기는커녕, 기분 나쁜 기관음과 함께 본격적으로 시작하려는 분위기가 아닌가?

"실제로도 넓어요. 게다가 시시각각 진식이 변하고 기관이 작동되어 난마(亂麻)처럼 어지럽게 되어버렸어요."

"그래도 끝이 있을 것 아니오! 밖에서 누가 구하러 오거나, 천주의 손녀딸이나 큰며느리쯤 되면 다른 탈출로쯤은 알고 있을 게 아니오!"

진우청은 연방 콧김을 내뿜으며 빠르게 소리를 질렀다.

자신 한 몸이라면 어떻게 해볼 수도 있겠지만 무공이라고는 무 자도 모르는 형과 하수린은 까딱하다가는 장창에 꿰뚫리는 백척간두의 위기에 처한 것이다.

"끝은 있어요. 또한 비밀 통로도 한 개 있어요. 하지만 그 끝까지 버티는 것은 거의 불가능해요. 또한 밖에서도 끝이 나기 전까지는 속수무책이에요. 공자님 말처럼 이 기관진식은 남패천의 큰며느리를 겨냥해서 작동하고 있으니 그 정도 되어야죠."

구양혜림이 발악하듯 말했다.

"혜림아!"

원다영이 구양혜림을 향해 고함을 쳤다.

"왜요, 어머니? 얼마 후면 죽을 목숨인데 뭐가 두려울 게 있다고 말 조심을 한단 말인가요? 숙부님들 중 누군가가 어머니를, 그리고 진 공자님을 죽이려 하고 있는 것이잖아요!"

구양혜림은 더욱 큰 소리로 고함을 질렀다.

"진정하시오, 소저. 이런 상황에서 흥분하는 것은 가장 하책이오. 죽을 때 죽더라도 끝까지 냉정하게 활로를 찾도록 해봅시다. 아직까지는 여유가 있지 않소?"

구양혜림이 냉정을 잃어가는 모습을 본 진우혁이 얼른 나서서 침착한 목소리로 타일렀다. 그 목소리에는 공포나 다급함이 철저히 배제되고 냉철한 기운만이 흘러나왔다.

무인도 아니면서 무인보다 더 침착한 진우혁의 모습에 구양혜림은 멈칫하며 입을 다물었다.

무공의 고수란 것이 만능의 고수는 아니었다. 어느 분야에서든 자신의 일에 전심전력을 다하는 사람들에게서는 함부로 넘보지 못할 기개가 있다. 그런 면에서 본다면 진우혁은 자신보다 한참 고수라는 생각이 들었다.

"미안해요."

구양혜림이 냉정을 되찾으며 사과했다.

"진 공자님의 말이 맞아요. 이제껏 그 누구도 통과하지 못한 귀혼마진이지만 영원히 그러라는 법은 없어요. 냉정하게 대처하고 천운이 따라준다면 헤쳐 나갈 수 있을지도 몰라요. 그리고 헤쳐 나가기만 한다면 흉수를 잡을 수도 있어요."

"정말 잡을 수 있겠소?"

진우청이 불쑥 나서며 말을 받았다.

"그래요. 지금부터 정확히 일각 후엔 기관이 재배열되며 틈이 생겨요. 일단은 그때까지 버텨야 해요."

원다영이 진우청을 쳐다보며 빠르게 설명했다.

설명을 하면서도 원다영은 자신의 말에 확신을 가지지는 못했다.

일각 후에 기관이 재배치하면서 지극히 짧은 틈이 있긴 했지만 그때까지 견디는 것도, 그 틈으로 빠져나간다는 것도 모두 불가능에 가까운 일이다. 평소라면 일고의 가치도 없겠지만 지금처럼 어처구니없는 상황에서는 그녀 역시 어처구니없는 생각에 매달릴 수밖에 없었다.

"하지만 그건……."

구양혜림이 자신도 모르게 고개를 흔들다가 얼른 시선을 돌렸다. 진우혁의 충고대로 죽을 때 죽더라도 의연히 행동하고 싶었다.

그그긍―

마지막 기관음 소리와 함께 긴장감이 느껴졌다.

"이쪽으로!"

기관의 작동음 소리가 완전히 멈추자 원다영이 방향을 지시했다.

피피핑―

날카로운 파공음이 뒤를 이어 터져 나오며 진우청 등이 섰던 그 자리에 화살들이 소나기처럼 쏟아졌다. 장창보다 파괴력은 약했지만 숫자가 훨씬 많아 무장을 하지 않은 사람에게는 훨씬 더 위험했다.

원다영은 신속히 방향을 틀었다. 기다렸다는 듯이 원다영이 움직인 방향으로도 화살들이 쏟아졌다.

두 모녀의 체대가 어지럽게 허공을 선회하며 화살들을 쳐냈다.

휘익―

다 쳐내지 못한 화살 몇 개가 진우혁과 하수린이 있는 곳으로 날아왔다.

"어엇―"

진우혁이 다급성을 질렀다.

쏜살같다는 말을 직접 실감한 것이다.

굳이 무공을 익히지 않아도 날아오는 화살은 볼 수 있다. 그러나 그것으로 끝이었다. 무공을 익히지 않은 사람들은 쳐다보는 것만 할 뿐,

순식간에 반응하며 몸을 움직일 수 없었다.

"뭐 해, 형! 죽고 싶어?"

진우청이 진우혁과 하수린의 뒷덜미를 끌어당기며 고함을 질렀다.

진우혁과 하수린이 섰던 자리가 고슴도치처럼 변했다.

"화살이 뭐가 좋다고 날아오는 걸 보면서도 그렇게 멀쩡히 서 있는 거야?"

진우청은 기가 막힌다는 음성으로 연신 고함을 질렀다. 그러면서도 두 사람의 뒷덜미를 끌고 두 번은 더 위치를 이동시켜야 했다.

날아오는 화살들을 피해 신형을 이동시킨 곳에는 어김없이 더 많은 화살들이 날아들었다.

진우청은 땅바닥에 발이 닿기도 전에 진우혁의 어깨를 누르며 발을 휘둘렀다.

진우청의 발길에 차인 화살들이 허공으로 튀어 올랐다. 기관에서 발사된 화살들인지라 사람이 쏘아 보낸 것보다 훨씬 강하게 날아왔고, 한 순간의 망설임도 없이 모든 방향을 점하며 날아왔다. 단 한 번만이라도 실수를 하면 산적처럼 꿰뚫릴 참이었다.

피피핑—

화살이 사방팔방에서 더욱 거세게 날아왔다.

진우청은 수초처럼 흔들리는 손으로 화살을 쳐내고 앞쪽으로 진우혁과 하수린을 잡아끌었다. 그리고는 뒤쪽과 옆쪽에서 날아오는 화살들을 차례로 쳐냈다.

"대체 시간은 얼마나 지난 거야?"

촌각을 다투는 상황이라 시간 감각이 없었다.

일각만 버티면 기관이 재작동하는 시간의 틈이 생긴다고 했는데 얼마나 더 버텨야 일각이 지날지 알 수가 없었다. 꿰다 논 보릿자루나 마찬가지인 형과 하수린을 데리고 빗발치는 화살들 속을 헤집다 보니 몇 배는 더 힘이 들었다. 당연히 시간 감각 또한 까맣게 잊었다.

"반 각! 반 각만 더 버텨주세요, 공자님!"

진우청의 말을 들었는지 구양혜림이 다급하게 대답했다.

다급함과 함께 그녀의 목소리에서 가쁜 숨결도 같이 느껴졌다. 진우청에게로 쏠리는 화살을 하나라도 더 쳐내기 위해 정신없이 체대를 휘두른 결과였다. 지금까지는 그럴 여력이 있었지만 이젠 그것도 불가능해 보였다. 숨결에서 그것이 고스란히 느껴졌다.

예상대로 그녀와 원다영은 더 이상 진우청에게 도움을 주지 못했다.

날아오는 화살들이 그야말로 소낙비 같았다. 한 손으로 체대를 휘두르고 다른 한 손으로 장력을 뿌려 화살들을 날려 보내는 데 모든 힘을 쏟아 부어야 했다.

자신의 몸으로 쏟아지는 화살들과 형, 그리고 하수린에게로 쏟아지는 화살들을 한꺼번에 쳐내야 하는 진우청은 그들 모녀들보다 세 배는 더 힘들었다.

혼자라면 화살들쯤은 걱정할 것이 없었다.

신안강 변에서도 천룡신무가 일으키는 기세로 온몸으로 집중되는 화살들을 모조리 튕겨냈었다. 하지만 지금은 달랐다. 천룡신무의 기세 속에 두 사람을 끌어넣을 수 없었다. 그랬다간 화살보다 그들이 먼저 튕겨 나갈 것이다.

천룡신무의 기세를 일으키지 않고 날아오는 화살들을, 그것도 자신에게로 날아오는 화살 외에 형과 하수린에게로 날아오는 화살들을 막아내기 위해서는 호흡을 최대한으로 소모해야 했다.

언제까지 그럴 수 있을지는 알 수 없었지만 지금은 그럴 수밖에 없었다.

굵고 긴 호흡이 온몸으로 퍼져 나가자 진우청의 신형은 쏜살처럼, 아니, 쏜살보다 몇 배는 빠르게 움직였다.

정면에서 날아오는 화살들을 천수관음처럼 손을 흔들어 쳐낸 진우청은 형과 하수린을 밀치거나 끌어당겨 그들에게 날아드는 화살들을 피하게 했다. 또 두 사람의 신형 사이로 파고들며 양손을 뻗어 좌우에서 동시에 날아오는 화살들을 쳐내고 두 사람의 어깨 위로 날아올라 건물 꼭대기에서 비스듬히 떨어지는 화살들을 공중제비를 돌며 양 발로 휘감아 차내기도 했다.

달빛 아래에서 온몸으로 무너지는 이여옥에게 춤을 추게 해주듯이 진우청의 신형은 형과 하수린을 중앙에 두고 바람처럼 사방팔방으로 움직였다.

그러는 사이, 진우청은 자신의 몸이 기관에 앞서 반응하고 있다는 것을 느꼈다.

이제까지는 화살이 튀어나오는 것을 보며 몸이 움직였는데 어느 순간부터는 몸이 먼저 움직여 화살을 기다리고 있었다. 머리는 의식하지 못하고 있었지만 몸은 어느새 기관의 움직임이나 화살이 쏘아져 오는 배열을 읽고 있다는 뜻이었다.

사람이 쏘아대는 화살들이라면 절대로 이런 현상이 일어날 수 없었다. 기관이 쏘아대는 화살들이었기에 그것이 가능했다.

기관은 인간이 쏘아대는 것보다 더 강력하고 더 절묘한 배합으로 모든 방위를 차단하며 화살을 쏘아댄다. 그래서 기관진식이 무서운 것이다. 대신 그것들에는 규칙성이 있었다.

죽음의 배합이었지만 그것이 거듭되자 진우청의 몸은 기관진식이 일으키는 배합을 읽을 수 있었다.

그 다음부터 진우청은 더 이상 호흡을 낭비하지 않았다.

오히려 호흡 속으로 녹아들었고, 호흡이 동작 속으로 녹아들었다.

해천 노인의 말대로 무공에 대한 인체 적응력이 극대화된 진우청의 몸은 귀혼마진이 일으키는 변화에 빠르게 적응해 갔다.

'귀혼상인(鬼魂上人)!'

필사적으로 화살을 쳐내는 원다영의 뇌리 속으로 한 사람의 별호가 떠올랐다.

이 악마 같은 진법을 설계하고 만든 사람이었다.

단 한 발이라도 몸에 박히면 동작에 빈틈이 생기고, 그 빈틈은 죽음의 동혈이 될 터이기에 딴 곳으로 신경 쓸 여력이 없었지만 귀혼상인의 움직임이 자연스럽게 감각에 잡혔다.

이미 고인이 되었지만 천만뜻밖으로 그의 신법이 진우청의 동작에서 되살아나고 있는 것 같았다.

원다영은 무의식적으로 체대를 휘두르면서도 진우청의 정체에 대한 의문을 떠올렸다.

'귀혼상인의 후인인가?'

짧은 의문이 스쳐 지나가고 강한 부정이 해일처럼 그 의문을 휩쓸어 갔다.

귀혼상인은 저 청년이 태어나기도 전에 죽었다. 그리고 그는 후인을 남기지 않았다.

후인을 남길 시간도 없었고 남기려고도 하지 않았다. 그런데 진우청은 귀혼상인의 신법을 그대로 펼치고 있었다. 그 때문에 여전히 형과 형의 정혼녀을 보호하며 자신들보다는 몇 배나 바쁘게 움직이고 있었지만 어쩐지 자신들 모녀보다는 여유로움이 느껴졌다.

그렇다면 저 청년은 그 짧은 순간에 귀혼마진의 허점을 찾아냈다는 말인가?

귀혼상인은 이 진을 만들며 의식적으로든 무의식적으로든 자신의 움직임을 머리에 떠올렸을 것이고 그렇게 설계했을 것이다. 그리고 다른 사람들은 절대로 못 빠져나오더라도 자신은 빠져나올 수 있게끔 설계했을 수도 있었다.

장인이자 경공의 절정고수였던 귀혼상인의 장난기 어린 작품인지, 아니면 혹시라도 완성시킨 후에 자신이 갇히게 되면 탈출할 수 있는 틈 하나를 만들어놓았는지 모르겠지만 진우청의 몸에서 펼쳐지는 경공술이 귀혼마진의 배합을 읽고 생로를 찾아내고 있었다.

원다영은 한 가닥 희망을 품을 수 있었다. 조금만 더 버텨 일각이 지나면 그 희망은 더 커질 수도 있었다.

"혜림아! 조금만 더 힘을……."

지친 기색이 역력한 구양혜림에게 날아오는 화살들을 체대로 쳐내며 원다영은 딸을 격려했다.

구양혜림 역시 진우청의 움직임을 보고 원다영과 비슷한 생각을 했는지 얼굴에는 절망의 표정이 미약하게나마 걷혀져 있었다.

피피핑—

마지막 화살이 튀어나오며 색다른 기관음이 울렸다.

십오 년같이 느껴진 일각이 지난 것이다. 이제 일각을 스무 개로 쪼갠 만큼의 시간 간격이 있었다.

기관들이 재배열되며 짧은 휴지(休止) 기간이 생기는 틈에 호흡을 가다듬고 쉴 수도 있지만 반대로 그 틈을 이용하여 움직일 수도 있다. 상식적으로 보면 이 틈에 달려나가는 것이 정상이고 가만히 있는 것이 바보 짓이다. 그러나 귀혼마진에 대한 지식이 있다면 오히려 그 반대였다.

기관의 공격이 잠시 멈추었다고 함부로 움직이다가는 그때부터는 완전한 소용돌이에 빠지게 된다. 그건 역류를 타는 것이나 마찬가지이다. 지금껏 다치지 않고 살아 있는 것은 최대한 흐름을 읽고 그에 순행하였기 때문이다.

지금 이 순간을 위해서…….

"진 공자님! 이 시간을 이용해 저곳 파란색 기둥이 있는 건물까지 가서 저 기둥을 부수어주세요!"

원다영은 가쁜 숨을 몰아쉬며 소리쳤다.

어쩌면 그 요구는 진우청을 보고 화살받이가 되어 죽으라는 소리나 마찬가지일 수도 있었다.

하지만 죽음의 진 속에서 귀혼상인의 경공을 그대로 펼쳐 내는 청년이라면 저 기둥까지 가서 무너뜨릴 수 있을 것이다.

지금으로서는 그것만이 유일한 희망이었다.

"이 휴지 시간이 끝나기 전에 저 기둥을 무너뜨린다면 한 가지 길이 생겨요! 진 공자라면 할 수 있을 겁니다!"

원다영은 다급하게, 그리고 간절하게 소리를 질렀다.

진우청은 어이없는 기분이 들었다.

그야말로 눈코 뜰 새 없이 움직이다 겨우 한 모금 숨 돌릴 틈을 얻었는데 그 틈새로 뛰어들어 다른 일을 하라는 것이 아닌가?

그리고 그 일은 결코 만만해 보이지 않았다. 만만했다면 직접 했을 것이다. 그녀들로서는 도저히 불가능한 일이고, 지금까지의 움직임으로 보아 진우청 자신은 가능하다고 판단했기에 시키는 것일 터였다. 그런 짐작은 들었지만 억울했다. 그래서 고함이 입 밖으로 터져 나왔다.

"왜 나요?"

"공자님밖에 할 수 없어요. 그리고 그것만이 유일한 희망이에요. 다음 기관이 발동되면 공자님만 빼놓고는 모두 죽어요. 그건 장담해요. 도와주세요. 시간없어요."

도대체 몇 가지인지 헤아릴 수도 없는 복합적인 내용의 말을 한 호흡에, 그것도 순식간에 내뱉은 구양혜림을 보며 진우청은 경탄지심을 느꼈다.

같은 내용의 말을 자신보고 하라고 했다면 아마 열 배는 더 시간이 걸렸을 것이다.

덕분에 그만큼 시간을 벌었다. 그리고 이젠 그것마저 따질 겨를이 없었다.

슈욱—

진우청의 몸이 바람처럼 앞으로 쏘아졌다.

끼기긱—

지금까지와는 전혀 다른 기관음이 들리며 화살들이 튀어나왔다. 그리고 그 사이로 다른 뭔가도 같이 튀어나왔다.

진우청은 속으로 욕설을 토했다. 예상한 대로 지금까지와는 비교할 수 없는 흉맹한 공격이었다. 다행인 것은 지금은 형과 하수린이 없었다.

진우청의 몸이 팽이처럼 팽그르르 돌았다.

화살들은 손으로 쳐내고 이상야릇한 암기들은 천룡탄주의 호신강기로 튕겨냈다.

피피핑―

이번에는 정반대 쪽에서 훨씬 더 많은 화살과 강침, 암기들이 날아들었다.

진우청이 섰던 자리가 밤송이처럼 변했다.

진우청은 계속 앞으로 쏘아졌다.

구양혜림이 없다고 말한 시간이 얼마일지 몰라도 절대로 길진 않을 것이다.

파앗!

앞으로 쏘아지던 진우청의 몸이 급히 왼쪽으로 움직였다. 아까처럼 몸이 한발 앞서 반응한 것이다.

어김없이 그곳에서 시커먼 물체들이 튀어나왔다.

진우청은 순간적으로 등 뒤로 손으로 가져갔다.

챙―

순식간에 용호곤이 하나로 합쳐지며 튀어나온 시커먼 물체를 향해 휘둘러졌다.

화살과 암기처럼 튀어나온 물체는 그물이었다.

진우청은 앞으로 쏘아져 나가는 속도를 그대로 유지한 채 용호곤을 회전시켰다.

덮쳐 오던 그물이 용호곤에 걸리며 엉켜들었다. 매끈한 쇠몽둥이에도 이런데 맨몸이었다면 난마처럼 얽혔을 것이다.

최대한 끝을 잡고 휘저은 덕에 그물은 진우청의 몸을 감싸지 못하고 용호곤에서 떨어져 나갔다.

'마지막!'

진우청은 오른쪽 발끝으로 강하게 바닥을 찍었다.

한 번만 더 도약하면 기둥까지 날아갈 수 있고, 기둥을 부술 수 있었다.

콰앙—

발끝에서 폭발음이 울리며 땅거죽이 터져 올랐다.

이건 예상 못했고, 몸에도 익지 않은 배열의 공격이었다.

진우청은 용호곤으로 강하게 땅을 찍으며 본능적으로 몸을 공처럼 말았다.

그동안 정들었던 옷이 너덜해지며 진우청의 몸은 포탄처럼 날려갔다.

용호곤으로 땅을 찍으며 흡사 공처럼, 아니면 껍질 속으로 완전히 몸을 숨긴 고치처럼 몸을 만 상태로 날아가던 진우청은 어느 순간 신형을 활짝 펼친 채 파란색 기둥을 향해 벼락처럼 용호곤을 휘둘렀다.

콰앙—

아름드리 기둥이 박살나며 튕겨져 나갔다.

제 시간 안에 기둥을 박살 냈는지 알 수가 없었다.

자욱한 포연에 가려 원다영 등이 있는 곳은 보이지 않았다. 뒤늦은 통증만이 온몸 곳곳에서 전해졌다. 등에 화상을 입었는지, 아니면 파편들이 박혔는지 쓰리고 아픈 온갖 종류의 통증들이 한꺼번에 몰려왔다.

진우청은 우두커니 서 있었다.

폭음이 울리는 순간은 모든 것이 끝나는 줄 알았다.

그때는 폭발에만 신경을 쓸 수밖에 없었다.

그 순간 또 다른 화살 등의 공격이 쏟아졌다면 꼼짝없이 당했을 것이다.

그런데 그 화살과 암기 공격이 순간적으로 멈추었다가 튀어나왔다. 인간의 동작으로 따진다면 결정적인 순간에 움찔하거나 멈칫하며 공격한 것과 똑같았다. 기계들이 어떻게 그런 실수를 했는지 몰라도 그것이 자신의 목숨을 살렸다.

"우청아, 어서 이쪽으로!"

포연 뒤에서 형의 목소리가 들렸다. 제 시간 안에 성공한 모양이었다.

진우청은 온몸으로 느껴지는 통증들과 의문을 뒤로한 채 몸을 날렸다.

*　　　　*　　　　*

"각주님이 위험해요!"

다른 쪽에서 똑같이 진 속을 통과하며 백봉령주는 고함을 질렀다.

애초의 생각대로라면 이곳 역시 죽음의 절진일 것인데 예상과는 달리 조금 허술했다. 그건 다른 한쪽으로 많은 힘을 쏟아 부어 상대적으로 이쪽이 허술해진 것이다.

자신들로서는 다행한 일이었지만 비원각주와 진우청에게는 치명적이란 말이었다.

"이쪽으로 힘을 분산시켜야 해! 안 그러면 각주님과 진 공자님 일행은 너무 위험해!"

은봉령주도 안타까운 음성으로 고함을 쳤지만 지금 당장으로선 도리가 없었다. 이곳을 빠져나가기도 힘든 상황이라 원다영이 있는 곳까지 달려가 도울 수도 없었다.

"저걸 무너뜨리면 어떻게 되오?"

날아오는 암기들을 쳐내던 유화성이 불쑥 질문을 던졌다.

"아, 안 돼요. 그러면 너무 위험…….."

깜짝 놀라 말하던 금봉령주가 입을 다물었다. 자신들에겐 위험했지만 그럼으로써 각주 쪽의 위험은 경감시킬 수 있었다.

"저걸 무너뜨리면 구궁팔상진이 감(坎)에서 진(震)으로 바뀌고, 그럼 우리 쪽 생로가 줄어들지만 각주와 그 친구 일행의 위험도 같이 줄어들겠지요?"

유화성은 빠르게 질문했다.

"구궁팔상진을 꿰뚫고 있군요?"

백봉령주가 놀란 눈으로 유화성을 쳐다보았다. 유화성은 자신보다 더 정확히 이 절진을 꿰뚫고 있었던 것이다. 그렇다면 모험을 한번 해볼 만했다. 가능하다면 양쪽에서 최대한 교란하여 두 쪽 다 버티는 것이 유리했다. 지금 당장은 각주와 진우청이 있는 쪽에 위험이 집중되고 있지만 그쪽의 상황이 종식되고 나면 모든 암기들이 이쪽으로 집중될 것이다. 그땐 신이 아닌 이상 살아날 수 없다. 그쪽을 살리는 것이 아울러 이쪽도 살아남는 길이다.

"조금만 힘을 보태주면 그 친군 해낼 거요."

덧붙인 유화성은 한 마리 제비처럼 몸을 날렸다.

피피핑—

유화성이 기관진식 속으로 날아들자 암기와 화살들이 우박 쏟아지듯 떨어져 내렸다.

허공에서 몸을 한 바퀴 뒤튼 유화성은 검을 휘둘렀다.

우우웅—

유화성의 검에서 무거운 진동음과 함께 강한 흡인력이 일어나며 날아들던 암기들이 검첨이 만드는 궤적 안으로 끌려들었다. 유화성은 그것을 방패 삼아 앞으로 쏘아졌다.

날아오는 화살과 암기들이 소용돌이치는 화살들에 막혀 떨어지거나 같이 소용돌이쳤다.

"하앗!"

그 소용돌이가 점점 커지던 어느 순간, 유화성은 벼락같은 고함을 내지르며 목표물인 검은색 기둥을 내려쳤다.

콰앙—

돌로 만들어진 기둥이 흙무더기처럼 박살이 나고 뒤이어 먼지가 퍼져 올랐다. 그러자 연속적으로 이어지던 기관음이 멈칫하고 멈추었다. 마치 결정적인 순간에 멈칫하다가 공격을 하는 사람처럼……. 그리고 다시 이어졌다.

"어서 이쪽으로!"

방위를 읽던 백봉령주가 유화성을 향해 고함을 질렀다.

흑색 기둥을 박살 내버림으로 해서 구궁팔상진 속에 든 자신들은 훨씬 바빠지게 생겼다. 대신 각주와 진우청이 있는 곳은 조금이나마 여유를 가질 수 있을 것이다.

유화성은 백봉령주와 은봉령주가 있는 곳으로 몸을 날리며 진우청을 떠올렸다.

물이 흐르듯 끊임이 없는 움직임!

그 움직임 속으로는 화살마저도 스며들 틈이 없었다.

그런 사람이니 미세하나마 여유를 준다면 그 순간을 파고들 수 있을 것이다.

단 한 곳 남은 생로에 도착한 유화성은 세 명의 령주 앞으로 나서며 검을 휘둘렀다. 검신에 부딪친 화살들이 사방으로 비산했다.

"저곳!"

고함과 함께 유화성의 신형이 갑자기 방향을 바꾸었다. 연신 화살들을 쳐내며 복잡한 표정을 짓던 백봉령주가 고개를 끄덕였다. 그녀는 아직 방위를 찾아내지 못했지만 주저없이 유화성을 따랐다.

*   *   *

진우청이 기둥을 부러뜨림으로 인해 지하 통로가 열렸다.

원다영은 믿어지지 않는 표정으로 통로를 쳐다보았다. 한마디로 기적이 일어난 것이다.

길게 감상에 젖을 여유도 없이 원다영은 통로 속으로 몸을 날렸다. 그녀를 따라 다른 사람들도 지하 통로로 뛰어들었다.

지하 통로 속에서 잠시 여유를 찾은 사람들은 진우청을 쳐다보고 있었다.

진우청은 등 쪽에서 느껴지는 화끈거리는 통증에 오만상을 쓰며 몸을 움직여 보았다.

등에는 결코 가볍지 않은 화상을 입었다. 거기에 더해 흙과 돌 조각 등이 반죽처럼 엉겨 진물과 함께 흘러내렸다.

극한 순간 본능적으로, 그리고 온 힘을 다해 천룡탄주의 호신강기를 끌어올렸지만 화상이 심했다.

어디 부러진 곳이 없는 것이 그나마 다행이었다.

"정말 괜찮은 거야?"

하수린이 예비 형수가 아닌 친구로 돌아와 걱정스럽게 물었다.

"따갑고 화끈거려서 죽을 지경이다."

진우청도 친구처럼 답했다.

"괜찮다니 정말 다행이야. 흐흑!"

하수린의 눈에 눈물이 흘렀다. 그리고 형과 원다영 모녀의 눈에서도 안도의 빛이 흘렀다.

진우청은 기가 막힌 표정으로 네 사람을 쳐다보았다. 그리고 버럭 고함을 질렀다.

"아파 죽겠다니까 그러네!"

"그러니까 다행이지!"

고함과 함께 얼른 눈물을 훔친 하수린이 면포를 꺼내 조심스럽게 진우청의 등을 닦고 구양혜림도 그곳에 금창약을 발랐다.

금창약 한 통이 반도 바르기 전에 바닥이 났다.

"우선 이거라도 입어라!"

대강의 응급 처치가 끝나자 진우혁이 윗옷을 벗어 진우청에게 건넸다. 지하 석실에서 인장호의 옷을 입었을 때와 같은 상황이었다.

진우청은 입기도 전에 윗옷의 소매를 뜯어냈다. 그리고 단추를 채울 생각도 않고 조끼처럼 걸쳤다. 아무리 그래도 꽉 끼는 옷은 쓰린 등을 더욱 쓰리게 만들었다.

"이젠 흉수를 잡아야 해요!"

초조한 기색으로 쳐다보던 원다영이 다급하게 말했다. 도저히 불가능한 상황을 연출하며 탈출구를 찾았으니 이젠 역습을 할 차례였다.

“그렇지! 어떤 놈인지 잡아야지!”

콧김을 한번 내쉰 진우청이 용호곤을 지팡이 삼아 몸을 일으켰다. 뒤를 따라 다른 사람들도 일어섰다.

다섯 사람의 모습이 지하 통로 안쪽으로 빠르게 사라졌다.

지하 통로는 그렇게 넓지 않았다. 천천히 걸어간다면 두 사람이 어깨를 나란히 하고 걸어갈 수 있는 정도였다. 지금은 뛰어가거나 최대한 빠르게 움직여야 할 상황이었기에 한 줄로 달려나갔다.

진우청이 제일 앞서 나가고 그 뒤로 진우혁과 하수린, 그리고 구양혜림과 원다영 순으로 달리게 되었다.

처음에는 원다영이 제일 앞서 나가고자 했지만 뭐가 또 갑작스레 튀어나올 수 없는 상황이라 진우청이 선두에 섰고 뒤를 원다영 모녀가 책임지며 방향을 지시했다.

진우청은 적당한 속도로 달렸다. 마음 같아서는 최대한 빨리 달려 이 지랄 같은 기관을 조종하는 인간을 잡아 피떡으로 만들고 싶었지만 그랬다간 형과 하수린이 따라오지 못할 것이다. 그래서 두 사람이 따라올 수 있을 정도로 적당히 달리고 있는 것이다.

“왼쪽으로 가세요!”

두 갈래의 통로가 나타나자 원다영이 소리쳤다. 두 개의 통로가 똑같아 보였지만 진우청은 망설임없이 왼쪽으로 몸을 틀었다.

“이젠 조금만 더 가면 흉수를 잡을 수 있어요!”

구양혜림이 낮지만 원한이 가득 묻든 음성으로 소리 질렀다.

그녀의 목소리를 들은 진우청 역시 참을 수 없는 분기가 가슴 밑바닥으로부터 불끈 솟아오름을 느꼈다.

구양혜림의 말로는 기관 조종실에 출입할 수 있는 사람은 정해져 있고, 숙부들 중 한 명이 틀림없다고 했다.

그녀의 숙부라면 남패천주의 아들이란 말이다. 그 아들 중 한 명이 큰아들, 그러니까 자기 형을 제거하기 위해 우선적으로 제일 걸림돌인 형수를 죽이려 이런 짓을 벌이고 있는 것이다.

그와 아울러 진우청 자신까지…….

휘주에서 탈출하며 유화성이 동생을 살리기 위해 얼마나 애쓰는지 똑똑히 보았다. 자신의 생명을 짜내고 짜내서 유화결에게 불어넣어 주었다. 그게 형제간의 우의고 천륜이다.

그런데 이 망할 곳은 권력을 잡기 위해 동생이 형을 죽이려 하고 있다. 그런 인간이라면 떡을 쳐서 죽여 버려도 시원치 않을 것 같았다.

진우청의 발끝에 자신도 모르게 힘이 들어갔다.

'어엇─'

달려나가던 진우청은 경호성을 삼켰다.

띄엄띄엄 밝혀진 횃불로 인해 희미한 광채만 발하던 지하 통로에 갑자기 밝은 빛이 쏟아졌고 순간적으로 눈이 적응하지 못했다. 진우청은 손바닥으로 빛을 가리며 온 신경을 일깨웠다.

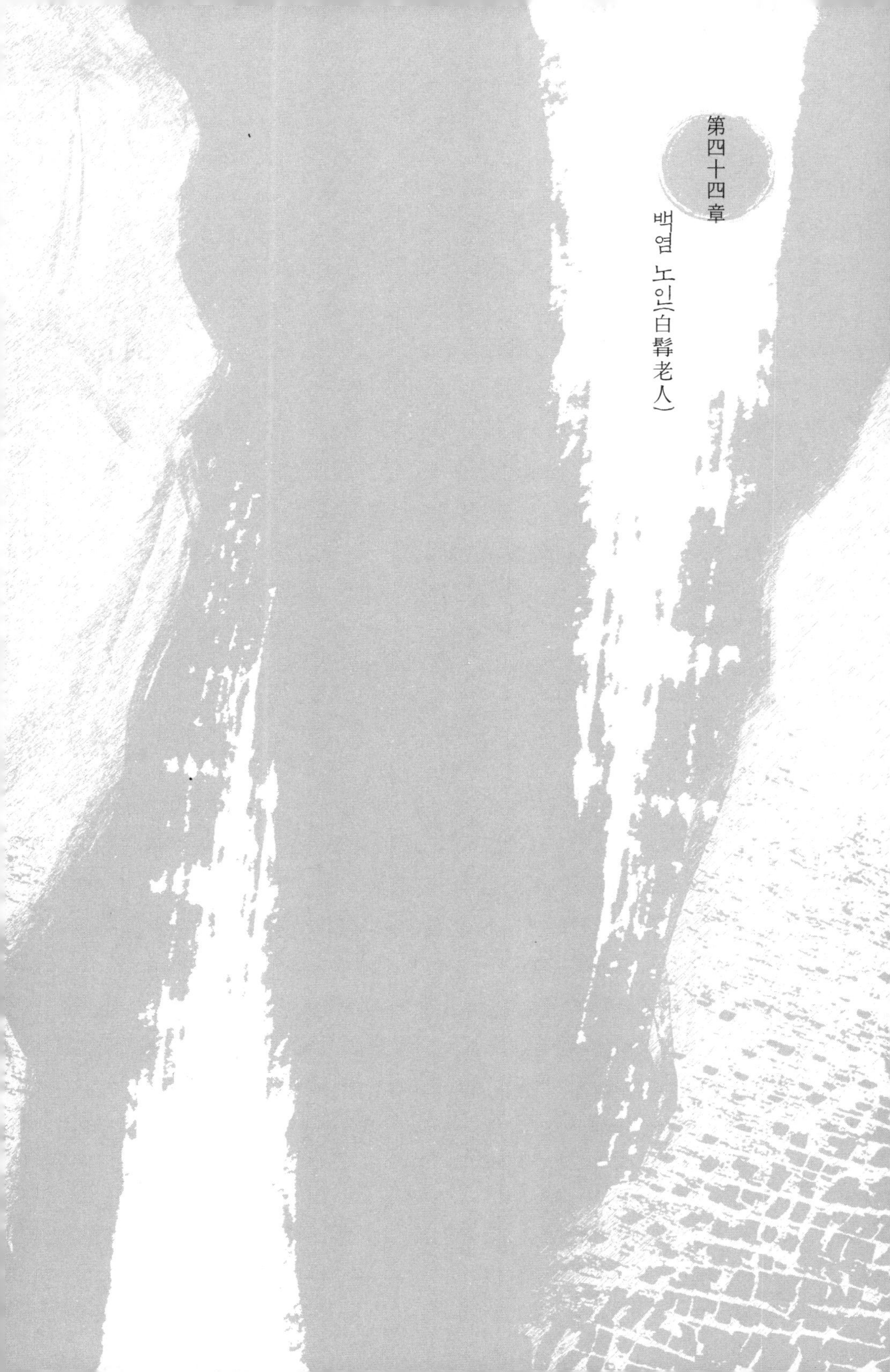
第四十四章
백염 노인(白髥老人)

백염 노인(白髥老人)

다행히 암기나 화살들은 날아오지 않았다. 대신 환한 정경이 빠르게 적응된 망막 속으로 쏟아져 들어왔다.

얘기책에 나오는 지하 세상처럼 그렇게 넓은 곳은 아니었지만 연무장 몇 개를 합쳐 놓은 것만큼은 되는 공간이 밝은 광채 속에 펼쳐져 있었다.

진우청은 갑자기 나타난 그 공간을 보며 어리둥절한 표정을 짓다가 뒤를 돌아보았다.

진우혁과 하수린, 그리고 원다영 모녀도 통로를 빠져나와 놀란 눈으로 환한 공간을 쳐다보고 있었다. 그녀들도 이런 공간은 예측하지 못한 것 같았다.

진우청은 고개를 돌려 공간 이곳저곳을 살폈다.

밝은 빛은 햇살만큼 강해, 지하를 벗어난 것이 아닌가 싶었지만 햇살은 아니었다. 여전히 이곳은 지하였다. 그리고 더 이상 통로는 없고 공간만 있었다.

"길을 잘못 든 것이오?"

진우청은 원다영에게 질문을 던졌다. 아까 두 개의 통로에서 착각했을 수도 있는 일이었다.

"아니에요, 절대로!"

원다영이 강하게 고개를 저었다.

"그런데 길이 없지 않소?"

"길은 있어요. 단지 그곳이……."

원다영은 말끝을 흐리며 한곳으로 시선을 고정시켰다.

그녀의 시선이 고정되어 있던 벽이 스르르 뒤로 물러났다. 그리고 그곳에서 일단의 무리들이 나타났다.

복면을 쓴 사내 네 명과 노인 두 명!

그들이 밝은 빛 속으로 쏟아져 나와 벽을 막고 섰다. 그곳이 원다영이 말한 길인 모양이었다.

복면인들을 훑어보던 진우청의 눈이 두 노인에게로 옮겨졌고 그중 한 노인에게 멈추며 크게 뜨여졌다.

천만뜻밖으로 안면이 있는 노인이었다.

죽음의 탈출을 감행하다 들판 끝에서 마주친 노인이었다. 정확히 말한다면 그 노인은 산 끝자락에서 걸어나와 산으로 뛰어들려던 자신을 가로막고 다짜고짜 사문을 묻던 노인이었다. 그리고 그 노인 옆에 더 나이 들어 보이는 노인!

특이하게도 눈썹이 없는 백발과 백염의 노인이었다.

"당신이 어떻게?"

"당신이 어떻게?"

진우청과 구양혜림의 입에서 똑같은 소리가 흘러나왔다.

구양혜림은 눈썹 없는 노인을 향해서 질문을 던졌고 진우청은 자신과 싸웠던 노인에게 질문을 던진 것이다.

"아는 사람이오?"

진우청은 구양혜림에게도 질문을 던졌다. 자신의 사문을 묻고 기필코 죽이려 했던 노인이 자신을 살리려 특명을 내린 남패천에 있다는 것이 도저히 납득이 가지 않았고, 그만큼 큰 궁금증을 불러일으켰다.

"저 노인은 우리 남패천 외성에 살며 고서점을 운영하는 사람이에요."

구양혜림이 빠르게 답했다.

"두 노인 중 어느 노인 말이오?"

"눈썹 없는 노인!"

"내가 말한 노인은 그 옆에 있는 노인인데……."

"그 노인은 누군지 몰라요."

"젠장!"

결국 진우청이 아는 노인은 구양혜림이 몰랐고 구양혜림이 아는 노인은 진우청이 몰랐다.

어쨌든 두 사람이 같이 있는 걸로 봐서는 한통속이라는 말이었다. 특히, 예전에 진우청 자신과 싸웠던 노인이 눈썹 없는 노인 옆에 공손히 시립해 있는 모습으로 봐서는 눈썹 없는 노인이 한참은 더 고수란 얘기였다.

"당신이 어떻게 여기 있나요?"

이번에는 원다영이 눈썹 없는 노인을 향해서 질문을 던졌다. 그녀의 눈에도 진우청이나 구양혜림 이상의 의혹이 흘러나오고 있었다.

"대단하군, 여기가지 올 수 있다니……."

눈썹 없는 노인이 대답 대신 감탄사를 토했다.

"물론 옆에 있는 그 아이 덕택이겠지?"

노인은 이번에는 진우청을 보며 말했다.

진우청은 시선을 들어 노인의 눈빛을 마주했다.

아무런 감정이 담기지 않은 일견하는 눈빛!

그러나 그 눈빛을 대한 진우청은 순간적으로 가슴이 울렁하는 기분을 느꼈다.

왜 그런 기분이 들었는지, 그리고 그런 기분의 정체가 무엇인지 진우청은 짧은 순간 의문을 느꼈다.

공포일까? 아니면 본능적인 위기감일까?

공포는 아니었다. 살기를 담은 눈빛도 아니고 무슨 치명적인 공격을 한 것도 아니었다. 그렇다면 본능적으로 느껴지는 위기감이었다.

이런 느낌은 정말 오랜만이었다. 언제 그런 느낌을 받았던가 하고 눈 사이를 좁히는 순간 생각이 났다.

황산 동굴에서의 수련 중, 물지게의 무게가 가볍게 느껴져 편해질 즈음이면 사부께서는 거의 배는 더 큰 물통으로 바꾸어주셨다. 그때 가슴이 울렁하는 이런 느낌을 받았다.

지독한 부담과 넘기 힘든 벽 같은 물통의 크기! 그것을 보았을 때 꼭 이런 느낌이었다.

그런 느낌은 결국에 가서는 지독한 고통을 안겨주었다.

배는 더 커진 물통의 무게는 산을 오를 때는 배가 아니라 천 근처럼 느껴졌다. 하루하루 시간이 지나면서 나아졌지만 첫날은 그야말로 내장을 토할 지경이었다.

울렁거리는 속을 달래기 위해 진우청은 길게 숨을 들이마셨다.

축축한 습기가 느껴지는 대기였지만 대기는 언제나 자신이 뿜어낼 수 있는 힘의 원천이었다.

두어 번 더 그렇게 하자 울렁거림의 느낌이 사라졌다. 진우청은 다시 노인을 정면으로 쳐다보았다.

진우청에게서 일어나는 미세한 변화들을 하나도 놓치지 않고 주시하고 있던 노인의 눈에 이채가 어렸다.

노인은 아무 말도 않고 잠시 눈에 새기듯이 진우청을 쳐다보았다.

그때, 두 사람 사이의 정적을 가르며 원다영이 입술을 움직였다.

"아직 제 질문에 대답을 하지 않은 것 같군요."

그녀는 노인에 대해서는 충분히 알고 있다고 생각했었다. 외성은 바깥 세상이나 마찬가지이지만 비원각주라는 직책을 맡고 있는 이상, 그들 개개인에 대해서도 상세히 알고 있어야 했다. 모든 것을 전부 기억하지는 못하더라도 비원각 내에 있는 서류만 잠시 들춰보면 외성에 사는 사람들 개개인이 오늘 무슨 일을 했는지도 알 수 있었다.

그런데 고서점 주인인 저 노인을 여기서 대하고 보니 전혀 모르고 있다는 생각이 들었다.

노인의 대답을 기다리는 원다영의 눈빛이 점점 더 무거워졌다.

"그건 중요한 것이 아닐세. 그럴 만한 여유가 없기도 하고……."

대답을 회피한 노인은 미미하게 손짓을 했다. 그러자 이제껏 진우청 등이 달려온 지하 통로 쪽에서 둔중한 소리와 함께 희미하게 흘러나오던 횃불 빛이 차단되었다.

통로가 막혔다는 말이다.

되돌아가고 싶은 마음도, 되돌아가도 무슨 수가 있는 것은 아니었지만 퇴로가 봉쇄되었다는 사실은 그만큼 더 마음을 무겁게 만들었다.

통로가 봉쇄되는 소음이 거의 끝나갈 무렵 눈썹 없는 노인이 한 걸음 다가왔다.

순간, 원다영과 구양혜림이 자신도 모르게 뒷걸음질을 쳤다.

단 한 발짝 움직였지만 노인의 몸에서 해일이 몰려오는 듯한 압력이 느껴졌기 때문이다.

'으음!'

어느새 자신이 한 걸음 뒤로 물러나 있다는 사실을 자각한 원다영은 신음을 삼켰다.

거대한 파도… 아니면, 거대한 바위산!

그건 천주이자 시아버지인 구양천에게서나 느껴보았지 아직까지 다른 누구에게서도 느껴보지 못했던 기도였다. 일개 고서점의 주인이 이 정도의 기도를 내뿜다니?

원다영은 더 이상 고서점 주인이란 단어를 머리 속에서 지워 버려야 한다고 생각했다. 고서점 주인 노인이란 신분은 위장이고 껍데기일 뿐이었다. 그리고 그것은 완벽했다.

원다영의 뇌리 속으로 노인이 이곳에 정착했을 때가 언제였던지 떠올랐다.

이 년 전쯤에 노인은 새로운 식구로 이곳 외성으로 들어와 정착하고 고서점을 열었다.

그때 철저한 조사가 이루어졌지만 특별한 것은 없었다. 아마 더 철저히 조사를 했다면 뭔가 새로운 것을 찾아낼 수도 있었겠지만 그럴 필요를 느끼지 못했을 것이다.

'그때 무슨 특별한 일이 있었던가?

찰나의 순간이었지만 원다영의 뇌리에는 수십 가지 생각이 스쳐 지나가고 있었다.

그때라면 시아버지인 천주가 신비의 장막 속에 가려진 북제성주를 만났던 때였다. 다른 사건들도 많았지만 북제성주와 관련있는 청년, 그리고 그 청년에게 관심을 가지는 저 노인을 연결시켜 보면 그 사건이 제일 연관성이 깊었다.

"현덕의 제자더냐?"

한 걸음 더 걸어나온 노인은 진우청에게 불쑥 질문을 던졌다.

진우청은 눈을 끔벅거렸다.

'현덕?

생전 처음 듣는 이름이었다.

진우청은 다시 한 번 눈을 끔벅거렸다.

"대답을 하거라!"

노인의 목소리가 비수 같은 단호함과 함께 재차 나직하게 흘러나왔다. 그러나 진우청의 입술은 자물쇠를 단 듯 움직일 줄 몰랐다. 그럴 수밖에 없었으니까…….

그것이 노인의 심기를 건드린 모양이었다.

우웅─

무거운 진동음과 함께 노인의 손에서 다짜고짜 한 가닥 기운이 흘러나왔다.

진우청은 잠시 갈등했다.

옆에 있는 초로인과 싸웠을 때처럼 어깨로 한번 부딪쳐 볼까, 아니면 피해 버릴까 하는 갈등이었다.

진우청은 슬쩍 몸을 이동시켰다. 그건 정말 잘한 선택이란 결론이 즉시 뒤이어졌다.

콰앙—

노인의 손에서 뻗어 나온 한줄기 기운은 쏟아질 때는 미세한 진동음만 일었지만 벽에 부딪칠 때는 엄청난 폭발음을 일으켰다.

흙먼지와 함께 석벽의 두꺼운 껍질 하나가 벗겨지며 우르르 무너져 내렸다.

"망할!"

진우청은 노인이 바라는 대답 대신 욕지거리를 토했다.

이젠 정말 지겹다는 생각이 들었다.

사문을 묻는 초로인이나… 사부의 이름을 묻는 백염 노인이나…….

"고얀 놈!"

몇 걸음 다가온 후 그 자리에 선 백염 노인이 눈 사이를 좁혔다.

좁혀진 노인의 두 눈에 붉은 빛이 번져 나갔다.

"시간이 없으니 우선 장애물부터 치우거라!"

여전히 붉은 기운이 감도는 눈을 한 노인은 나직하게 명령을 내렸다.

"존명!"

짧게 끊어지는 대답과 함께 네 명의 사내들이 미끄러지듯 앞으로 달려나왔다.

어디서나 볼 수 있는 지극히 평범한 체격에, 지극히 평범한 차림새들은 복면만 아니라면 들판에서 일을 하다가 방금 막 돌아온 촌부의 모습이었다. 그러나 그들이 나무 작대기 속에서 검을 뽑아 들고 달려나오자 머리끝이 쭈뼛 서는 느낌과 함께 커다란 경각심이 느껴졌다.

구양혜림의 손이 자연스럽게 체대를 말아 쥐었고, 원다영 역시 온 신경을 곤두세우며 사방을 살폈다.

"정말 지겨운 곳이야!"

짜증 가득한 중얼거림을 토한 진우청은 용곤과 호곤을 하나로 조립해 길게 앞으로 내밀었다.

더 이상의 접근은 불허하겠다는 의사 표시였다.

우웅—

낮은 으르렁거림과 함께 커다랗게 확대되어 앞으로 내밀어지는 묵빛 쇠몽둥이에 주춤하던 사내들이 두 쪽으로 나누어 더욱 빠르게 달려들었다.

"오른쪽을 맡아주시오!"

원다영 모녀에게 소리친 진우청은 바람처럼 왼쪽으로 쏘아지며 용호곤을 휘둘렀다.

순식간에 거리를 좁히며 상체를 쓸어오는 용호곤을 보며 두 명의 사내가 급히 회선보를 밟았다.

휘이잉—

진우청은 팅기듯 용호곤의 방향을 바꾸며 그중 한 명의 어깨를 향해 폭풍처럼 내려쳤다.

사내가 급히 검을 쳐올려 용호곤을 막았다.

까강—

검이 동강날 정도의 소리가 났지만 검은 부러지지 않고 오히려 사내의 검에 부딪친 용호곤이 옆으로 미끄러지고 있었다.

진우청은 약간은 감탄스런 눈으로 사내를 쳐다보았다.

사내의 검에서 전해져 오는 내력이 만만치 않았다.

그 만만치 않은 내력 때문에 검이 두 동강 나지지 않고 오히려 용호곤을 비껴 흘리기까지 한 것이다. 거기에 더해 사내는 그 검으로 진우청의 가슴을 찔러왔다.

섬전처럼 쾌속한 일검이었다. 진우청은 미끄러지듯 뒤로 물러났다. 복면인의 검은 자로 잰 듯 거리를 유지하며 계속해서 찔러들었다.

사내가 찌른 검첨과의 거리는 벌리지 못했지만 뒤로 물러나는 동안 그만큼의 시간은 벌었다.

그거면 충분했다.

진우청은 아래로 미끄러져 내렸던 용호곤을 수평으로 들어 올려 그대로 휘둘렀다.

찔러오던 사내의 검이 더 이상의 전진을 멈추었다. 계속해서 찌르다가는 용호곤에 왼쪽 갈비뼈가 왕창 무너질 수밖에 없는 상황이었다.

사내는 다시 검날을 비스듬히 눕히며 용호곤을 비껴 흘렸다.

용호곤이 아까보다는 훨씬 더 쉽게 아래로 미끄러졌다.

회심의 미소를 지은 사내의 검이 진우청의 허리를 쓸어갔다.

휘익—

검인에서 빈 허공을 가르는 소리만이 흘러나오자 사내는 눈을 부릅떴다.

아래로 떨어져 내렸던 용호곤을 짚고 신형을 띄운 진우청의 발 그림자가 사내의 망막을 가득 덮어오고 있었다.

사내는 필사적으로 몸을 틀며 진우청의 발을 피했다. 그 순간 주춧돌 위에 세워진 기둥처럼 진우청의 몸을 지탱하고 있던 용호곤이 허공으로 떠오르며 사내의 하체를 쓸어갔다.

그건 도저히 예측하지 못한 움직임이었다.

집의 무게를 온통 지탱하고 있는 기둥은 쉽게 뽑히지도 않을뿐더러 뽑히는 순간 집이 와르르 무너진다.

그러나 기둥처럼 진우청의 무게를 지탱하고 있던 용호곤은 너무나 쉽게 뽑혔고 사내의 하체를 쓸어가기까지 했다.

믿어지지 않는 중심 이동과 자유자재로 움직이는 근육들!

인간의 몸으로 그게 가능한가?

사내는 용호곤이 자신의 정강이를 두드리는 순간까지도 그런 생각에서 헤어나지 못하고 있었다.

퍼억—

사내의 정강이뼈가 썩은 나무토막처럼 부서지는 소리가 울렸다. 뒤이어 답답한 비명 한줄기도 들려왔다.

허공에 몸을 띄운 채 용호곤을 휘두른 후 바닥에 내려선 진우청은 사내의 다른 쪽 다리마저 부러뜨리며 급히 상체를 뒤로 뉘였다.

다른 한 사내의 검이 조끼처럼 걸쳐 펄럭이는 옷자락을 베고 지나갔다.

누운 상태에서 진우청은 한쪽 손을 어깨 뒤로 해서 땅을 짚었다.

파앗—

진우청의 양다리가 휘었다가 놓은 나뭇가지처럼 튀어 오르며 사내의 가슴과 턱을 향해 날아들었다.

이것 역시 전혀 예상치 못했던 몸놀림이었다.

철판교의 수법처럼 드러누웠던 상체가 팅기듯 다시 일어나는 움직임은 예측 가능했다. 그런 예측과 함께 본능적으로 몸이 반응하고 있었는데, 튀어 오르는 것은 상체가 아니라 두 다리였다.

진우청의 몸은 예측과는 정반대 방향으로 회전하며 하체가 튀어 오름과 동시에 두 개의 발은 잘못한 예측 때문에 생기는 허점을 눈이라도 달린 듯 정확히 파고들었다.

그래도 수십 년을 갈고닦은 수련 덕분에 한 개의 발은 피해냈지만 다른 한 개의 발이 어깨를 찍어오는 것은 어쩔 수 없었다.

퍼억—

둔탁한 타격음과 함께 사내의 신형이 주르르 뒤로 밀렸다.

뒤이어 어깨를 통해 느껴지는 극심한 고통에 사내는 이를 악물었다.

수없이 단련하고 수련한 어깨 근육을 무력화시키며 진우청의 발은 사내의 어깨뼈까지 부숴놓은 것이다.

사내는 벌써 부풀어 오르는 느낌을 주는 왼쪽 어깨를 움직이며 팔도 함께 움직이려 했지만 고통만 가중될 뿐, 팔은 바윗덩이처럼 무거웠다.

그 팔을 향해 용호곤이 무섭게 날아들었다.

사내는 급히 몸을 틀었다.

방향을 바꾼 용호곤이 쾌속하게 사내의 오른쪽 어깨를 찔러왔다.

애초부터 용호곤이 노린 것은 사내의 오른쪽 팔이었다.

먼젓번 사내의 두 다리를 못 쓰게 만들어 전투력을 상실하게 한 것과 마찬가지로 진우청은 처음부터 과하게 손을 써, 이번에는 두 팔을 못 쓰게 만들어 제압하려 하고 있었다. 그렇게 해야 무공을 모르는 형과 하수린이 조금이라도 덜 위험해진다.

휘둘러 오다가 갑자기 늘어난 듯 찔러오는 용호곤에 사내는 대경하며 검을 휘둘렀다.

순간 진우청은 손목을 흔들었다.

퍼퍼퍽—

세 개의 파육음이 거의 동시에 터져 나왔다. 손목을 흔드는 것만으로 연환 공격을 하는 해천 노인의 수법이었다.

"크윽!"

사내의 입에서 답답한 신음이 흘렀다. 진우청은 조금도 사정을 봐주지 않고 사내의 허리를 다시 두드렸다.

사내는 새우처럼 허리를 접으며 바닥으로 고꾸라졌다. 그 사내의 신형을 타고 넘으며 진우청은 그물처럼 반대쪽으로 덮쳐 갔다.

그 방향은 구양혜림과 원다영이 상대하고 있는 두 사내에게로였다.

남패천주의 큰며느리와 손녀딸이 누군가에게 쉽게 당할 리는 없겠지만 사내 두 명 역시 만만치 않았다. 시간이 갈수록 두 모녀가 밀리고 있었다.

"하앗!"

체대 공격이 먹혀들지 않자 구양혜림은 자신의 절기인 빙옥지를 세차게 튕겼다.

다섯 가닥의 서리 같은 기운이 사내의 가슴을 향해 쏘아졌다.

주춤, 움직임을 멈춘 사내가 검로를 변화시켰다.

찔러가던 검이 풍차처럼 회전하며 더운 열기를 내뿜었다.

찌이잉―

고막을 찢을 것 같은 소리가 들리며 다섯 가닥의 빙옥지가 허공으로 흩어졌다.

그 사이로 사내는 쾌속하게 검을 찔러 넣었다. 사내의 검에서도 한 가닥 검기가 화살처럼 쏘아져 나왔다.

구양혜림은 다시 검지를 튕겼다.

이번에는 한 가닥으로 힘을 모은 일지빙옥(一指氷玉)의 초식이었다.

빙옥지와 검기가 정면으로 충돌했다.

남패천주의 손녀답게 구양혜림이 튕긴 빙옥지의 위력은 명불허전이었다. 초식에 실린 위력으로는 빙옥지가 월등했다. 그걸 느꼈는지 사내는 손목을 움직였다. 순간적으로 사내의 검기가 흩어지며 빙옥지는 허공을 꿰뚫었다. 사내의 공격은 처음부터 허초였다. 사내는 수많은 실전 경험에서 오는 임기응변의 수법으로 순식간에 열세를 만회한 것이다.

빙옥지를 흘린 사내의 신형이 득달같이 구양혜림에게로 달려들었다.

구양혜림은 두 눈을 크게 뜨며 체대를 휘둘렀다. 온통 자세가 흐트러졌지만 우선은 심장을 노리는 검부터 쳐내야 했다.

파앗—

체대를 관통하며 검은 계속 찔러들었다. 이를 악문 구양혜림은 빙옥기를 극성으로 끌어올려 왼손에 집중하며 손바닥을 내밀었다. 손바닥에 집중된 빙옥기는 손바닥을 얼음벽으로 만든다.

이젠 사내의 검첨이 얼음벽 같은 빙옥수에 막히든지, 아니면 얼음벽을 뚫고 자신의 심장까지 꿰뚫든지 극단의 결과만이 남아 있었다.

까앙—

사내의 검첨에서 살을 뚫는 소리가 아닌 쇳소리가 흘러나왔다. 그건 자신의 빙옥수가 사내의 검을 막아냈다는 말이었다.

그런 생각을 하던 구양혜림은 머리 속이 하얗게 비어오는 기분이 들었다.

검첨과 부딪치며 쇳소리를 울린 손바닥에서 아무런 느낌이 전해져 오지 않았다.

아무리 빙옥수가 위력적이어도 사내의 검첨에 실린 힘이 만만치 않으니 찌르르 손목을 타고 드는 느낌이 있어야 했다.

'허초!'

또 한 번 속았다는 생각을 한 구양혜림은 벼락처럼 신형을 틀었다.

허초 뒤에 따라오는 실초를 피하기 위해서였다.

쨍그랑―

놀란 구양혜림의 망막으로 사내의 검이 반 토막 나며 바닥에 뒹구는 장면이 들어왔다.

퍼억―

뒤이어 사내의 허리에서 파육음이 터지며 사내는 던져지는 짚단이 되어 뒤로 날아갔다.

구양혜림은 바람처럼 횡으로 쓸어가는 용호곤을 쳐다보았다.

사내의 검첨에 부딪친 손바닥에 아무런 느낌이 없었던 이유는 그것 때문이었다. 손바닥에 부딪치기 전에 검은 반 토막 난 채 꺾였던 것이다.

'이제 한 명!'

세 명의 사내들을 순식간에 때려눕힌 진우청은 나머지 한 명의 사내를 향해 덮쳐들었다.

구양혜림과는 달리 원다영은 어렵지 않게 사내를 상대하고 있었지만 백염 노인의 말대로 떨거지는 최대한 빨리 치워 버리는 게 나았다. 사태를 지켜보고 있는 두 노인만으로도 벅찰 것이 분명했다.

휘이잉―

용호곤이 천강음을 토하며 사내의 가슴을 쓸어갔다.

폭풍처럼 밀려오는 용호곤에 사내는 급급히 퇴보를 밟았다. 손목을 비튼 진우청은 휘두르는 속도 그대로 찔러들었다.

사내가 용호곤을 향해 검을 쳐올리는 순간, 진우청은 두 눈을 부릅뜨며 반대쪽을 향해 땅을 박찼다.

백염 노인 곁에 있던 초로인이 형과 하수린에게로 짓쳐들고 있었기 때문이다.

떨거지를 치우라는 명령을 받고 달려들었던 부하들이 진우청 때문에 오히려 떨거지가 되어 순식간에 바닥으로 뒹굴자 초로인은 진우청의 움직임을 봉쇄하려 비열한 수작을 벌이는 것이다.

"비열한 노물!"

진우청은 씹어 삼키는 듯한 소리를 뱉으며 초로인을 향해 용호곤을 던졌다.

톱니처럼 회전하며 날아오는 용호곤을 피하기 위해 신형을 멈춘 초로인은 황급히 양손을 흔들었다. 어느새 진우청이 들소처럼 부딪쳐 오고 있었기 때문이다.

우우웅─

어지럽게 교차하는 노인의 양 손바닥에서 붉은 기운이 터져 나왔다.

그건 이미 들판에서 견식해 본 적이 있는 장력이었다. 진우청은 왼손을 활짝 펼쳐 앞으로 내밀었다.

두 개의 손바닥이 부딪치는 거의 같은 순간에 벽에 부딪친 용호곤에서도 충돌음이 터지며 흙먼지가 튀어 올랐다.

한 손으로 초로인의 장력을 막아낸 진우청은 튀어나오는 용호곤을 잡아챘다. 그리고 초로인의 머리를 박살 낼 듯 내려쳤다. 자신을 방해하기 위해 무공도 모르는 형과 하수린을 공격하려는 비겁한 행동에 더할 수 없는 분노가 담긴 일격이었다.

퍼엉!

폭음이 터지며 용호곤이 허공에서 멈추었다.

진우청은 믿을 수 없다는 표정으로 두 눈을 크게 떴다.

용호곤을 멈추게 한 것은 놀랍게도 앙상한 손이었다.

희끗한 그림자를 뿌리며 나타난 백염 노인이 초로인의 머리 위로 떨어져 내리는 용호곤을 손바닥으로 떠받치고 있었다.

"소문 이상이구나!"

여전히 손바닥 위에 용호곤 끝을 올려놓은 채 나직하게 말한 백염 노인은 초로인을 쳐다보았다.

"너는 저것들이나 처치해라."

백염 노인은 남은 사내 하나를 합공하고 있는 원다영 모녀를 턱짓으로 가리키며 말했다.

"존명!"

초로인은 고개를 숙인 후 땅을 박찼다.

진우청은 용호곤을 잡은 손에 힘을 불어넣었다.

초로인이 가세하면 원다영 모녀는 훨씬 더 위험해진다. 그럼 형과 하수린도 마찬가지다. 초로인과 복면사내 중 한 명은 자신의 손으로 처치해야 안심할 수 있다.

"이제부터 네 상대는 나다!"

힘이 들어간 용호곤 끝을 움켜쥔 백염 노인은 진우청을 막아서며 손을 움직였다.

스스스―

노인의 손이 쓰다듬듯 용호곤을 타고 올라왔다.

진우청은 세차게 손목에 힘을 주며 용호곤을 흔들었다. 그러나 노인의 손은 빨판이라도 달렸는지 용호곤에 착 달라붙어 떨어지지 않았다.

“현덕의 제자인지부터 확인해야겠구나.”

순식간에 용호곤 끝까지 타고 올라온 노인의 손이 갈고리처럼 진우청의 손목을 잡아왔다. 맥문을 짚어 내력을 확인하겠다는 수법이었다. 아울러 제압까지…….

“하앗!”

용호곤을 놓은 진우청은 그 손으로 주먹을 말아 노인의 면상을 향해 냅다 갈겼다.

약간의 노기와 약간의 어이없는 빛이 담긴 안광을 내뿜으며 상체를 흔든 노인은 여전히 진우청의 오른쪽 손목을 잡아왔다.

진우청은 주먹을 뒤로 빼며 발등에 걸린 용호곤을 강하게 걷어찼다.

용호곤이 튕겨 오르며 노인의 허리를 쓸었다.

노인은 진우청의 맥문을 잡으려는 의도를 포기하고 손을 뒤로 뺐다. 뒤이어 노인의 손이 한층 더 빠르게 움직이며 넓은 옷소매가 깃발처럼 펄럭였다.

까앙—

노인의 옷소매와 용호곤이 부딪친 곳에서 쇳소리가 터졌다. 펄럭거리던 옷소매가 칼날처럼 날이 선 채 용호곤을 튕겨내는 소리였다.

어이없는 심정이 된 진우청은 노인의 소맷자락 속을 살폈다. 그 속에 숨겨진 무기나 암기가 있는지 찾기 위함이었다.

무기는 옷소매 자체였다.

그건 소매에 공력을 불어넣어 칼처럼, 방패처럼 사용하는 철수공(鐵袖功)의 수법으로 공력의 고하에 따라 그 소맷자락은 무쇠 방패보다 더 단단해질 수도 있었고, 칼보다 더 날카로워질 수도 있었다.

백염 노인의 소매는 칼보다 더 날카로웠다.

이제껏 그 어떤 도검과 부딪쳐도 흠집 하나 나지 않던 용호곤 끝에 미세한 자국이 새겨졌다.

진우청은 노인의 옷소매에 부딪쳐 튕겨져 나온 용호곤을 다시 잡았다.

노인의 팔이 움직이며 칼날이 되어 있던 옷소매가 범선의 돛처럼 부풀어 올랐다. 그리고 그 속에서 노인의 손이 튀어나왔다.

진우청은 잡은 용호곤에 힘을 다 쏟아 부을 새도 없이 용호곤을 찔러 넣었다.

노인은 손바닥을 활짝 편 채 용호곤 끝 단면을 쳐왔다.

퍼엉! 하는 폭음과 함께 진우청은 한 걸음 뒤로 물러났다.

'으윽!'

온 팔에 바늘이 찌르는 것 같은 통증을 느끼며 진우청은 신음을 삼켰다.

노인의 손에서 뻗어 나오는 내력은 가히 짐작을 불허했다.

진우청은 마주한 상대에게서 두 번째로 두려움이라는 것을 느꼈다.

그 첫 번째는 사부와 마주하였을 때였다.

사부는 그에게 언제나 경외의 대상이었다.

황산 소나무 가지 사이로 지나가는 바람처럼, 허공에 떠 있는 구름처럼 허허로우면서도 황산 전체보다 더 무거운 사람이었다.

그런 사부와 마주 설 때면 진우청은 언제나 경탄 가득한 두려움을 느꼈다.

그리고 지금이 두 번째였다. 사부에게서 느꼈던 두려움과는 뭔가 달랐지만 눈썹 없는 백염 노인의 존재는 두려움을 느끼게 해주었다.

쨍!

진우청은 저려오는 팔에 두텁고 긴 숨결 한 가닥을 불어넣으며 용호곤을 분리했다.

팔의 통증이 사라지며 불끈 오기가 솟구쳤다.

가슴 밑바닥에서 끓어오르는 오기!

그것이 사부에게 느꼈던 두려움과 노인에게서 느끼는 두려움의 차이였다.

사부에게서 느꼈던 두려움은 이런 반발심을 불러일으킬 수 없었다. 그건 공경 속에서 자연스럽게 우러나온 선망 가득한 두려움이었다.

그러나 이 노인이 불러일으키는 두려움은 두터운 반감도 같이 불러일으켰다.

이 노인에게서 느껴지는 두려움은 사부에게서 느꼈던, 도저히 뛰어넘을 수 없을 것 같은 두려움이 아니었다.

두렵기는 하지만 뛰어넘을 수 있을 것 같은 두려움이었다.

진우청은 양손에 든 용곤과 호곤을 더욱 굳게 잡았다.

용곤과 호곤을 움켜쥔 진우청의 몸에서 폭풍 같은 기세가 흘러나왔다. 그리고 그 기세는 순식간에 몸속으로 갈무리되며 진우청의 존재는 황산의 솔바람처럼, 운해처럼, 그리고 사부의 숨결처럼 변해갔다.

"현덕의 제자가 맞구나."

온몸으로 발출되는 진우청의 기세를 읽은 노인은 차가운 음성으로 말했다.

"그렇다면 창룡금시(蒼龍金匙)도 가지고 있겠지? 그것으로 북문을 열라는 명령을 받았느냐?"

노인은 여전히 뜻 모를 말을 토하며 찌르는 듯한 눈빛으로 진우청을 쳐다보았다.

아까보다 한층 더 뜨겁게 타오르는 듯한 노인의 눈빛을 잠시 마주하던 진우청은 원다영 모녀에게로 눈길을 돌렸다.

초로인의 가세로 인해 두 여인은 다시 수세로 몰리고 있었다.

비원각주 원다영이 초로인을 맡고, 구양혜림이 복면인을 상대하고 있었는데 두 여인에게 그들은 모두 벅찬 상대였다.

"네놈은 사부로부터 존장지례를 배우지 못한 모양이구나."

자신의 질문에 단 한 번도 제대로 된 대답을 하지 않은 진우청을 향해 노인은 목소리를 높였다.

진우청은 혼자 북 치고 장구 치고 다 하는 노인에게서 지독한 짜증을 느꼈다.

"멀쩡한 벽에 똥칠하는 소리 그만 하고 이 지겨운 굿판도 이제 그만 끝냅시다."

진우청은 만사 귀찮은 음성으로 말했다.

"고얀!"

일갈과 함께 노인의 신형이 흐릿하게 흩어졌다.

진우청은 들숨 한 모금을 깊이 들이마시며 온몸을 뜬구름처럼 가볍게 만들었다.

휘익—

흐릿한 잔상을 남긴 노인의 손이 진우청의 가슴을 쳐왔다. 진우청은 구름처럼 가볍게 뒤로 물러나며 노인의 공격을 피했다.

"후후! 현덕에게서 배운 몸놀림이냐?"

노인이 나직한 웃음을 흘렸다. 진우청의 움직임을 충분히 읽고 있다는 자신감에 찬 미소였다.

노인의 신형이 더욱 희미하게 잔영을 뿌렸다.

진우청은 아랫배 밑바닥에 뭉쳤던 호흡을 극한으로 끌어올렸다.

그럼에도 불구하고 노인의 움직임은 벅차게만 느껴졌다.

다 늙어 고목처럼 쭈그러진 근육과 뼈마디 어느 곳에서 저런 엄청난 기운이 뻗어 나오는지 믿을 수 없을 정도로 노인의 신형은 빠르게 움직였다.

극강한 내력!

그것이 굳어가는 근육과 뼈마디에도 불구하고 노인의 신형을 저렇게 빠르게 움직이게 하는 것이다.

파아앗!

흐릿한 잔상 속에서 노인의 왼쪽 소매가 청룡도처럼 넓게 펼쳐져 진우청의 가슴을 베어왔다.

용곤으로 마주쳐 가던 진우청은 본능적으로 호곤도 같이 내밀었다.

칼날 같은 소맷자락이 그림자를 뿌리며 순간적으로 다섯 개로 변해 있었다.

쾌(快)가 극에 이르러 환(幻)으로 펼쳐지는 공격!

까가강—

세 개의 소매가 용곤과 호곤에 연속으로 부딪치며 쇳소리를 뿜어냈다.

그 순간 진우청의 뇌리 속에서 맹렬하게 경종이 울려댔다.

용곤과 같이 호곤을 휘두를 때 느낀 노인의 소맷자락은 분명 다섯 개였다. 그런데 세 개밖에 마주치지 않았다.

진우청의 몸이 활처럼 휘어지며 옆으로 이동했다.

그건 눈으로 무언가를 보고 움직인 동작이 아니었다. 고양이의 수염처럼 민감하게 깨어 있는 솜털과 세포들, 그리고 활짝 열려 있는 모공이 의식에 앞서 먼저 위험을 감지하고 반사적으로 몸을 움직이게 한 것이다.

팟!

파앗—

두 개의 날카로운 소음과 함께 소매를 떼어내고 조끼처럼 걸치고 있던 진우청의 상의 두 곳에 미세한 선이 그어졌다. 일반적인 검으로서는 만들 수 없는, 일세의 보검으로나 새길 수 있는 섬뜩한 자국이었다.

주르르!

옷에 새겨진 선이 벌어지며 가는 선혈이 흘렀다.

머리칼 한 올 차이였지만 분명 피했고, 단추를 채우지 못해 펄럭거리는 옷깃만 잘렸는데 그곳에서 피가 흐르고 있었다.

"우, 우청아!"

진우혁이 외마디 고함을 질렀다.

하수린을 몰아붙이듯이 구석에 밀어 넣고 혹시 모를 위험에 자신의 몸으로 막으며 서 있던 진우혁은 가공할 백염 노인의 기세에 숨도 크게 쉬지 못한 채 굳어 있다가 동생의 몸에서 흐르는 피를 보고는 자신도 모르게 고함을 지른 것이다.

무공은 익히지 않았지만 귀혼마진을 통과할 때 움직이는 동생의 몸놀림을 보며 십 년 동안의 공부가 결코 헛된 것이 아니라는 것을 느꼈다. 그리고 남패천주의 손녀와 큰며느리도 고전을 면치 못하는 복면사내 세 명을 순식간에 때려눕히는 모습으로 봐서 보통의 고수가 아니라는 것 또한 같이 느꼈다. 하지만 백염 노인의 움직임은 공포스러웠다. 무공을 익히지 않은 진우혁으로서는 흐릿한 그림자밖에 보이지 않을 정도로 빨랐다.

결국 노인의 공격에 동생의 몸에서 피가 흐르고 있었다.

진우혁은 주춤거리며 앞으로 나왔다.

"형! 그곳에서 꼼짝도 하지 마!"

무의식적으로 앞으로 나서는 진우혁을 보며 진우청은 고함을 질렀다.

진우혁은 흠칫 걸음을 멈추었고 진우청은 이글거리는 눈으로 백염 노인을 쳐다보았다.

그때 기관음이 한층 가까이서 울려왔다. 누군가 바깥에서 이곳으로 접근하며 들려오는 소리 같았다.

기관음을 들은 노인의 얼굴에 순간적으로 초조한 빛이 어렸다.

"창룡금시를 내놓아라!"

약간 다급한 고함과 함께 백염 노인의 몸이 다시 안개 속으로 파묻히듯 움직였다.

진우청은 미끄러지듯 왼쪽으로 신형을 이동시켰다.

파앗—

기다리고 있었다는 듯 노인의 손이 진우청의 가슴을 쳐왔다.

아까보다 한층 더 빨라진 움직임이었고 한층 더 맹렬한 기세였다.

'이건 대체……'

진우청은 무의식적으로 용곤과 호곤을 겹쳐 막으며 신음을 삼켰다.

현덕이니, 창룡금시니 하는 말도 금시초문이었고 이런 무위도 산을 내려온 후 처음이었다.

사부의 몸놀림에 버금가는 움직임이었고 무위였다.

휘익—

열십 자로 겹친 용곤과 호곤 사이로 노인의 손이 파고들며 가슴을 쳐왔다.

막거나 피하기엔 너무 늦었다. 아니, 노인의 손이 너무 빨랐다.

진우청은 천룡탄주의 기운을 극성으로 끌어올리며 신형을 틀었다.

퍼억!

어깨에서 격타음이 터졌다. 뒤이어 옷이 타오르는 매캐한 냄새가 후각을 자극했다.

"우청아!"

진우혁의 고함 소리가 다시 울렸다.

노인의 일장을 어깨로 받은 진우청은 우두커니 서서 노인을 쳐다보았다. 노인도 정말 의외라는 표정으로 진우청을 쳐다보았다.

이윽고 노인의 시선이 진우청의 어깨로 모아졌다.

진우청도 묵묵히 자신의 어깨를 쳐다보았다.

걸쳤던 옷은 새까맣게 탄 채 재가 되어 흩날렸다. 그리고 그 아래로 맨살이 드러났다.

옷처럼 타지는 않았지만 벌건 손자국 한 개가 맨살 위에 선명하게 찍혀 있었다.

어깨를 쳐다보는 진우청의 표정이 여러 차례 변했다.

"당신이군!"

잠시 후 진우청이 억양없는 목소리로 말했다.

"무슨 소리냐?"

노인은 여전히 불신 어린 시선을 진우청의 어깨에 고정시킨 채 물었다.

"내 사부의 허리에 나 있던 상처가 항상 궁금했는데 노물… 당신 짓이었군!"

구름처럼 허허롭고 바람처럼 초연한 사부였지만 다 떨치지 못한 세속의 무게 한 줌은 가슴 깊이 감추고 있었다. 무딘 놈이었지만 그건 느낄 수 있었다.

비록 백지에 찍힌 미세한 점 하나만한 것이었지만 백지가 너무 깨끗했기에 더 확연히 느낄 수 있었는지 모르겠다.

사부의 왼쪽 허리에 나 있던 상처!

맹수의 발톱에 다친 것 같기도 하고 사람의 손자국 같기도 했다.

궁금했지만 그런 것은 말씀해 주실 사부가 아니기에 덮어두었다.

그 상처 자국이 지금 백염 노인의 손을 통해 자신의 어깨에도 찍혔다.

다른 점이 있다면 사부의 허리에는 상처로 남아 있었고, 자신의 어깨에는 자국으로만 남아 있었다.

천룡탄주의 기운을 끌어올려 튕겨내지 않았더라면 어깨에 찍힌 자국은 사부의 허리에 남겨진 상처와 똑같은 모양일 것이다.

노인을 쳐다보는 진우청의 눈빛이 활활 타오르고 있었다.

"역시 현덕의 제자가 맞구나. 그놈이 결국 제자까지 키웠구나! 그렇다면 창룡금시는 네놈에게로 전해졌겠지."

백염 노인은 씹어 삼키듯 말했다.

"창룡금시를 가지고 있다면 내놓아라! 그건 네놈 사부와 네놈의 물건이 아니다!"

노인은 다시 알아들을 수 없는 말을 쏟아냈다.

"난 그런 것 따윈 모르오."

진우청은 분노가 담긴 음성으로 고함을 쳤다.

"네놈 사부가 아무것도 가르쳐 주지 않은 모양이구나! 그렇다고 달

라질 게 없는 일이거늘……. 비상하는 용이 새겨진 열쇠! 그걸 보지 못
했다는 말은 않겠지?"

노인은 빠르게 말했다. 그리고는 생각 부스러기 한 조각까지 놓치지
않겠다는 눈으로 진우청을 쳐다보았다.

"냄새나는 입 제발 그만 좀 벌리시오."

진우청은 짤막하게 답하고는 용호곤을 들어 올렸다.

초로인을 맞상대해 싸우는 원다영이 점점 수세에 몰리고 있었고, 구
양혜림도 마찬가지였다. 거듭된 노인의 질문에 궁금증이 폭포처럼 쏟
아졌지만 한시라도 빨리 노인과의 결투를 끝내야 한다는 생각이 훨씬
앞섰다.

"반도의 제자답구나!"

여전히 뜻 모를 말과 함께 노인은 갑작스럽게 손을 뻗어왔다.

갈고리처럼 오무린 손이 걸리는 것은 모두 찢어발길 듯이 다가왔다.

용곤을 잡은 손에 힘을 준 진우청은 갈고리를 향해 세차게 휘둘렀
다.

순간 노인의 옷소매가 둥글게 휘말리며 용곤을 감쌌다.

진우청은 호곤을 휘둘러 노인의 팔뚝을 쳐갔다. 노인의 오른쪽 소매
도 똑같이 휘말리며 호곤도 감쌌다.

용곤과 호곤을 감싼 노인의 옷소매가 밧줄처럼 옭아맸다.

"가상하긴 하다만 아직 멀었다."

용곤과 호곤을 묶은 노인이 소매를 부풀리며 주먹을 뻗었다.

뒤로 뺐다가 휘둘러 오는 주먹이 아니었다. 그냥 용곤과 호곤을 소
매로 옭아맨 상태에 반동없이 가볍게 밀어 넣는 주먹이었다. 그런데
그 주먹에서 폭풍 같은 기세가 밀려왔다.

그냥 마주하기에 너무 무거운 힘이었다.

용곤과 호곤으로 막거나, 아니면 그것들을 놓고 손바닥으로 마주쳐 막아야 했다. 그런데 이상하게도 용곤과 호곤을 잡은 손을 놓을 수 없었다. 마치 아교로 붙여놓은 것 같았다.

퍼엉—

폭발음 같은 파육음이 진우청의 가슴에서 터졌다.

"크윽!"

진우청은 비명을 토하며 또 한 번 주르르 뒤로 밀려갔다.

마치 쇠망치로 얻어맞은 것 같았다. 그건 사부가 날린 호두알을 처음 맞았을 때만큼 강한 충격이었다. 사부께서는 살 깊은 어깨나 엉덩이 쪽으로 호두를 날렸지만 지금은 가슴 한쪽에 정통으로 맞았다.

용곤과 호곤을 놓고 물러섰다면 이런 충격은 받지 않았을 것인데 왜 그랬는지 이해가 가지 않았다. 그 순간은 도저히 손을 뗄 수가 없었다. 그래서 손을 떼는 동작을 포기하고 천룡탄주의 기운만 급히 끌어올렸는데 충격이 컸다.

쉬이익—

갈고리 같은 노인의 손이 다시 뻗어왔다.

손과 옷소매 둘 중 어느 것이 진짜로 공격해 들지 알 수 없는 움직임이었다.

진우청은 용곤과 호곤을 동시에 폭풍처럼 휘둘렀다. 손이든 소매든 한꺼번에 쳐내겠다는 움직임이었다.

펄럭—

노인의 소매가 활짝 펼쳐지며 장막처럼 앞을 가렸다.

진우청은 순간적으로 사방에 온통 먹구름이 펼쳐지는 기분을 느꼈다. 저 먹구름이 이번에는 용호곤뿐만 아니라 온몸을 빨아들일 수도 있었다. 아니면, 저 먹구름 어느 곳에서 뭐가 튀어나올지 알 수 없는 상황이었다.

이번에도 의식에 앞서 몸이 먼저 감지했다.

공격은 소매 안에서가 아니라 아래쪽에서였다.

노인의 발이 아래쪽에서 포탄이 터지듯 솟아오르며 복부를 쓸어왔다.

진우청은 맹렬하게 신형을 회전시키며 노인의 정강이를 용곤으로 두드려 갔다.

용곤 끝에는 아무것도 걸리지 않았다. 올려 차오던 노인의 발이 순간적으로 사라져 버린 것이다.

쐐애액―

사라졌던 노인의 발이 섬전처럼 휘돌며 명치를 찍어왔다.

진우청은 호곤을 급히 앞으로 내밀어 노인의 발바닥을 막았다.

처음 노인의 일장이 어깨에 작렬하던 것과 똑같은 상황!

노인의 발은 용호곤이 앞으로 나서는 것보다 간발의 차이로 앞서며 명치로 날아들었다.

명치에 제대로 된 일격을 맞고 멀쩡할 사람은 없다. 특히 이런 막강한 힘을 뿜어내는 노인의 일격이라면 더욱 그렇다.

발끝이 닿는 순간 암경이 먼저 밀려들 것이고, 갈비뼈가 부서지기도 전에 온 내장과 혈맥이 터져 혼백마저 터져 나갈 것이다.

第四十五章

사투(死鬪)

사투(死鬪)

무엇이 잘못되었단 말인가?

네 몸 하나는 네 마음대로 움직일 수 있다던 사부님의 말씀!

처음에는 지나가는 바람 소리만큼 무심히 흘려버렸지만 그 말씀의 진의를 깨닫고부터는 어떤 인간의 움직임도 놓치지 않을 수 있게 되었다. 그리고 내 마음대로 내 몸을 움직일 수 있게 되었다.

그런데 지금은?

몸뚱이는 천 근같이 무거웠고 번번이 내 마음대로 몸을 움직일 수 없었다.

왜?

왜 이렇게 몸은 천근만근 무겁고 단 한 번도 마음대로 움직여지지 않는 것일까?

사부 못지않은 노인이었지만 이럴 수는 없었다.

　용호곤은 매번 막혔고 천 근같이 무거웠다.

　순간, 진우청의 뇌리 가운데로 송곳 같은 의식 한줄기가 뚫고 지나갔다.

　그랬다!

　온몸을 천근만근 짓눌러 오는 이 무게는 용호곤에서부터였다.

　팔로 생각하라는 가르침과 함께 선물받았던 용호곤!

　한번 휘두르면 웬만한 무기는 단번에 두 동강 내어 더 이상 공격할 필요조차 없었고, 아무리 날카로운 도검의 공격도 너무 쉽게 막아냈다.

　어떤 도검에 부딪쳐도 흠집 하나 나지 않았고, 휘주현의 혈겁에서도 굳건히 자신을 보호해 주었다. 그리고 최근에 들어서는 해천 노인의 가르침대로 언뜻언뜻 자신의 팔이 되어가는 느낌도 받았다.

　팔을 대신한 쇠몽둥이!

　그 쇠몽둥이 때문에 팔다리가 그동안 몇 배는 편하고 안전했다.

　그런데 그게 함정이고 속박일지도 몰랐다.

　용호곤이 휘둘러지는 궤적 속에서, 그리고 용호곤이 뿌리는 초식의 틀 안에 안주하며 그동안 몸이 굳어버린 것은 아닐까?

　바람 같고 구름 같던 천룡신무가 용호곤과 함께하며 천 근같이 무거워진 것은 아닐까?

　머리 속에서 벼락이 떨어졌다.

　두 개의 쇠몽둥이를 손으로 생각하라는 해천 노인의 말은 더없이 멋진 가르침이긴 했지만 사부의 가르침은 아니었다.

　더없이 멋지고 강한 용호곤이었지만 그것 역시 사부께서 주신 것이 아니었다.

　사부께서 가르쳐 주신 것은 천룡의 춤이었다.

진우청은 용호곤을 놓았다. 그리고 용호곤 사이로 파고드는 노인의 발을 향해 우장을 뻗었다.

콰앙―

손바닥과 발뒤축이 마주친 곳에서 고막을 파열시킬 듯한 굉음이 울렸다.

그것은 인간의 육신이 부딪쳐서는 나올 수 없는 소리였다.

기운과 기운이 충돌하며 터져 나오는 기파였다.

석실이 무너져 내릴 것 같은 엄청난 폭음에 진우혁과 하수린은 반사적으로 귀를 틀어막았고 초로인과 복면인, 원다영과 구양혜림의 대결은 자연스럽게 멈추어졌다.

두 개의 태양이 충돌하는 상황에서 반딧불의 격돌은 무의미했다.

"이놈! 이 배신자의 제자 놈!"

망연한 표정이 된 백염 노인이 수염을 부르르 떨며 내뱉었다.

'배신자?'

진우청은 노인의 말을 되뇌었다.

사부의 함자가 현덕인지, 내놓으라고 하는 창룡금시가 무엇인지 몰라도 이 노인은 사부와 연관이 있는 사람임은 확실했다.

사부의 허리에 찍힌 손자국과 자신의 어깨에 찍힌 똑같은 손자국!

그런데 사부가 배신자라니?

"지금 내 사부를 보고 배신자라고 한 것이오?"

진우청은 차갑게 가라앉은 음성으로 물었다.

"그렇다! 네놈 사부는 사문을 배신하고 사부를 배신한 반도이다! 네놈이 그 제자임이 확인되는 순간 네놈의 운명은 결정되었다!"

점점 붉어지던 노인의 눈이 숯불처럼 이글거렸다.

"배신자라고……?"

진우청은 큰 충격을 받은 표정을 하며 혼잣소리처럼 중얼거렸다.

"그렇다!"

노인은 짤막하게 답했다.

"그래서… 그 제자인 나도 죽어야 한다고?"

"네놈이… 창룡금시만 내어주면… 죽이지는 않겠다."

"다시 한 번 묻겠소. 정말 내 사부가 배신자이오?"

진우청은 이젠 온통 충격에서 헤어나지 못해 금방이라도 쓰러질 것 같은 표정으로 물었다.

진우청의 표정을 본 노인은 긴 한숨과 함께 무겁게 고개를 끄덕거렸다. 마치 사질의 장래를 걱정하는 듯이…….

잠시 후 진우청의 입술이 움직였다.

"내가 이렇게 충격받은 얼굴을 하고 있으니 믿는 줄 알았소?"

"……?"

"우하하하!"

진우청은 광소를 터뜨렸다.

"십 년 동안 단 한 마디의 허언도 하지 않고, 죽도록 수련을 시켰지만 당신께서 하셔야 할 일은 단 한 번도 제자에게 시키지 않고, 칭찬 한 번 제대로 해준 적 없지만 온 입김으로, 온 숨결로 제자를 어루만지며 아무것도 바라지 않은 사람이 배신자라고? 그 개소리를 나보고 믿으라고?푸하하하!!"

"이, 이놈!"

노인의 볼 살이 푸르르 떨렸다.

"내 사부보고 배신자라고 한 그 순간 당신의 운명도 결정되었소!"

진우청은 땅바닥에 떨어진 용곤과 호곤을 건너며 성큼 앞으로 나섰다.

노인의 상체가 움찔 흔들렸다.

"이제까지는 요령을 피우느라 중원의 무공을 흉내 내며 몇 대 맞았지만 지금부터는 내 사부의 춤사위로 상대해 주겠소!"

"이, 이놈이?"

노인은 기가 막힌 눈빛으로 진우청을 쳐다보았다.

사부가 배신자라는 말에 큰 충격을 받는 모습을 보고 잘하면 설득할 수 있겠다는 생각이 드는 중이었는데 오히려 놀림을 당했다.

노인의 옷소매와 상의가 바람을 가득 받은 돛처럼 부풀어 올랐다.

"찢어 죽이겠다! 하나, 네놈 사부는……!"

"그만 짖고 덤비시오!"

진우청이 노인의 말을 막으며 개를 상대하는 자세를 취했다.

머리 꼭대기까지 노기가 뻗친 노인이 땅을 박찼다. 그리고는 어지럽게 양팔을 휘둘렀다.

노인의 신형이 온통 소맷자락에 가려지며 한 장의 소맷자락만이 진우청을 덮쳐 왔다.

진우청은 흔들 다리를 움직였다.

춤을 추는 듯, 달려드는 개를 놀리는 듯 온몸이 일렁거렸다.

파아앗—

미세한 파공음이 울리며 진우청의 몸이 장막을 향해 쏘아졌다.

장막에 부딪치는 순간, 진우청은 신형을 팽이처럼 회전시키며 팔꿈치로 노인의 옷소매를 쳐 나갔다. 팔꿈치가 옷소매를 두드리기 직전 소맷자락에서 튀어나온 앙상한 손이 진우청의 팔꿈치를 잡아왔다. 그러나 진우청의 팔꿈치는 그곳에 없었다. 대신 다른 쪽 팔꿈치가 노인의 팔목을 때려갔다.

노인 역시 뻗었던 손을 급히 회수하며 다른 손을 뻗었다.

노인의 손을 스치듯 피한 진우청의 또 다른 팔꿈치가 노인의 어깨를 쳐 나갔다.

도대체 몇 개의 팔꿈치인가? 인간의 팔꿈치는 두 개뿐이지만 연속으로 날아드는 팔꿈치는 셀 수 없이 늘어났다.

퍼억—

결국 팔꿈치 한 개가 노인의 어깨를 두드렸다. 온몸의 회전력이 그대로 실렸기에 통증도 격렬했다.

'으음!'

노인은 터져 나오려는 신음을 목구멍 깊이 삼켰다.

신음을 억누른 노인의 눈에 의혹의 빛이 어렸다.

조금 전까지는 자신의 공격에 몇 번이나 가격당하고 주르르 밀려나며 신음까지 토한 놈이었다.

반탄지기가 상당하였지만 거듭된 공격이면 그건 결국 깨어지며 무너질 놈이었다.

그런데 갑자기 달라졌다.

무겁게 움직이던 몸이 바람처럼 표홀하게 변하며 연속 공격이 이어졌다.

세 개, 네 개로 늘어나 보이는 팔꿈치 공격!

그것은 섬뜩한 느낌을 주는 움직임이었다. 팔꿈치에 실린 힘도 무거웠지만 그 동작은 예전의 사제가 살아 돌아온 것 같았다.

휘이익—

이번에는 무릎이 불쑥 솟아올랐다.

어깨뼈가 부러진 듯한 통증을 참으며 노인은 철수공을 펼쳤다.

쇠몽둥이도 막아내고, 흠집까지 새기게 한 소맷자락이니 인간의 다리쯤은 단번에 자를 자신이 있었다.

파앗—

기대대로 다리가 소맷자락에 걸리는 소리가 들렸다.

노인은 세차게 소맷자락을 흔들었다. 걸리는 것은 무엇이라도 싹둑 자를 기세였다.

"헛!"

노인은 다급성을 터뜨렸다.

쳐올리던 무릎이 우뚝 멈추며 그 아래로 발끝이 튀어나왔다. 그대로 부딪쳤다간 기해혈이 파괴될 순간이었다.

노인은 활처럼 상체를 뉘었다. 사선으로 차오는 각도를 정확히 예측한 움직임이었다.

실초라면 그 계산이 맞았다.

그런데 차올리던 발의 공격은 허초였다. 아니, 허초라기보다는 순식간에 다른 공격으로 바뀐 것이다.

파앗—

쳐올리던 발로 노인의 무릎을 밟은 진우청은 다른 발로 노인의 가슴을 찍어갔다.

뒤로 휘청 상체를 젖혔던 노인은 그대로 땅바닥에 몸을 눕혔다. 그리고는 미친 당나귀처럼 바닥을 굴렀다.

이른 바 나려타곤!

죽도록 수치스런 수법이었다. 그런데 상대는 그걸 수치스럽다고 생각하지 않는 모양으로 일어날 기회마저 주지 않았다.

가슴을 밟지 못한 발을 땅에 딛지 않고 무너지는 자세 그대로 진우청의 팔꿈치는 땅에 뒹구는 노인의 명치를 찍어왔다.

노인은 또 한 번 신형을 굴렀다. 바닥에 켜켜이 쌓인 먼지가 하얀 백의를 흑의로 만들고 있었지만 그것밖에 도리가 없었다.

상상도 못한 기가 막힌 상황이었다. 그리고 아직 끝이 아니었다.

통나무처럼 쓰러지며 온몸의 무게를 실어 찍어오던 팔꿈치가 애꿎은 바닥을 찍기 직전 진우청은 팔을 펼쳐 바닥을 짚었다.

손끝이 바닥에 닿은 순간 진우청의 몸은 깃털처럼 허공으로 떠올랐다. 그리고는 한 바퀴 공중제비를 돌며 발뒤축으로 노인의 명치를 계속 찍어왔다.

이젠 나려타곤이 독문절기가 되었다.

더 이상 굴러갔다가는 원다영과 구양혜림 모녀 앞에 고스란히 심장을 드러낼 처지가 된 노인은 반대 방향으로 몸을 굴렀다.

연속 세 번의 나려타곤을 펼치고서야 겨우 수세를 벗어날 수 있었다.

바닥을 딛고 일어선 노인의 눈이 용광로처럼 타올랐다. 그에 따라 백발과 백염도 붉은빛을 띠었다. 아마도 저런 기운 때문에 눈썹이 타버렸거나 빠져 버린 것 같았다.

"갈아입을 옷은 가져오셨소?"

진우청이 빈정거렸다.

노인의 눈에 더욱 거센 불길이 뿜어졌다.

"그것이 반도가 가르친 무공이냐?"

노인은 갈라지는 음성으로 물었다.

“그것이 나려타곤이라는 절기요?”

진우청도 지지 않고 맞받아쳤다. 이젠 나려타곤이 어떤 것인지 정도는 알고 있는 터였다.

“타앗—”

분기탱천한 노인이 그 자리에서 사라졌다.

그러나 진우청은 움직이지 않았다.

정중동이니, 이정제동이니 하는 거창한 무리(武理)들을 떠올린 것은 아니었다.

몸이 이끄는 대로, 춤이 추어지는 대로 그렇게 한 것이다.

환영처럼 다가오던 노인의 몸이 급격히 멈추었다. 노인 역시 본능적으로 그렇게 움직인 것이다.

그 순간 진우청의 신형이 앞으로 쏘아졌다.

정과 동, 음과 양의 이치가 절묘하게 조화된 움직임이었다.

제대로 신형을 추스르지 못한 노인은 손끝을 칼날처럼 세워 진우청의 심장을 찔러들었다.

진우청은 왼쪽 손등으로 노인의 수도를 쓰다듬듯 비껴 흘렸다. 대경한 노인은 다른 한쪽 손도 활짝 펼쳐 진우청의 목을 찔러왔다.

진우청 역시 오른쪽 손을 펼치며 노인의 왼손을 똑같이 바깥쪽으로 밀쳐 냈다.

노인의 가슴이 순간적으로 열렸다. 진우청은 그대로 상체를 들이밀어 바위 같은 어깨로 노인의 가슴을 들이받았다.

퍼억—

먼저 둔탁한 파육음이 터졌다. 다음으로 노인의 신형이 속절없이 내동댕이쳐졌다.

금룡번신이니 금계독립이니 하는 가장 기초적인 초식들도 이 순간
에는 아무런 소용이 없었다.

양손에 잡혀서 패대기쳐지는 것도 아니고, 단순히 상대의 어깨와 수
평으로 펼친 팔에 부딪친 것이건만 온몸의 중심이 왕창 무너지며 내팽
개쳐지고 있었다.

"노, 노야!"

초로인이 급히 몸을 날리며 백염 노인의 신형을 받쳤다.

나려타곤에 이어, 벽 구석에 심하게 처박히는 꼴을 겨우 면한 백염
노인은 석상처럼 그 자리에 서서 진우청을 노려보았다.

자신을 내동댕이치고 우뚝 서 있는 진우청의 몸에서 무게감을 느낄
수 없었다.

육중해 보이는 몸이었지만 언제 어떤 순간이라도 깃털처럼 날아오
를 수 있는 허허로움이 느껴졌다.

사제도 그랬었다.

같은 사부 아래에서 무공을 배웠지만 사제는 언제나 그랬었다.

그 허허로움이 앞에 선 청년의 몸으로 고스란히 전해져 있었다.

우우웅―

기관음 한줄기가 더욱 가까이 들려왔다.

이젠 머지않아 기관이 멈출 것이다.

백염 노인의 신형을 떠받친 초로인이 초조한 표정으로 벽을 살폈다.
그곳에 새겨져 있는 조각의 위치가 하나로 맞물려 가고 있었다. 촌각
후면 그것이 완전히 맞물릴 것이다. 그러면 이곳은 더 이상 격리되지
못한다.

"노야, 이젠 포기하고 이곳을 벗어나야……"

급히 입술을 움직이던 노인은 더욱 급히 입술을 닫았다.

끝까지 말을 내뱉었다가는 백염 노인의 손에 먼저 죽음을 맞을 것 같았다.

"네놈을 죽이고 이곳을 빠져나간다는 생각은 버려야겠구나. 이곳에서 같이 뼈를 묻겠다."

벌떡 일어서서 악령처럼 낮게 말한 노인은 두 주먹을 불끈 쥐었다.

"노야!"

파앗―

초로인의 외침이 끝나기도 전에 노인의 신형이 움직였다.

소매가 펼쳐지고 그 안에서 폭풍 같은 경력이 쏟아졌다.

진우청은 주춤 뒤로 물러났다.

이제껏 뿜어져 나오던 기세가 아니었다.

점점 더 붉게 타오르는 눈!

그리고 피를 토하는 듯한 탁한 호흡.

노인은 역천(逆天)의 무공을 펼치고 있었다.

이곳에서 뼈를 묻겠다던 말처럼 노인은 자신의 몸을 불사르며 진우청의 몸 또한 함께 불사르려는 수법을 택한 것이다.

진우청은 다급함을 느꼈다.

탁 트인 곳이라면 모르겠지만 이곳은 너무 좁다.

태울 듯이 뿜어져 나오는 노인의 기세는 사방으로 터져 나갔다. 그리고 그 기세를 상대하려 자신 역시 천룡후의 호흡을 끌어올리면 이곳 구석 어느 한곳도 안전한 곳은 없다. 무인들이라면 몰라도 형과 하수린은 터지는 포탄 옆에 서 있는 것이나 마찬가지였다.

"어서 최대한 구석 쪽으로 피하시오!"

채찍처럼 손을 흔들어 노인이 뿌린 경력을 흩은 진우청은 형 쪽을 향해, 그리고 원다영 모녀를 향해 소리를 질렀다.

퍼엉―

진우청이 흩어버린 노인의 경력이 옆쪽 벽을 때리며 폭음을 터뜨렸다.

어느 순간에 저런 것이 형에게로 날아가면 형은 그 자리에서 절명할 것이다. 그만큼 노인은 발악적으로 움직이고 있었다.

"누구 마음대로!"

원다영 모녀가 움직이려 하자 초로인과 복면인이 앞을 막아섰다.

그러는 사이에 또 한 번의 폭음이 울렸다.

진우청의 발과 백염 노인의 소맷자락이 부딪친 곳에서였다.

그 여파가 결코 가볍지 않았기에 원다영 모녀는 기를 쓰고 진우혁과 하수린에게로 나아가 보호하려 했지만 초로인과 복면인이 앞을 가로막았다. 그들 역시 백염 노인과 마찬가지로 탈출을 포기한 것 같았다.

"혜림아, 맞부딪치지 말고 조금만 더 버티거라. 그럼 진이 풀린다."

원다영은 은밀히 전음을 날렸다.

치가 떨리는 귀혼마진!

적을 가두기 위한 그 진이 자신들을 가두어 밖으로 나가지도, 밖에서 구출대가 들어오지도 못하게 하고 있지만 서서히 그것이 옅어지고 있다. 반대쪽에서 통과하고 있는 백봉, 은봉 금봉령주가 기적적으로 구궁팔상진을 와해시키고 있는 모양이었다.

그게 아니다.

백봉, 은봉, 금봉령주로서는 절대 불가능한 일이다.

심연처럼 가라앉은 눈빛을 한 청년!

멸문을 당한 유가검보의 장남이라던 그 청년이 구궁팔상진을 와해시키고 있는 것이다. 그래서 이곳에 펼쳐진 귀혼마진도 따라서 옅어지고 있는 것이다.

조금만 더 그들이 활약해 주면 이곳을 벗어날 틈이 생기고, 반격을 하여 흉수를 덮칠 틈도 생긴다. 그때까지 혼신의 힘을 다해 버텨야 한다.

콰앙―

계속해서 폭음이 울렸다.

이번에는 노인의 가슴을 향해 날아들던 진우청의 손바닥이 석벽을 치며 터져 나오는 폭음이었다.

초로인이 뿌리는 장력을 체대로 막아내며 원다영은 최대한 진우혁과 하수린에게서 떨어지려 애를 썼다.

보호하지 못하는 이상, 최대한 멀어져야 했다. 그들에게 무슨 일이 생긴다면 저 청년에게 죄를 짓는 것이나 마찬가지이다.

저 청년이 아니었다면 자신들 모녀는 절대로 여기까지 통과하지 못했다. 소낙비처럼 쏟아지는 화살에 고슴도치가 되었거나 구사일생으로 여기까지 왔어도 외성에서 고서점을 운영했던 저 노인에게 순식간에 목숨을 잃었을 것이다.

기관을 조종하고 있는 시숙 중 한 사람!

그는 저 노인에게 포섭되었거나 타협을 하며 자신들 모녀의 목숨을 요구했을 것이다.

퍼엉―

연방 폭음이 터졌다.

원다영은 신랄한 초로인의 공격을 체대로 막아내면서도 곁눈으로 진우청의 움직임을 쫓았다.

투로나 유파를 도저히 짐작할 수 없는 몸놀림! 그 움직임이 점점 더 세찬 폭풍이 되어가고 있었다.

그그긍—

이질적인 기관음 한줄기가 다시 들려왔다.

'됐다!'

원다영은 내심 쾌재를 외쳤다. 잠시 후면 기관이 멈춘다.

"아악!"

자신과 같은 생각으로 순간적인 방심을 했을까, 구양혜림이 날카로운 비명을 질렀다.

"혜림아!"

원다영이 다급하게 소리를 질렀지만 몸을 뺄 수는 없었다. 사생결단을 낼 작정을 한 초로인의 손속이 훨씬 더 살벌하게 날아들었다.

"조금만 더! 조금만 더 버티거라, 혜림아!"

원다영은 비명을 지르듯 고함을 질렀다.

그러나 한 번 몰리기 시작하자 둑이 무너진 것과 같은 상황이었다.

허리에 새겨진 검상은 고통과 함께 구양혜림의 움직임을 속박하여 왔다.

진우청은 점점 다급한 마음이 되어 백염 노인에게로 부딪쳐 갔다.

겨우겨우 유지해 온 균형이 깨어지려 하고 있었다.

구양혜림이 무너지면 다음으로는 원다영이 무너지고, 형과 하수린도 죽은 목숨이나 마찬가지이다.

초조한 심정의 진우청은 더욱 세차게 노인을 향해 달려들었다.

그렇게 되자 물처럼 흐르던 동작이 무거워지며 틈이 생겼다.

동귀어진을 결심하고 달려드는 노인이 그 틈으로 벌겋게 달아오른 손을 갈고리처럼 만들어 맹렬히 찍어왔다.

진우청 역시 피하지 않고 손을 뻗었다.

퍼퍼퍽—

연속적인 격타음이 터지며 진우청과 백염 노인의 손이 얽혔다. 그리고 거의 동시에 구양혜림의 비명 소리가 한차례 더 울렸다. 뒤이어 찢어지는 듯한 원다영의 목소리도 들렸다.

다리에 한 개의 검상을 더 새기며 쓰러진 구양혜림을 향해 사내의 검이 무자비하게 떨어져 내리고 있었다.

진우청은 세차게 몸을 회전시키며 바닥에 놓인 용곤을 걷어찼다.

용곤이 복면인을 향해 포탄처럼 날아갔다.

구양혜림의 목을 향해 검을 내려치던 사내는 검을 틀어 용곤에 마주쳐 갔다. 계속해서 검을 내려치면 구양혜림은 죽일 수 있겠지만 자신 역시 쇠몽둥이에 머리가 박살날 수밖에 없었다.

깡—

퍼억—

복면사내가 용곤을 쳐내는 쇳소리와 파육음이 동시에 울렸다.

"큭!"

짧은 비명을 토한 진우청이 주르르 뒤로 밀렸다.

구양혜림을 구한 순간, 반대급부로 자신에게 여파가 몰려온 것이다.

승기를 잡은 노인은 야차 같은 표정으로 연속 공격을 해왔다. 그리고 용호곤을 튕겨낸 복면인 역시 구양혜림을 향해 재차 검을 내려쳤다.

구양혜림은 땅에 주저앉은 채 필사적으로 빙옥장을 펼쳤지만 사내의 검은 그 사이를 파고들었다.

찢어지는 듯한 어머니의 목소리를 들으며 마침내 구양혜림은 눈을 질끈 감았다.

콰앙―

얼핏, 벽이 무너지는 것 같은 굉음을 들으며 구양혜림은 팔목 어림으로 날카로운 통증을 느꼈다.

복면사내의 검첨이 팔목을 스쳐 가고 있었다.

빙옥장을 내뻗은 팔은 물론, 목까지 같이 잘라오던 복면인의 검이었다. 그런데 그 검이 팔목에 가느다란 상처만 남기고 지나가는 것을 느낀 구양혜림은 눈을 번쩍 떴다.

자신을 죽이려던 저승사자 같은 사내가 목을 잃은 채 쓰러지고 있었다. 그 뒤로 벽을 무너뜨리고 나타난 사내의 검이 피를 뿌리며 지나갔다.

"아악!"

구양혜림은 그제야 비명을 지르며 피분수와 함께 무너지는 시체에게서 필사적으로 멀어졌다.

쌔애액―

복면인의 목을 자른 유화성의 검이 표풍일섬의 검초를 펼치며 초로인을 향해 짓쳐들었다.

딸의 죽음을 의식하며 원다영 역시 온통 흐트러진 모습으로 고스란히 위험에 노출되어 있었다.

퍼엉―

원다영의 가슴을 쳐가던 초로인이 빛살처럼 날아드는 표풍검을 향해 일장을 날렸다.

"크윽―"

다 쳐내지 못한 검기에 노인은 답답한 신음을 토했다.

"각주님!"

"아가씨!"

백봉령주와 은봉, 금봉령주가 표풍검에 의해 무너진 석문 사이로 뛰어들었다.

원다영은 온몸에 긴장이 풀리는 것을 느끼며 털썩 그 자리에 주저앉았다. 절체절명의 위기에서 이제야 벗어난 것이다.

유화성 등의 출현과 함께 급박했던 상황이 멈추어졌다.

"퉤!"

진우청은 입 안에 고인 핏물을 신경질적으로 뱉어냈다.

구양혜림을 구하기 위해 힘을 분산시키다 한 대 맞은 노인의 장력에 내상을 입은 것이다.

유화성이 석문을 부수며 뛰어드는 것을 보며 더 이상 무리한 공격을 하지 않고 몸을 빼내 다행히 그것으로 그쳤다.

"망할!"

한마디 불평과 함께 진우청은 한 번 더 핏물을 뱉어냈다.

더 이상 핏물이 목을 타고 넘지는 않았지만 온통 진탕하는 내부는 절로 인상을 찌푸리게 했다.

"후흡!"

진우청은 온 석실의 대기를 다 빨아 마실 듯 숨을 들이켰다.

온몸 구석구석 대기가 스며들자 진탕됐던 기혈이 진정되고 무거웠던 몸도 가벼워졌다.

"괜찮나?"

초로인과 백염 노인의 움직임을 견제하며 칼날처럼 서 있던 유화성이 질문을 던졌다.

"남 걱정할 처지가 아닌 것 같은데요."

진우청은 힐끔 유화성의 전신을 훑으며 답했다.

온통 찢겨진 옷과 상처들, 그리고 먼지를 뒤집어쓴 유화성의 모습은 자신만큼 험한 꼴을 당한 것 같았다.

"그래도 자네 옷보다 낫군!"

유화성은 소매는 떨어져 나가고 누더기가 된 진우청의 상의를 보며 화답했다.

콰앙—

그때, 다시 폭음이 울리며 벽이 무너졌다.

"태상 할아버지!"

구양혜림이 고함을 질렀다.

"아버님… 흑!"

벽을 무너뜨리며 나유백 못지않게 먼지를 뒤집어쓰고 땀 범벅이 된 채 달려드는 구양천을 본 원다영이 마침내 울음을 토했다.

"무사하구나…… 아가야, 혜림아!"

구양천은 며느리와 손녀의 안위를 확인하며 탄식처럼 말했다.

어느 정도 위험을 예상하긴 했지만 이런 식으로 극단적일 줄은 몰랐던 구양천이었다.

귀혼마진이 발동된 순간, 며느리와 손녀는 살아나기보다는 죽을 확률이 훨씬 높았다.

동시에 아들끼리의 암투가 표면화되고 골육상쟁의 신호탄이 터졌다는 말이다.

이런 일만은 일어나지 않기를 바랐건만, 자신의 아들들은 서왕문주의 아들들과는 다르다고 생각했건만 오히려 더 악랄했다.

아들 중 한 명은 남패천의 눈과 귀나 마찬가지인 비원각을 무력화시키고 순식간에 권력을 장악할 계획을 꾸민 것이다.

번쩍—

백염 노인을 바라보는 구양천의 눈에서 폭광이 쏟아졌다.

천우신조로 흉수의 계획은 실패하고 이젠 독 안에 든 쥐가 되었다. 또한 흉수와 결탁한 아들 하나도 아직까지 진을 멈추지 못해 갇히게 되었다.

이젠 오히려 전화위복의 상황이었다.

"기관 조종실은 자네가 맡아주게. 추살해도 좋네."

구양천은 태상호법 나유백을 향해 말했다. 아들 중 하나가 거기에 있을 것이고 여의치 않으면 죽이라는 지시였다.

"그곳까지 최대한 빨리 뚫고 가려면 저분 공자님이 있어야 해요."

원다영은 유화성을 쳐다보며 말했다. 구궁팔상진을 뚫고 온 유화성이라면 흉수가 빠져나가기 전에 도달할 수 있을 것이다.

구양천은 고개를 끄덕거린 후 유화성을 쳐다보았다.

"힘들겠지만 부탁하네."

"그럼 제 부탁도 하나 들어주십시오."

유화성도 미미하게 고개를 끄덕이며 답했다.

"말해 보게."

"성공한 후 말씀드리지요."

유화성은 짤막하게 답한 후 나유백, 백봉령주 등과 함께 사라졌다.

"순순히 오라를 받지는 않겠지요?"

구양천은 백염 노인을 향해 다가서며 말했다.

"천주 같으면 그러시겠소?"

백염 노인이 슬쩍 미소를 지으며 말했다.

"늘그막에 피차 흉한 꼴을 보이게 됐구려!"

구양천이 팔목을 걷어 올리며 말했다. 스스로 밝히지 않는다면 정체를 밝히는 것도 불가능할 것이다. 그리고 노인을 상대할 수 있는 사람은 자신밖에 없어 보였다.

손짓으로 주변을 물린 구양천이 한 발 더 다가섰다.

그때 진우청이 나섰다.

"끼어들지 마시오!"

진우청의 고함에 백염 노인의 일거수일투족에 신경을 집중시키고 있던 구양천은 움찔하며 걸음을 멈추었다.

"아직 내 싸움이 끝나지 않았으니 노인장께서는 끼어들지 마시고 상의나 한 벌 구해주시오!"

진우청은 누더기가 된 상의를 벗어 등을 닦았다.

귀혼마진을 통과하며 입은 화상 자국에서 계속 진물이 흘러내리고 있었다.

구양천은 깊숙한 눈으로 진우청을 쳐다보았다.

무공보다 강한 춤!

그리고 자신이 찾았던 그 아이!

처음에는 반신반의하였는데 귀혼마진을 뚫고 며느리와 손녀를 이곳까지 무사히 데리고 온 아이라면 확신을 가져도 될 것 같았다.

"우선 옷부터!"

구양천의 지시로 진우청에게 상의가 건네졌다. 자신을 따라온 호위들 중, 제일 큰 체격의 청년이 벗어준 옷이었지만 진우청에게는 여전히 작았다.

"몸도 성치 않은 것 같으니 내게 맡기게."

상의를 걸친 진우청을 향해 구양천이 만류했다.

진우청은 완강하게 고개를 저었다.

"누군가 노인장의 아버지를 배신자나 반도라고 말했다면 어쩌시겠소?"

"살려둬선… 안 되겠지."

"나도 그렇소!"

진우청은 단호한 음성과 함께 앞으로 나섰다.

칼로 자르는 것 같은 진우청의 행동에 구양천은 뒤로 물러섰다.

"아까부터 여긴 너무 좁다고 생각했는데 어떠시오, 이런 칙칙한 곳에서 죽고 싶지 않겠지요?"

백염 노인에게 말한 진우청은 대답도 듣지 않고 구양천과 나유백이 무너뜨리고 뛰어든 벽 쪽으로 성큼성큼 걸어갔다.

"허허!"

백염 노인이 허허로운 웃음을 터뜨렸다.

모든 것은 수포로 돌아가고, 남패천주와 남패천 무사들이 둘러싼 가운데서 독에 갇힌 쥐 꼴이 되었다.

마지막 한 가닥 희망이 있다면 진우청을 처치하는 것인데 어쩐지 그것도 천 길 절벽처럼 높게만 느껴졌다.

'죽어도 태양 아래에서는 죽겠군!'

노인은 무거운 걸음을 옮겼다.

노인의 기대대로 밖은 늦여름의 태양이 작열하고 있었다.

그 아래로 족히 천 명은 될 듯한 무사들이 연무장을 둘러싼 채 도열해 있었다.

이기든 지든 이 자리에서 죽을 것이고 죽기에는 좋은 장소였다.

'현덕……!'

노인은 사제의 이름을 입속으로 불렀다.

'서로의 길이 달랐을 뿐 배신자란 말은 과할지도 모르겠네. 하지만 여전히 난 내 길을 가려 하네.'

천 명도 넘는 남패천 무사들이 둘러싸고 있었지만 도외시한 채 뒷짐을 지고 먼 하늘을 쳐다보고 있는 노인의 기세는 오히려 구양천을 능가하고 있었다. 그 모습이 주변 수십 장을 정적으로 뒤덮이게 했다.

'북제성!'

구양천은 노인을 보며 자연스럽게 북제성주의 모습을 떠올렸다.

단 오십여 합 만에 자신을 제압한 북제성주의 모습이 이 노인의 모습에 겹쳐져 왔다.

"덥지 않소?"

오랜 정적은 진우청에 의해 깨어졌다.

옷을 바꿔 입었지만 꽂히듯이 내리쬐는 양광에 등이 화끈거려 더 이상 견딜 수 없었다.

"늙으면 햇살이 항상 고맙다네."

"양지 쪽에 가만히 계시지 왜 이곳까지 오셨소?"

"그러게 말일세."

몇 마디 대화와 함께 노인은 뒷짐을 풀고 팔을 내밀었다.

칼처럼, 그물처럼 짓쳐들던 소매도 팔을 따라 앞으로 나오며 펄럭거렸다.

"공자님!"

대결이 임박해지자 구양혜림이 용곤과 호곤을 들고 다가왔다.

진우청은 고개를 흔들었다.

다른 사람에게라면 몰라도 이 노인에게는 아무것도 섞이지 않은 천룡신무만이 대적 가능했다. 용호곤의 효용에 이끌리다 보면 그것이 속박이 되어 춤을 무겁게 만든다. 이 노인 앞에서는 그런 것 하나라도 치명적인 약점으로 작용한다.

"흐읍!"

진우청은 낮게 들숨을 쉬었다.

녹색으로 우거진 남패천 산자락에서 불어오는 대기는 석실 안의 습하고 어두운 대기와는 비교할 수 없는 생기가 스며 있었다.

밖으로는 화상을 입고, 안으로도 가볍지 않은 내상을 입었지만 손끝, 발끝까지 스며드는 숨결은 몸을 깃털처럼 가볍게 했다.

진우청은 천천히 손발을 움직였다.

짧은 순간 미세하게 움직인 몸짓이었지만 그 몸짓에는 불어오는 바람을 따라 순식간에 산정으로 날아가 버릴 만한 표홀함과 함께 해일에 휩쓸려도 버틸 만한 굳건함이 동시에 느껴졌다.

펄럭―

바람도 없건만 노인의 옷소매가 펄럭거렸다.

진우청의 몸에서 뻗어 나오는 기세에 자연스럽게 반응한 움직임이었다.

휘익―

소매가 한 번 더 펄럭이려는 찰나 진우청의 신형이 햇살 속으로 스며들었다.

노인의 신형도 대기 속으로 녹아들었다. 도열한 남패천 무사들 눈엔 그렇게 보였다.

퍼엉—

소맷자락과 주먹이 부딪치며 폭음이 울려 나왔다.

주먹으로 소매를 친 진우청은 손바닥을 활짝 펼쳤다. 그리고 문지르듯이 소매를 잡아갔다.

강하게 마주칠수록 소매도 강철처럼 딱딱해졌기에 유로서 강을 제압하고자 함이었다.

펄럭! 하는 소리와 함께 칼날 같던 소매가 허물어졌다. 진우청은 그곳을 향해 발길질을 가했다.

펄럭거리는 소매가 발에 걸리며 발을 조여왔다.

용곤과 호곤을 소매로 감싸고 옭아매던 수법이었다.

진우청은 순간적으로 발을 아래로 끌어내렸다. 옭아맨 소매가 발을 놓아주지 않았다.

그것이면 충분했다.

발을 옭아맨 소매를 도약대 삼아 진우청의 몸이 허공으로 솟구쳤다.

순식간에 노인의 머리 위로 떠오른 진우청의 발이 노인의 목을 찍어갔다.

노인은 손을 뻗어 진우청의 발을 막았다.

진우청의 발은 노인의 손을 찍으며 다시 그것을 도약대 삼아 신형을 회전시켰다.

노인은 급히 소매를 펼쳐 어디서 날아올지 모르는 진우청의 공격을 차단했다.

이번에는 무릎이었다.

온몸의 중심이 언제 무릎으로 전해졌는지 무릎이 포탄처럼 복부로 날아들었다.

노인은 같이 무릎을 세웠다. 달리 그것밖에 수가 없었다.

그런데 온몸의 무게를 다 싣고 날아오던 무릎이 그 자리에서 뚝 멈추더니 반대쪽 발뒤축이 옆구리로 날아들었다.

노인은 급히 퇴보를 밟았다. 그 순간에도 진우청의 공격은 끊이지 않았다.

'이건……!'

노인은 신음을 삼켰다. 아무리 상승절기를 익혔다 해도 인간의 육신으로 안 되는 것은 안 되는 것이다.

허공에 뜬 인간의 몸은 중심을 잡기 힘들어 제대로 된 힘을 뿜어내지 못한다. 대지를 박찬 힘의 여력으로 허공에서 공격을 뿌린다 해도 한두 번이다. 그 다음부터는 수비식이나 허초에 가까운 공격이 대부분이다.

그런데 진우청의 공격은 매번 처음과 같았다. 아니, 갈수록 더 강하게 부딪쳐 왔다.

그게 가능한 것인가?

직접 부딪치면서도 노인은 짙은 의구심에 휩싸였다.

그게 가능하려면 순간을 수백 개로 쪼갠 시간 동안 몸의 중심을 자유자재로 이동시켜야 한다.

그런 동작을 근간으로 하는 무공과 초식은 중원 천지 어디에도 없다.

그렇게 해서는 상대를 공격하고 제압하는 무공 초식은 애초에 펼칠 수가 없다.

노인은 더욱 짙어지는 의구심과 함께 숨을 몰아쉬었다.

한차례 격돌과 함께 어느새 호흡이 불규칙해진 것이다. 석실 안에서 부터 부딪침이 있었지만 어이없는 일이었다.

반면 진우청은 조금도 흐트러지지 않은 호흡으로 통나무처럼 우뚝 선 채 노인을 노려보았다.

"아직도 내 사부가 배신자라고 확신하오?"

진우청은 분노에 젖어든 음성으로 물었다.

노인은 잠시 동안 대답을 하지 않고 진우청을 쳐다보았다.

호흡 속으로 깊숙이 가라앉은 분노가 오히려 더 무겁게 느껴졌다.

"백번을 물어도 그건 변할 수 없는 일, 네 사부는 사문의 배신자……."

노인의 말이 끝나기도 전에 진우청의 몸이 포탄처럼 노인을 향해 쏘아졌다.

노인의 정체가 무언지, 왜 자신을 죽이려 하는지도 알 필요 없었다.

사부를 배신자에 반도라고 부른 자라면 같은 하늘 아래에서 살 수 없다. 만약 세상 사람들 전부가 사부를 배신자라고 부른다면 자신에겐 세상 사람들 모두가 배신자이다.

콰앙—

진우청의 주먹과 노인의 손바닥이 부딪친 곳에서 터져 나온 기파가 장내를 뒤흔들었다.

대체 그들이 누구이고, 왜 이곳에서 싸우는지 알지 못하는 남패천의 무사들은 어리둥절한 표정으로 지켜보다가 갑자기 터져 나온 굉음에 움찔 뒤로 물러섰다.

진우청은 노인의 손바닥에 전해지는 충격에 아랫배로 뭉쳐 두었던 호흡을 강하게 내뿜었다. 자신보다 네 배는 더 오래 살며 그 시간만큼 축적된 내력이 맞부딪칠 때마다 무겁게 짓눌러 왔다. 그러다 보니 석실 속에서 입은 내상이 도지는 느낌이었다.

특히, 노인은 석실 안에서와 마찬가지로 혼신의 공력을, 그리고 원천기까지 한꺼번에 내뿜고 있었다. 천명에 가까운 남패천 무사를 한가운데에 둘러싸인 마지막 결투에서 진우청의 목숨만은 기필코 취하겠다는 결심을 굳힌 것 같았다.

펄럭!

노인의 소매가 혈번(血幡)처럼 펄럭이며 진우청의 허리를 향해 날아들었다.

노인의 눈빛과 옷소매는 시시각각 훨씬 더 짙은 적색을 띠었다.

막강한 내력을 한꺼번에 터뜨리며 동귀어진의 수법을 펼치는 노인과 정면으로 부딪쳐서는 위험했다.

진우청은 끓어오른 분노를 가라앉혔다. 그리고 호흡 속으로 녹아들었다.

포탄처럼 무겁게 부딪쳐 가던 진우청의 신형이 순간적으로 깃털처럼 가벼워졌다.

그 상태 그대로 진우청은 허공으로 몸을 띄우며 신형을 뒤집었다.

허공에 뜬 진우청의 몸이 예측을 불허하는 방향으로 뒤틀리며 두 개의 옷소매를 종이 한 장 차이로 피해냈다. 그 결과, 진우청의 몸은 노인의 가슴으로 파고들 수 있었다.

대경한 노인이 눈을 크게 뜨며 퇴보를 밟았다.

그 사이로 진우청의 양쪽 발이 포탄처럼 찍어들었다.

노인은 날아오는 발을 팔로 쳐냈다. 그러자 그 팔을 발판 삼아 곰만한 몸이 깃털처럼 회전하며 반대 방향으로 발이 날아왔다.

퍼억!

결국 노인의 가슴에서 둔탁한 격타음이 터져 나왔다.

“으음!”

답답한 신음과 함께 노인의 신형이 주르르 뒤로 밀렸다.

겨우 멈춘 노인의 신형이 눈빛과 함께 심하게 흔들렸다.

초식이라면 세상에 존재하는 어떤 무공도 자신의 예측과 시선을 벗어날 수 없었다.

지금 가슴을 두드린 각법! 아니, 각법이라기보다는 발 공격이었다. 그 발 공격은 처음부터 정해진 투로를 따라 움직인 것이 아니었다. 두 개의 옷소매가 그리는 궤적을 파고든 무모하고도 위험천만해 보이기까지 한 시도와 그 시도가 성공하고 뒤이어진 임기응변의 공격이었다.

도저히 예측 불가능한 동작과 방위에서 튀어나온 공격!

절대로 초식은 아니었다. 그런 이상한 초식은 있을 수 없다. 그런데 그 동작이 오직 이 한순간을 위해 수천, 수만 번을 수련해 완성한 초식처럼 정교하고 완벽했다.

기막힌 우연으로 이번 한 번의 공격이 성공한 것일까?

노인의 이마에서 땀 한 방울이 흘러내렸지만 노인은 그것도 의식하지 못했다.

일렁—

땀이 눈썹 없는 눈으로 흘러드는 순간 진우청의 몸이 다시 흔들 움직였다.

노인의 옷소매가 또 한 번 허공을 갈랐다.

그러나 이번에는 허초였다.

옷소매는 허초이고 그 속에 숨긴 손이 실초였다.

진우청의 몸은 아까처럼 기묘한 각도로 꺾이고 움직이며 소맷자락을 피해냈다.

소맷자락에서 힘을 뺀 노인은 허초 속에 숨겨진 손을 섬전처럼 뻗었다.

휘익—

노인의 손이 뻗어 나오는 찰나적인 순간, 진우청의 신형은 예측이라도 한 듯 또 한 번 뒤틀리며 회전했다. 그리고 그 회전력을 실은 발등이 호미처럼 노인의 목을 휘감아갔다.

공격을 포기한 노인은 급히 상체를 틀었다.

파팟—

다 피하지 못한 발끝이 어깨를 스쳐 지나가며 어깻죽지의 살이 떨어져 나간 것처럼 통증이 몰려왔다.

아까와 똑같은 상황이었다. 그렇다면 아까의 몸놀림 또한 우연은 아니다.

그 자세에서는 절대로 나올 수 없는 동작! 나온다 하더라도 결코 제대로 된 힘을 뿌릴 수 없는 동작이었다. 그래서 방심했다. 방심이라기보다는 무시했다. 그런데 그 자세에서 발이 튀어나왔고 제대로 된 충격이 전해졌다. 그리고 갈수록 기세가 거세어졌다.

섬뜩한 자각 한줄기가 뇌리 한복판을 헤집고 지나갔다.

초식을 파해하는 움직임!

더 나아가 초식을 뛰어넘는 움직임!

믿을 수 없는 일이지만 인정할 수밖에 없었다.

구양천도 믿어지지 않는다는 표정으로 진우청의 움직임을 주시했다.

무공보다 더 강한 춤이란 말이 이젠 확실히 이해가 갔다.

순식간에 초식의 틈을 파고드는 저 동작은 중원 무공 어느 유파에도 없다.

저 움직임은 무공으로서는 불가능했다.

그래서 무공보다 강한 춤인가?

"현덕 이놈! 이 배신자 놈!"

백염 노인은 짐승처럼 소리쳤다.

노인 역시 이젠 더 이상 초식으로는 불가능하다는 것을 느꼈다.

노인은 수십 년을 눌러두었던 내력을 한꺼번에 끌어올렸다.

우우웅!

무거운 진동음과 함께 노인의 신형이 핏빛 안개 속에 파묻혔다.

진우청의 신형 역시 은색 빛무리 속으로 스며들었다.

"십 장 밖으로 물러나라!"

망연한 눈으로 두 사람의 대결을 지켜보던 남패천주가 연무장 주변으로 도열한 무사들을 향해 고함을 질렀다. 두 사람의 몸에서 뿜어져 나오는 기세가 한꺼번에 터진다면 예측 불허의 상황의 벌어질 것이다.

석상처럼 서 있던 무사들이 미끄러지듯 뒤로 물러났다.

콰우우—

우뢰가 떨어지는 소리와 함께 노인의 몸에서 뻗어 나온 혈무가 커다란 혈구(血球)의 모습으로 변했다. 동시에 진우청의 몸을 감싼 은무도 한 마리 거대한 은룡(銀龍)으로 변해갔다.

파파파팡—

수십 차례의 격돌과 함께 두 사람은 양손을 맞부딪친 채 연무장 한 가운데에 섰다.

핏빛으로 물들었던 노인의 얼굴이 백지장처럼 창백해져 있었고 진우청의 입에서도 선혈이 연신 흐르고 있었다.

"현덕… 이 배신……."

노인의 입술이 힘겹게 열리며 다시 한 번 사제의 이름을 불렀다. 그 소리가 다 뱉어지기 전에 노인의 손바닥에서 한 손을 뗀 진우청이 노인의 목을 움켜쥐었다.

느릿하게 움직이는 손이었지만 노인은 아무런 저항도 못하고 진우청의 손아귀에 고스란히 목을 내주었다.

"개소리……."

노인의 목을 쥔 진우청이 갈라진 음성을 토하며 손에 힘을 불어넣었다. 그러나 한발 앞서 노인의 신형은 칠공으로 내뿜는 피와 함께 모래탑처럼 무너졌다.

'이것이었소, 사부? 이래서 죽음의 위기가 오기 전에는 천룡후의 숨결을 모두 토해내지 말라고 한 것이오?'

왈칵 선혈을 토한 진우청은 온몸에 기운이 털끝만큼도 남아 있지 않고 다 빠져나가는 느낌을 받으며 그 자리에 무너졌다.

第四十六章
생사지로(生死之路)

폭풍 같은 사태가 끝난 뒤 남패천 전역에는 근 열흘간 일급경계령이 내려졌다.

그건 내분을 정리하기 위한 특단의 조치였다.

이 년 전에 이곳으로 흘러들어 와 고서점을 운영하며 신분을 속이고 있던 백염 노인과 결탁하여 내분을 일으키려 했던 흥수는 뜻밖에도 구양천의 넷째 아들이었다.

그는 둘째, 셋째 아들에 비해 야망도 드러내지 않았고, 지지하는 조직도 없다시피 했다.

그러나 숨겨진 칼이 훨씬 날카롭고 무서운 법, 조사를 시작해 감에 따라 속속 드러나는 사실들은 간담을 서늘하게 했다.

야망을 숨긴 채 그는 물밑에서 둘째나 셋째 아들보다 훨씬 많은 작업을 했다는 것이 밝혀졌다.

　지지층의 숫자는 적었지만 그를 지지하는 사람들은 대부분 전투 조직의 수장들이거나, 정보의 흐름에 영향을 줄 수 있는 자리를 맡고 있었다.

　평소에는 별로 눈에 띄지 않는 사람들이었지만 유사시 그 두 조직의 사람들이 유기적으로 결합하면 큰 파급 효과를 일으켜 둘째나 셋째 아들 못지않은 힘을 발휘할 수 있었다.

　거기에 백염 노인 같은 극강의 고수가 가세하면 충분히 승산이 있는 일이었다.

　물론, 백염 노인의 목적은 진우청에 있었기에 실제로 일이 터졌을 때 넷째 아들에게 힘을 보태어줄지는 알 수 없는 일이었지만 자신의 무공을 미끼로 충분히 현혹시킬 수는 있었을 것이다.

　백염 노인이 죽고, 넷째 아들 역시 유화성과 태상호법 나유백에게 제압되자 그가 포섭했던 조직들은 순식간에 와해되고 말았다.

　그들에게 마지막 순간 동조했던 세가 사람들도 치도곤을 당한 후 쫓겨났다.

　정말 위험천만한 상황이긴 했지만 남패천주 구양천의 의도대로 남패천 내부에 존재했던 분열의 불씨는 최소한의 피만 흘린 채 그렇게 일단락되었다.

＊　　　　＊　　　　＊

　"실패했단 말이지?"

　표정을 읽을 수 없는 중년인이 감정 역시 읽을 수 없는 목소리로 말했다.

"깨끗이 소탕되었다고 하더군요."

중년인 못지않게 표정을 읽을 수 없는 청년이 남의 얘기를 하듯이 대꾸했다.

"애석함이 많을 텐데 태연하구나."

중년인은 여전히 표정이나 감정의 기복이 없는 말투와 함께 청년의 표정을 살폈다.

"제가 왜 그렇게 애석해해야 할까요?"

청년도 중년인의 시선을 맞받으며 말했다.

"오랫동안 공들여 키운 나무가 뿌리째 뽑혀 나갔는데도 애석하지 않는다면 그건 오히려 가식이 아니겠느냐?"

"가식이야말로 우리 가문의 오랜 전통이자 제가 가장 익히고 싶어했던 덕목이지요, 숙부님."

청년은 즉각 답했다.

"그랬더냐? 하지만 가족끼리는 그럴 필요가 없지 않겠느냐?"

"그런가요? 그렇다면 얘기가 다르군요. 보이는 것은 모두 때려 부수고 싶을 정도로 화가 납니다."

청년은 여전히 변함없는 어조로 답했지만 손가락 끝은 가늘게 떨리고 있었다. 지독한 분노를 억누르고 있다는 증거였다.

스윽ㅡ

마침내 청년은 천천히 손을 뻗어 탁자 위에 있는 조각상을 잡았다.

흑옥으로 정교하게 만들어진 사자상이었다. 이만한 크기의 흑옥에 살아 있는 듯 정교한 조각이라면 그 가격이 만만치 않을 것이다. 가격도 가격이지만 그 단단함은 더욱 만만치 않을 것이다.

흑옥 사자상의 머리를 잡은 청년은 손아귀에 힘을 주었다.

우두둑—

손가락 뼈마디가 부딪치는 소리가 나며 흑옥 사자상의 머리가 빛을 뿜어내더니 이윽고 흙 부스러기처럼 으스러지기 시작했다.

청년은 계속해서 손아귀에 힘을 주었고 흑옥 사자상의 머리는 먼지가 되어 흩날렸다.

"부질없군요!"

사자상의 머리를 가루로 만들어 분노를 표출시킨 청년은 가볍게 손을 털며 말했다.

"그래도 좀 풀리지 않느냐? 희로애락의 감정과 너무 일찍 이별을 하면 그 부작용도 만만치 않은 법이니라."

"글쎄요. 그런 부작용은 아직 모르겠고… 부질없음에 더해, 이천 냥의 손실 발생에 대한 속쓰림까지 가중되는군요."

청년은 이젠 그 가치를 잃은 흑옥 사자상을 물끄러미 쳐다보았다.

"앞으로 어떻게 할 생각이냐? 북제성과의 고리도, 남패천에 심어놓은 간자들도 한꺼번에 잃어버렸으니."

은유적인 대화만 이어가던 중년인이 청년을 향해 처음으로 직설적인 표현을 쓰며 물었다.

"다시 돈을 왕창 뿌려야겠지요. 돈이면 인간의 양심은 물론, 목숨까지도 살 수 있으니까 말입니다."

"그 돈을 너무 늦게 뿌리는 건 아닌지 모르겠구나. 그 쇠몽둥이를 든 놈이 탈출하기 전에 왕창 부려 어떻게든 죽여야 했는데 말이다."

"후회감이 물밀듯 밀려오는 바입니다. 설마 그 두터운 포위망을 뚫고 탈출할 수 있는 인간이 있으리라고는 생각지 못했습니다."

청년은 낮은 한숨을 내쉬며 답했다.

“하긴, 나 역시 그때는 빈대 몇 마리 잡고자 초가삼간 다 태우는 게
아닌가 하는 생각까지 들었으니……. 쩝!”

“혀를 차실 줄도 아십니까?”

“가족 앞에서야 뭔들 못하겠느냐?”

“그렇군요. 가족 앞이라는 걸 잠시 잊었습니다.”

“머리가 복잡하다 보면 그럴 수도 있겠지. 하지만 그걸 영원히 망각
하지는 않도록 하거라. 그것마저 망각한다면 우리에겐 자신 외 세상
모든 사람들이 적이 될 테니까 말이다.”

중년인의 눈빛이 날카롭게 빛났다.

“아무렴요. 돈에 파묻혀 가족도 못 알아보는 지경이 되어서는 안 되
겠지요.”

“그렇게 생각하고 있다니 다행이구나. 그런데 대화가 잠시 옆길로
샜구나. 어쩔 작정이냐, 앞으로?”

청년이 생각에 잠기며 잠시 대화가 끊어졌다.

“남패천과 북제성에 들어가야 할 돈을 이곳에 집중적으로 투자할 생
각입니다.”

“그 말은?”

“이곳 제품의 숫자를 두 배로 늘릴 생각입니다.”

“제품?”

중년인은 제품이란 단어가 생소한지 눈 사이를 좁히며 되뇌었다.

“제가 선택한 단어가 마음에 안 드십니까?”

청년은 약간은 짓궂은 표정을 떠올리며 중년인을 쳐다보았다.

“아니다. 너무 적절해서 잠시 감탄을 하는 중이었다.”

중년인은 손사래를 쳤다. 그리고는 다시 말을 이었다.

“제품을 두 배로 늘리면 그 여아가 견뎌내겠느냐?”

“글쎄요. 좀 염려스럽긴 하지만 가능하리라 봅니다. 처음 예상했던 것보다 능력이 더 뛰어나고, 그 능력을 뒷받침해 줄 여건도 뛰어납니다.”

“그렇더냐? 하긴 그 둘의 관계는 불가분의 관계이지.”

중년인은 미미하게 고개를 끄덕였다.

“화산 쪽의 움직임은 어떻습니까?”

한 가지 대화가 일단락되자 청년이 불쑥 질문했다.

“섬서에 있는 신사방주(神祠邦主)에게 금 십만 냥을 주었다. 한동안은 소란을 피워 화산 말코들이 정신이 없을 것이다.”

“신사방은 좀 약하지 않습니까?”

“그런 감이 없잖아 있지만 돈은 없던 힘도 끌어내는 법이다. 화산은 당분간 이곳까지 신경 쓸 여력이 없을 것이다.”

“그렇군요. 완벽하게 처리해 주실 줄 알았습니다.”

청년은 가볍게 고개를 숙였다.

“그건 그렇고…….”

중년인은 말끝을 흐렸다. 그건 이제껏 어떤 사항에 대해서든 거리낌 없이 말을 내뱉던 모습과는 많이 이질적이었다.

“말씀하십시오.”

청년은 기이한 눈빛으로 중년인을 쳐다보며 말했다.

“요즘 지하실 출입이 너무 잦더구나. 제품에 관계된 것 외에 다른 목적이 있는 것이냐?”

중년인의 물음에 청년은 잠시 갈피를 잡지 못하는 듯 중년인을 빤히 쳐다보았다.

잠시 후 청년이 보일 듯 말 듯한 미소와 함께 입술을 움직였다.

"설마 엉뚱한 상상을 하시고 한 말씀은 아니겠지요?"

"글쎄다……."

중년인은 대답을 회피했다.

"아버님께서 말씀하시길… 여자는 자수정 열 개 이상의 가치는 없다고 했습니다. 다시 말하면, 자수정 열 개면 어떤 여자든지 품을 수 있다는 말이지요. 그런데 다리도……."

"네 아버지도 말을 그렇게 했지만 행동은 그렇지 못했지. 그래서 고생이 많았지. 그리고 체질과 함께 다리는 이미 나아지고 있지 않느냐?"

"후후! 아버님의 실패로 저를 저울질하려 하지 마십시오. 똑같은 실수를 대를 이어 반복할 수는 없지 않겠습니까?"

청년은 차갑게 미소 지었다.

*　　　　*　　　　*

"오늘도 깨어나지 않았느냐?"

남패천주 구양천은 염려스런 얼굴로 천주전에 온 구양혜림을 보고 물었다.

"아직……."

구양혜림은 무겁게 고개를 흔들었다.

벌써 보름이 지났건만 백염 노인과의 결투 후 쓰러진 진우청이 의식을 회복하지 않은 것이다.

그동안 천주 특명으로 남패천 내의 모든 의생들이 매달렸고, 신의라 불릴 만한 노인들도 초청했지만 백방이 무효했다. 모두 고개를 설레설레 흔들며 떠나갔다.

"정말 알다가도 모를 일이야."

남패천 태상호법 나유백도 고개를 설레설레 흔들었다.

그 역시 지난 보름 동안 구양천과 함께 진우청의 단전에 공력을 주입해 보기도 했고 명문혈에도 손바닥을 대고 비지땀을 흘리기도 했다.

그럴 때마다 구양천과 나유백은 아연한 표정으로 서로를 쳐다볼 수밖에 없었다.

공력을 담을 수 있는 그릇인 기해혈이 파괴된 것도 아닌데 밑 빠진 독처럼 텅 비어 있었다. 그리고 그 밑 빠진 독으로 자신들이 불어넣은 공력이 하나도 남김없이 빠져나가 버렸다.

그건 마치 허공에다 손바닥을 대고 공력을 주입하는 느낌이었다.

몇 차례나 거듭해도 마찬가지였다.

결국은 두 사람 모두 속수무책이 되어 신의들 손에 맡겼지만 그들 또한 방법이 없었다.

"무공 역시 이제껏 본 적이 없는 특이한 것이었는데 내력도 그것과 연관된 것일까? 도저히 유파를 짐작할 수가 없다네."

나유백은 점점 더 모를 표정이 되어 구양천을 쳐다보았다.

"유파 같은 건 몰라도 되니 좀 깨어나기라도 했으면 좋으련만……."

구양천은 무겁게 한숨을 내쉬었다.

진우청에 대해서 궁금한 점이 한둘이 아니었다.

대결을 벌였던 백염 노인은 죽었고, 그 동료인 듯한 초로인과 복면인들 역시 독단을 깨물고 죽어버렸으니 그들 두 노인과의 관계나 진우청의 정체에 대해서 아무것도 알 수가 없었다.

대결 중에 노인이 진우청의 사부가 배신자니 어떻니 하는 말을 두어 번 내뱉었기에 진우청이 그들 노인과 관련이 있다는 것 정도만 짐작할 뿐이었다.

하지만 이젠 그런 의문들은 모두 접어두고 진우청의 생사가 걱정되었다.

호흡은 고르게 이어지고 있었지만 보름 동안 눈 한 번 뜨지 않고 시체처럼 누워 있는 진우청의 모습은 하루하루 걱정을 가중시켰다.

"어제에 비해 조금이라도 달라진 점은 없더냐?"

구양천은 손녀에게 다시 질문했다.

"처음이나 지금이나 똑같아요. 미동도 하지 않고 눈썹조차 움직이지 않아요."

구양혜림은 마치 자신이 죄를 지은 것처럼 기어들어 가는 목소리로 말했다.

자신이 진우청을 그렇게 만든 건 아니었지만 노심초사하는 구양천에게 하루에도 몇 번씩 똑같은 대답만 하는 것이 죄스러웠던 것이다.

"가봄세!"

구양천이 벌떡 신형을 일으켰다.

"어제저녁에도 갔다 왔는데 또 가려는가, 천주?"

나유백은 우려스런 눈빛으로 구양천을 만류했다.

이곳이 일반 가정집이 아닌 이상, 천주의 움직임은 어쩔 수 없는 번거로움이 따랐다. 특히, 일급경계령이 내려진 지금은 거의 남패천 전역이 발칵 뒤집히다시피 한다. 그런 상황이 어제저녁에 이어 오늘 아침에 또다시 벌어진다는 것은 바람직하지 않은 것이다.

그러나 구양천은 말보다 행동이 더 우선하는 사람이었다. 어느새 그의 신형은 실내를 빠져나가고 있었다.

유화결은 묵묵히 서서 진우청을 내려다보고 있었다.

벌써 보름째!

내상을 입어 소생 가망성이 없는 상태라도 그 기간 동안이면 눈이라도 한 번 뜨고, 신음 소리라도 한번 흘려야 했다. 그런데 그동안 진우청은 눈꺼풀 한번 움직이지 않았고 한숨 한번 쉬지 않았다.

상상을 불허할 정도로 튼튼한 인간이었기에 희망을 잃진 않았지만 하루하루 지날수록 불안감이 쌓여갔다.

내상을 입지 않았어도 보름 동안 아무것도 먹지 못한다면 죽을 수 있다.

그동안 진우청의 입으로 흘러들어 간 것이라곤 물밖에 없다.

미음을 쒀서 떠먹여도 입 안에만 맴돌 뿐, 목구멍 속으로는 넘어가지 않았다. 오히려 기도를 막을 우려가 있어 도로 떠내었다. 목으로 넘어가는 것은 물 몇 모금뿐이었다.

결국은 그 물에 영약들을 농축시켜 흘려넣는 수밖에 없었다.

"제발 눈이라도 한번 떠라, 곰탱아!"

유화결은 우울한 눈빛으로 진우청을 쳐다보며 애원하듯 말했다.

자신의 목숨을, 그리고 동생 화경의 목숨을 몇 번이나 구해준 진우청에게 자신이 해줄 수 있는 것은 거의 없었다. 유일하게 할 수 있는 것은 이렇게 병상을 지키는 것뿐이었다.

"여긴 내가 지킬 테니 이젠 그만 쉬게."

진우혁이 유화결의 어깨를 가볍게 두드리며 말했다.

"아닙니다. 형님은 들어가 쉬십시오. 전 수련도 못하고 할 일도 없으니 여길 지키겠습니다."

유화결은 진우혁을 친형처럼 대하며 답했다.

"공자님이 아니더라도 이곳 의원들이 몇이나 지키고 있으니 오늘은 좀 쉬세요."

하수린도 걱정스런 표정으로 말했다.

"죽어도 같이 죽고, 살아도 같이 살고… 이놈은 내가 지키겠습니다."

유화결은 이곳 남패천 사람들은 아무도 믿을 수 없다는 모습과 함께 목소리를 높였다.

그동안 유화결의 그런 경계심은 진우청의 상세를 살피는 의생들은 물론 드나드는 모든 사람들, 심지어는 천주 구양천에게도 고스란히 드러나 같이 온 나유백의 헛기침을 터져 나오게 만들었다.

그러나 특명을 내려 초청한 진우청을 남패천 경내에서 이런 꼴을 당하게 만들었으니 그들로서는 입이 열 개라도 할 말이 없었다. 그냥 헛기침만 연발할 뿐이었다.

그때 문이 열리며 구양천과 나유백, 구양혜림 등이 들어왔다.

"오늘은 좀 어떤가?"

이미 손녀 혜림으로부터 상세히 전해 들었지만 구양천은 유화결에게 진우청의 상세를 물었다.

유화결은 대답 대신 경계심과 적의가 어린 눈빛으로 진우청 쪽으로 시선만 한번 주었다.

보이는 그대로이니 할 말이 없다는 태도였다.

그러잖아도 유화경으로부터 얼음 작대기라는 별명을 얻은 유화결의 그런 표정은 얼음 작대기를 넘어 얼음 칼을 무색케 했다.

"험! 험!"

친구 구양천이 누구에게 이런 대접을 받는다는 사실이 어이없어 나유백은 연신 헛기침을 했다. 만약 남패천 사람들 중 누가 이런 태도를 보였다면 구족은 몰라도 족히 삼족은 뇌옥에 처박았을 것이다. 하지만 이곳에서는 도리가 없었다. 또한 그건 젊은 시절 자신이 구양천 옆에서 했던 행동 그대로였기에 반감마저 사그라들었다.

"어디 봄세!"

진우청에게로 다가서던 구양천은 유화결의 날카로운 눈빛을 대하고는 입맛을 다셨다. 그리고는 유화결을 향해 허가를 구했다.

"자네 친구의 맥문을 한번 잡아봐도 되겠나?"

그렇게 유화결의 허락을 받은 다음에야 구양천은 진우청의 맥문을 잡을 수 있었다.

여전히 텅 빈 허공이었다.

그동안 어떤 심법을 수련했는지, 얼마만큼 내공이 축적되었는지 알 수 없는 것은 물론이고, 잠깐 불어넣었던 자신의 공력마저 허공으로 흩어졌다. 마치 그물망으로 만들어진 자루 속에 바람을 불어넣은 것 같았다.

구양천은 맥문에서 손을 떼고 단전에다 손바닥을 갖다 대었다.

우우웅—

남쪽 하늘의 절대자가 쏟아내는 공력이 진우청의 단전으로 흘러들었다. 그러나 그것은 속절없이 허공으로 흩어지는 느낌이었다.

대체 이건 무슨 경우란 말인가?

거의 매일 경험한 일이었지만 구양천은 갈피를 잡을 수가 없었다.

단전이 완전히 파괴되었더라도 혈도를 통해 진기가 흘러드는 느낌은 들어야 하는데 아무리 진기를 불어넣어도 텅 빈 허공이었다.

구양천은 마침내 모든 시도를 포기했다. 여전히 하늘에 맡기는 수밖에 없었다.

"너무 걱정 마시오, 천주! 요절할 상도 아니고, 기식이 가늘어진 것도 아니니 차차 회복될 것이오."

나유백이 난감한 표정을 짓는 구양천을 위로했다. 그의 말투는 어느새 엄격한 주종 관계로 변해 있었다.

"흠!"

고개를 끄덕인 구양천은 유화결에게로 시선을 돌렸다.

"여기 온 김에 자네 형을 좀 만나게 해주겠나?"

이번 사태를 진압하는 데 진우청 못지않은 역할을 했던 또 한 명의 기재! 그 기재와 했던 약속이 떠오른 것이다.

늦은 감이 있긴 했지만 그동안 내부를 정리하느라 신경 쓸 여력이 없었다. 그리고 유화성 역시 그동안 연공실에 틀어박혀 제대로 만날 기회가 없었다.

잠시 후, 연공실에서 나온 유화성은 진우청의 병실 옆방에서 구양천과 마주했다.

이웃집 촌로의 외모와 다를 바 없었지만 은연중에 풍기는 기도는 태산처럼 무거웠다.

그러나 유화성은 시종 담담함을 잃지 않고 구양천의 시선을 받았다.

'벌써 뒷물에 밀릴 시기가 된 것인가?'

"일전에 내 부탁을 자네가 들어주었으니 이젠 자네 부탁을 내가 들어줄 차례일세. 말해 보게."

구양천이 서두를 꺼냈다.

유화성은 잠시 뜸을 들였다가 입술을 움직였다.

“혈랑대(血狼隊)가 뇌옥에 갇혀 있다고 들었습니다.”

“혈랑대?”

구양천에 한발 앞서 나유백이 먼저 되뇌었다.

혈랑대라는 이름은 듣기만 해도 머리가 절로 흔들어지는 것이다.

십오 년 전에 혈랑대의 이름은 파천대(破天隊), 또는 무적대(無敵隊)로 남패천 최강의 전위대였다.

그들은 수많은 전투에서 한 번도 패한 적이 없는 무적의 용사들로 피에 젖은 신형을 날리며 들판을 쏘아져 나가는 모습이 마치 혈랑 같다고 하여 혈랑대라는 별명을 얻었다.

남패천 총단보다는 들판에서 더 많이 생활하면서도 남패천의 명성을 가장 드높인 대원들이 그들이었다.

그런데 평화의 시기가 오래 지속되자 그들은 남패천 총단으로 들어와 피 냄새를 지우며 세대교체에 주력했다.

문제는 그때부터 나타났다.

전장에서 피를 뒤집어쓰며 자연스럽게 늑대가 된 그들에게는 문제가 없었지만 남패천 총단의 꽉 막힌 공간에서 늑대로 사육되어지는 후배들은 기형적인 야성이 몸에 배게 되었다. 결국 그것은 내부로 폭발되어 집단 반란이 일어났다. 와중에 대주는 살해당하고 그들 전원은 벌써 이 년 동안 뇌옥에 갇혀 있는 상태였다.

지금의 남패천을 있게 한 파천대!

그들의 이름이 전혀 뜻밖으로 유화성의 입에서 튀어나왔다.

“그런데?”

뒤이어 구양천도 호기심 가득한 눈빛으로 유화성을 쳐다보았다.

“그들을 풀어주십시오.”

“……?”

“허허! 미친놈이로고!”

구양천은 눈만 끔벅였고 나유백은 펄쩍 뛰었다.

“그들을 풀어주면?”

잠시 후 구양천은 안광을 빛내며 말했다.

“제 손으로 다시 잡아넣겠습니다.”

“허허! 점점 더 미친놈이로고.”

나유백은 이젠 아예 두 손 들었다는 표정으로 고개를 흔들었다.

“수련 상대가 필요한가?”

“수련 상대보다는… 혈랑대 대주 직이 탐납니다. 아직 비어 있다고 알고 있으니 무리가 없다고 생각합니다.”

“…….”

“자네 말은 혈랑대 대주 직을 달라 그것인가?”

유화성의 의도를 완전히 이해한 구양천은 빠르게 대꾸했다.

“그렇습니다.”

“그놈들이 어떤 놈들인지는 알고 있나?”

다시 나선 나유백이 눈살을 찌푸리며 물었다.

“피에 굶주린 늑대들로 알고 있습니다.”

“그럼, 그들 대주가 어떻게 죽었는지도 알겠군.”

“부하들 손에 살해된 걸로 압니다.”

“왜 살해되었는지도 알고 있나?”

이번에는 구양천이 눈살을 슬쩍 찌푸리며 물었다.

어찌 됐든 남패천 안의 일은 궁극적으로 자신의 일이다. 하극상의 불미스런 사건 역시 자신의 책임인 것이다.

“부하가 휘두른 칼을 막지 못해서이겠지요?”

“내 말은 그게 아니라…….”

“이유야 어찌 되었든 결국에는 부하들의 칼을 막지 못해서 죽은 것이지요!”

유화성은 단호하게 말했다.

“푸― 하하하!”

듣고 있던 나유백이 대소를 터뜨렸다.

“그놈 참! 말 한번 간단명료하게 하는구만. 하긴, 말이야 바른 말이지. 칼 맞아 죽은 놈들은 결국 칼을 막지 못해 죽은 것이지. 다른 이유는 전부 개소리에 불과하지. 험험!”

큰 소리로 떠들던 나유백은 헛기침을 했다. 점잖치 못한 단어가 튀어나왔기 때문이다.

“그놈들은 이미 통제 불능으로 무너져 전위대로서의 기능을 상실했네.”

“피 냄새를 맡게 되면 예전의 위용을 되찾게 될 것입니다!”

“피 냄새?”

“그렇습니다.”

“위용을 되찾기 전에 자네 피부터 냄새를 맡으려 할 텐데?”

“그러기 전에 제가 먼저 그들의 피 냄새를 맡아볼 생각입니다.”

유화성의 눈이 무심하게 가라앉았다.

그런 유화성의 눈을 구양천은 헤집듯 쏘아보았다.

한참 더 생각에 잠겼던 구양천이 입을 열었다.

“그들이 모두 풀려나서 한꺼번에 달려들면 이 방에 있는 우리 셋으로도 힘드네. 그런데 그들 전부를 자네 혼자서 감당하겠다 그 말인가?”

"물론 한꺼번에는 힘듭니다. 열 명씩 시간 간격을 두고 풀어주십시오. 그 다음부터는 제가 알아서 하겠습니다."

낮게 말한 유화성의 몸에서 물씬 피 냄새가 풍겨 나왔다.

탁!

탁!

기목나무 바둑판 위에 바둑돌이 놓이는 소리가 울렸다.

바둑을 오래 둔 사람들은 판에 돌이 놓이는 소리만 들어도 판이 어떻게 진행되는지 짐작할 수가 있다고 했다.

경쾌하게 놓이는 소리는 그 돌을 놓는 사람이 상대의 곤마를 신나게 쫓거나, 곤마였던 자신의 돌이 확실한 생로를 찾아 탈출하고 있는 상황을 나타내 주고 있는 것이다. 반면 무겁게 떨어져 내리는 돌은 그 반대의 상황이라는 말이었다.

탁!

한 개의 흑돌이 무겁게 떨어져 내렸다.

뒤를 이어 백돌 또한 그보다 더 무겁게 판을 두드렸다.

"휴!"

"휴—"

돌을 놓는 소리에 이어 무거운 한숨 소리가 거의 동시에 터져 나왔다.

"도저히 집중이 안 되는구먼."

해천 노인이 아직 포석 단계도 끝나지 않은 바둑판 위에 돌을 내려 놓으며 말했다.

"그렇구먼. 나 역시 바둑을 둘 기분이 아니구먼."

백운 노인도 고개를 끄덕이며 바둑판 위에 놓인 돌을 가려 통에 담았다.

"오늘이 며칠째인가?"

돌을 놓은 것도 모자라 자리에서 일어서 방 안을 서성거리던 해천 노인은 질문을 던졌다.

"오늘로 스무 날이 지났네."

백운 노인은 무거운 음성으로 답했다.

"스무 날이라… 인간이 물만 마시고 얼마나 더 견딜 수 있을까?"

해천 노인은 여전히 방 안을 서성거리며 재차 질문했다.

"운기를 병행한다면 그보다 더 오래 견딜 수도 있지만 혼수상태에서는 더 이상 하루를 장담할 수가 없네. 천주란 사람이 온갖 영약을 물에 녹여 입 안으로 흘려 넣고 있으니 그나마 다행일세!"

"운기도 할 수 없는 상태에서 그러는 것은 오히려 독이 될 수도 있는 것 아닌가?"

해천 노인은 오히려 걱정되는 표정이었다.

"네 개 하늘 중 한쪽 하늘의 주인일세. 그런 것쯤이야 우리보다 더 잘 알 터이니 걱정 말게나."

백운 노인은 해천 노인을 안심시켰다.

"공력을 불어넣어도 밑 빠진 독에 물 붓는 것처럼 소용이 없고, 영약도 안 통하고… 대체 무슨 조화속일까?"

"그러게 말일세. 처음부터 이해 불능의 청년이었는데 여전히 그렇구먼."

백운 노인은 긴 한숨을 내쉬었다.

"이젠 하루하루가 살얼음판일세. 노인과의 대결에서 가볍지 않은 내상을 입었을 것인데 운기는커녕 물만 마시고 누워 있으니… 휴우—"

해천 노인도 무거운 한숨을 토했다. 두 노인이 토해내는 한숨과 함께 잠시 동안 방 안에는 무거운 정적이 감돌았다.

"내력이라면 예전에 자네가 말한 기담록에서 추측할 수 있지 않겠나?"

잠시 후 백운 노인이 예전의 기억을 떠올리며 물었다.

"그거야 어느 것 하나 확신할 수 없는 얘기 아닌가? 설사 그렇다 하더라도 그게 무슨 소용이 되겠나?"

해천 노인은 고개를 저었다.

"그래도 그 아이의 내력을 짐작하는 데는 그때 자네의 얘기가 제일 근접한 것 같네. 그것에서 뭔가 방법을 찾을 수는 없을까?"

"무슨 방법 말인가?"

"물론 그 아이를 일으켜 세울 방법이지 뭐겠나."

"글쎄… 그 책이라도 있었으면 좋으련만… 이젠 그 믿기지 않는 얘기의 내용까지도 가물가물해서… 원!"

해천 노인은 안타까운 기운이 가득한 눈을 돌려 창밖을 응시했다.

이글거리던 태양은 어느덧 기세가 꺾여 선선한 바람에 식혀지며 서산마루로 넘어가고 있었다.

"무슨 좋은 방법이 있는 것이오?"

아직 동이 트려면 한참 이른 시간, 남패천주 구양천은 진우청의 처소에서 의구심에 물든 목소리로 물었다.

여전히 진우청은 의식을 차리지 못한 채 죽은 듯이 누워 있었고, 방 안에는 진우혁과 유화결이 침울한 모습으로 서 있었다. 그 옆으로 하수린과 유화경도 눈물을 훔치며 지푸라기라도 잡는 심정으로 해천 노인을 바라보았다.

"천주의 능력으로도, 남패천의 어떤 영약으로도 깨어나지 않는 상태이니 아무것도 장담할 수가 없는 일이지요. 하지만 이미 스무 날이 넘었소. 더 이상 두었다가는 어떤 사람이라도 위험할 것이오. 그러니 지푸라기라도 잡아봐야지요."

해천 노인은 가라앉은 음성으로 말하고는 진우청을 침상에서 일으켜 들쳐 업었다.

"아이들에게 시킬 테니 노인장께선 그냥 따라가기나 하시지요."

구양천은 왜소한 해천 노인이 진우청을 손수 등에 업는 것을 보며 얼른 남패천 무사들에게 손짓을 했다.

"아니오! 영원히 못 깨어날지도 모르는데……. 이 아이의 체온을 내 몸으로 느끼고 싶구려."

해천 노인은 다가오는 무사들을 향해 고개를 흔들었다.

손녀딸 여옥에게 삶의 희망을 안겨준, 그리고 자신의 애병을 아낌없이 물려준 진우청은 해천 노인에게 제자 같은, 그리고 손자 같은 존재였다. 그래서 누구에게도 맡기지 않고 자신의 등에 업고 가려 하는 것이다.

"흑!"

마지막으로 체온을 느끼고 싶다는 해천 노인의 말에 하수린이 참았던 울음을 터뜨렸다.

그녀가 울음을 터뜨리자 유화경의 눈에서도 눈물이 번졌다. 아무리 튼튼한 사람이지만 하루 이틀도 아닌, 이십 일이 넘도록 손가락 하나 까닥하지 않고 있다는 사실에 그녀들은 알게 모르게 절망감을 느끼고 있었던 것이다.

"마음을 굳게 가지게나. 허약한 아이는 아니니 말일세."

백운 노인이 유화경과 하수린을 달래며 해천 노인을 따랐다. 그 뒤로 남패천주와 다른 여러 사람들도 방문을 나섰다.

약 반 시진 후, 온몸이 땀으로 범벅이 된 해천 노인은 남패천 내성에 자리잡은 산꼭대기에 도착했다. 노인의 몸으로 거구의 진우청을 업고 오느라 해천 노인은 지친 기색이 역력했지만 한번도 내려놓지 않고 또 한번도 쉬지 않았다.

"휴—"

산 정상 널찍한 곳에 진우청을 내려놓은 해천 노인은 긴 숨을 토하고는 서서히 여명이 밝아오는 동쪽 하늘을 쳐다보았다.

다른 사람들은 물론, 백운 노인마저도 해천 노인이 무엇을 하려는지 전혀 몰랐기에 온 얼굴 가득 궁금증이 묻어났지만 무거운 분위기 탓인지 아무도 입을 열지 않고 해천 노인의 일거수일투족에만 관심을 집중시켰다.

해천 노인은 가쁜 호흡을 고르며 여전히 동쪽 하늘에만 시선을 고정시키고 있었다.

잠시 후, 밝아오던 동쪽 하늘 저 끝에서부터 타오르는 태양이 모습을 드러냈다.

매일 떠오르는 태양이었지만 볼 때마다 그 모습은 장엄했다.

청명한 초가을 아침인지라 동쪽 하늘을 불태우며 떠오르는 태양은 앞에 선 모든 존재들을 끌어안고 어루만지기 시작했다.

그 앞에서는 누구도 예외일 순 없었다.

풀 포기 하나, 돌 조각 하나…….

　호위무사들은 물론, 남패천의 주인인 구양천도 하나의 작은 피사체
가 되어 양광 속으로 녹아들었다.

　"이젠 시작해 보세나."

　언제까지나 동녘 하늘을 바라보며 서 있을 것 같던 해천 노인이 등
을 돌렸다.

　해천 노인은 바닥에 누워 있는 진우청의 상체를 일으켜 앉혔다.

　"자네 어깨도 좀 빌림세."

　진우청의 옆에 앉아 한쪽 어깨로 진우청의 팔을 떠받치던 해천 노인
이 백운 노인에게 시선을 주었다.

　"어쩌려고?"

　백운 노인은 잠시 영문을 모르겠다는 표정을 짓다가 진우청의 한쪽
팔을 어깨에 걸치고 신형을 일으켰다.

　거구의 진우청에 비해 두 노인의 체구는 너무 왜소해 보였지만 무공
을 익히고, 고수의 반열에 든 노인들이었기에 어렵지 않게 지탱했다.

　"자네, 예전에 이 아이가 우리 여옥이에게 추게 해주었던 춤 기억나
는가?"

　이젠 완전히 모습을 다 드러낸 태양을 쳐다보며 해천 노인이 물었
다.

　"그야 잊을 수가 없지만… 그건 왜 묻는 건가?"

　백운 노인은 여전히 이해가 안 간다는 음성으로 되물었다.

　"그리고 기담록에서 호양문 문도들을 구한 신선계곡의 사람들이 아
침에 태양을 보며 춤을 추었다고 한 말도 기억나는가?"

　해천 노인은 대답 대신 거듭 질문만 했다.

　"그럼, 이 아이에게 그 사람들과 똑같이 태양을 바라보며 춤을 추게

하자는 말인가?"

백운 노인은 갑자기 생각난 듯 빠르게 말했다.

"그렇네. 이 아이 내력의 근원은 그곳인 것 같네. 그러니 그 사람들처럼 춤을 추게 우리가 이끌어봄세."

해천 노인은 진우청의 몸을 곧게 세워 억지로 중심을 잡게 하며 천천히 팔을 뻗게 했다. 백운 노인 역시 해천 노인과 똑같이 진우청의 팔을 잡고 다른 한 손으로는 허리를 받쳤다.

흔들―

다리에 힘이 들어가지 않은 진우청의 몸이 위태롭게 흔들렸다.

그 순간 해천 노인은 진우청의 팔과 어깨를 부드럽게 휘저었다.

진우청의 몸이 무너지듯 한쪽으로 쏠렸다.

둥실―

이번에는 백운 노인이 반대쪽에서 진우청의 팔을 잡아끌며 똑같이 흔들었다.

진우청이 해천 노인의 집에서 하룻밤 묵던 날, 이여옥을 선녀처럼 춤추게 해주던 움직임과 똑같지는 않았지만 그때의 기억을 최대한 떠올린 두 노인의 움직임에 의해 진우청의 몸은 춤을 추듯 움직였다.

의식을 잃어 송장 같은 청년의 몸을 두 노인이 이렇게 움직이게 하는 모습은 어찌 보면 해괴하기까지 했지만 주변에 선 사람들은 꼼짝도 않고 쳐다보고 있었다. 어떠한 내력으로도, 어떠한 신의 손길로도 머리카락 한 올만큼의 차도가 없는 진우청의 몸 상태는 이미 그런 것들을 뛰어넘은 상황이었다.

"조심하게!"

한쪽으로 중심이 흐트러지는 느낌을 받으며 해천 노인이 목소리를 높였다. 그러나 의식이 없는 인간의 몸은 바윗덩이보다 더 다루기 힘든 존재였다. 진우청의 몸 역시 그렇게 무너지고 있었다.

우웅─

백운 노인이 다급성을 지르려는 찰나, 한줄기 웅혼한 기운이 밀려와 진우청의 몸을 바로 세웠다. 그것은 남패천주 구양천의 손바닥에서 부드럽게 뿜어져 나온 장력이었다. 덕분에 쓰러지려던 진우청의 신형은 다시 바로 세워지며 두 노인이 이끄는 대로 움직이기 시작했다.

넘실─

처음의 위태했던 동작과는 달리 진우청의 신형이 훨씬 부드럽게 움직였다.

두 노인들의 움직임이 점차 손발이 맞아갔다. 혹시 실수를 하더라도 구양천의 장력을 믿고 있었기에 점점 대담하게 움직인 결과였다.

"어떤가, 좀 달라진 것이 있는가?"

백운 노인은 가빠지기 시작한 숨을 고르며 물었다.

여전히 아무런 변화가 없었다. 그건 백운 노인도 익히 느끼고 있었지만 초조한 마음에 자꾸 질문을 했다.

"첫술에 배부를 수야 없지 않겠나. 계속해서 움직여 보세나."

해천 노인은 끈기있게 진우청의 몸을 흔들었다.

거의 차 한 잔을 마실 시간 동안 그렇게 했지만 달라진 것은 없었다. 여전히 진우청의 의식은 돌아오지 않았고, 몸 어느 곳에도 힘이 들어가지 않았다.

'모두 부질없는 짓이란 말인가?'

해천 노인은 계속해서 진우청의 호흡을 읽으며 포기하고 싶은 심정을 억지로 다스렸다.

어쩌면 말도 안 되는 미친 짓거리인지도 몰랐다.

기담록이란 책도 허구고, 신선계곡의 노인들도 모두 지어낸 얘기일 수도 있었다.

그러나 이대로 포기할 순 없었다.

해천 노인은 좀 더 강하게 진우청의 팔을 흔들었다.

잠시 조각구름에 가렸던 태양이 완전히 제 모습을 드러내며 광채를 뿌렸다.

'이건!'

해천 노인은 급히 고개를 들어 진우청을 쳐다보았다.

태양이 구름조각을 밀어내며 강하게 빛을 발하던 순간, 진우청의 호흡 한 가닥이 길어진 느낌을 받았다. 그리고 얼굴에도 뭔가 다른 색채가 어렸다.

"태양! 저 태양을 등지지 않게 하게!"

해천 노인은 고함을 질렀다.

"무슨 소린가?"

백운 노인이 얼굴을 들며 물었다.

"이 아이의 얼굴을 항상 태양을 향하게 한 채로 춤을 추게 하게. 이제까지는 춤에만 신경 쓰느라 태양은 등한시했는데 태양 빛을 온 얼굴로 받는 순간 이 아이의 호흡이 길어진 것 같았네."

해천 노인은 빠르게 답했다.

"그, 그런가?"

백운 노인은 들뜬 목소리로 답하고 최대한 몸을 빠르게 움직여 진우청의 얼굴이 태양 쪽으로 향하게 했다.

"엇!"

백운 노인은 외마디 소리를 질렀다.

이십여 일 동안 단 한 번도 토해내지 않았던 한숨 한 가닥이 진우청의 입에서 뿜어져 나왔기 때문이다.

"계속하게나!"

해천 노인도 그걸 느꼈는지 상기된 목소리로 말했다.

뭔가 변화가 있음을 느낀 주변의 모든 사람들도 주춤주춤 다가왔다. 두 노인은 그들을 의식하지 못한 채 정신없이 신형을 움직였다.

진우청의 입에서 또 한 번 긴 한숨이 터져 나왔다.

이번 한숨은 주변 사람들도 들을 수 있을 정도였다.

"우청아!"

"우청 오라버니!"

진우혁과 유화경이 자신도 모르게 소리를 질렀다.

두 노인은 아랑곳 않고 더욱 빠르게 몸을 움직였다.

어느 순간부터 두 노인은 자신들의 신형이 가벼워짐을 느꼈다. 그것은 진우청의 몸이 가벼워지고 있다는 말이었다.

"됐네, 됐어!"

희열 가득한 얼굴로 해천 노인이 소리를 질렀다.

백운 노인도 감격에 벅찬 얼굴을 하며 진우청을 쳐다보다가 진우청을 받친 어깨를 서서히 빼내었다. 백운 노인을 따라 해천 노인도 그렇게 팔과 어깨를 빼내었다.

이윽고 두 노인은 진우청의 곁에서 완전히 떨어져 몇 걸음 옆으로 물러났다.

휘청!

진우청의 신형이 잠시 위태롭게 흔들거렸다. 때맞춰 부드럽게 뻗어

나온 구양천의 장력이 진우청의 신형을 바로 세웠다.

몇 차례 그런 상황이 반복되자 진우청의 몸은 안정을 되찾으며 물이 흐르듯, 구름이 흘러가듯 움직이기 시작했다.

조금 전에는 고함을 질렀던 진우혁과 유화경은 혹시라도 그 움직임이 멈출까 봐 숨소리도 내지 않고 지켜보았다.

뜬구름처럼 흘러가던 진우청의 춤사위가 조금씩 빨라졌다. 아울러 한숨처럼 거칠게 뿜어져 나오던 숨결은 점점 낮아지며 춤사위 속으로 녹아들었다.

이윽고 진우청의 춤사위가 이젠 완전히 호흡 속으로 녹아들고, 호흡이 춤사위 속으로 완전히 녹아들고 있었다.

영겁 같은 시간이었다.

동쪽 산꼭대기 위로 얼굴을 내민 해가 산꼭대기에서 겨우 한 뼘도 더 떠오르지 않은 시간이었는데 억겁이 흐른 것 같았다.

점점 빨라지던 춤사위가 이젠 오히려 조금씩 느려졌다.

눈을 뜨지도 않고 있었는데 진우청의 발은 울퉁불퉁한 산정의 돌과 바위를 바람처럼 피해가며 춤사위를 펼쳤다.

늦어지던 춤사위가 거의 멈추었다고 느껴지는 순간 진우청은 천천히 눈을 떴다.

"사… 부……."

해천 노인을 쳐다본 진우청이 끊어질 듯 말했다.

"정신이… 드는가?"

해천 노인이 득달같이 물었다.

"노인장… 이셨군요……."

진우청이 의식을 차리며 답했다.

“정말, 정말 정신이 드는가?”

백운 노인도 숨이 넘어가듯 물었다.

“왜 여기에……?”

진우청은 느릿느릿 고개를 돌리며 물었다. 이젠 누가 보아도 의식을 차린 모습이었다.

“크흐흑!”

숨을 죽이고 지켜보고 있던 진우혁이 오열을 터뜨렸다.

이제껏 누구보다 냉철하고 침착한 그였지만 지금은 가장 먼저 무너지며 울음을 터뜨렸다.

“이 녀석, 이 말썽꾸러기 녀석아… 크흑!”

진우혁은 와락 진우청을 끌어안으며 고함을 질렀다.

“왜… 이래… 형?”

진우청은 멀뚱히 진우혁을 내려다보며 말했다. 그동안 자신에게서 일어난 일은 전혀 알지 못하는 표정이었다. 하긴, 그동안 자신에게 일어났던 일이라고는 가만히 누워 있었던 것밖에 없었으니 그게 당연했다.

“정말 걱정했어. 흑흑!”

하수린도 진우청의 팔을 잡으며 울음을 터뜨렸고, 유화경도 닭똥 같은 눈물을 흘리며 진우청을 쳐다보았다.

자신에게로 집중된 모든 사람들의 시선을 한 번씩 마주한 진우청은 천천히 그 자리에 주저앉았다. 그동안 아무것도 먹지 않아 서 있기가 힘들었던 것이다.

“그리고 보니… 어제 오후에 쓰러져… 지금 일어난 것인가?”

진우청은 백염 노인과 싸운 마지막 기억이 되살아난 듯 물었다. 그런데 그 마지막을 어제로 기억하고 있었다.

잠시 후 모든 것을 알게 된 진우청은 어이없는 표정으로 두 번, 세 번 확인했다.

이십여 일을 꼼짝도 않고 누워 있었다는 게 도저히 믿을 수 없는 모양이었다.

"배가 고파서라도 일어났을 텐데… 어떻게 그리 오래 누워 있었지?"

진우청은 남들이 하고 싶은 질문을 스스로 하며 설레설레 고개를 흔들었다.

第四十七章
전화위복(轉禍爲福)

진우청이 깨어나자 남패천 전역에는 활기가 감돌았다.

진우청 한 사람의 근황이 남패천 전역에 그런 직접적인 영향을 준 것은 물론 아니었다.

그 직접적인 영향은 구양천으로부터였다.

그동안 구양천의 노심초사하는 기운이 남패천 전역으로 전해져 일급경계령보다 더 무겁게 온 성내를 짓누르고 있었던 것이다. 진우청이 깨어난 즉시 모든 경계령은 해제되었고, 비상 경비와 내성 출입 제한 등의 상황이 정상으로 되돌아왔다. 그래서 활기가 감돌고 있었다.

두 노인의 노력으로 의식을 차린 진우청은 이틀 동안은 방에 틀어박혀 꼼짝도 하지 않았다. 근 이십 일 동안 누워만 있던 몸인지라 의식은 돌아와도 기력을 회복하는 데는 시간이 걸렸다.

차츰 기력이 돌아오자 진우청은 용무를 추기 시작했다.

처음에는 구름이 흐르듯 천천히 움직이는 동작에서부터 점차 빠르게, 그리고 다시 구름처럼 허허롭게…….

용무를 추기 시작하면서부터 진우청의 기력은 급속도로 회복되었다.

근 열흘 동안 용무에 매달리며 처음의 기력을 되찾아갈 즈음, 진우청은 문득 자신의 몸속에서 뜨거운 열기 한줄기가 솟구쳐 오르는 것을 느꼈다.

그것은 이제껏 느껴본 적이 없는 이질적인 기운이었다.

그러나 결코 해로운 느낌은 아니었다. 그런 느낌이라면 사부께서 복용시킨 쓰디쓴 가루약의 기운이 먼저 솟구쳐 올랐을 것이다.

그 열기와 함께 몸이 뜨거워지고 기력이 충만해졌다.

진우청은 그 기운들을 용무의 동작 속으로 흘려보냈다.

동작이 훨씬 부드럽게 이어졌고 몸은 더욱 가볍게 느껴졌다.

혼수상태로 있을 동안 남패천주 구양천이 진우청의 의식을 깨우고자 온갖 방법으로 진우청의 몸속에 불어넣었던 진기와 영약들이 용무의 본격적인 수련과 함께 춤 속으로, 호흡 속으로 녹아드는 것이다.

"이 노인들이 무슨 짓을 한 거야."

전화위복의 상황으로 예전보다 오히려 기력이 충만해진 것을 느낀 진우청은 용무의 동작을 멈추고 침상에 앉았다.

처음에는 몸을 추스르는 데만 전념했지만 기력이 돌아오자 수많은 의문들이 같이 밀려왔다.

우선 자신의 몸 상태에 관해서였다. 그때 왜 그렇게 한순간에 모든 기운이 빠져나갔을까?

백염 노인과의 대결을 벌이며 적지 않은 내상을 입고, 마지막 순간에는 건곤일척의 힘을 쏟아 부었다.

목숨이 위험한 상황이 아니면 함부로 힘을 소모하지 말라고 사부께서 당부하셨지만 그때는 그럴 수밖에 없었다. 하지만 사부의 염려만큼 위험스런 일은 일어나지 않았다. 선혈이 목구멍을 타고 역류했지만 한 가닥 기운은 남아 있었다. 그러다 어느 순간, 온몸에 단 한 점의 기운도 남아 있지 않고 빠져나가는 기분이 들며 껍질뿐인 허깨비처럼 쓰러졌다.

"왜 그런 현상이 일어났을까?"

진우청은 그때의 느낌을 되살리며 의문에 매달렸다.

사부의 염려대로 천룡후의 힘을 밑바닥까지 끌어올려서 그렇게 되었다고 생각할 수도 있지만 온몸의 힘이 빠져나가는 순간 뭔가 이질적인 느낌이 전신을 감쌌다. 그리고 껍질만 남은 채 쓰러졌다.

진우청은 그때의 느낌이 무엇이었던가를 찾아내기 위해 애를 썼다.

'살기(殺氣)?'

어느 순간, 진우청은 내심 중얼거렸다.

살기!

그 느낌은 살기, 아니, 살심이었다.

사부가 사문을 저버린 반도에 배신자라는 말을 백염 노인에게서 듣는 순간 살심이 끓어올랐고, 마지막 순간에는 그 노인을 죽이고 싶다는 살심이 온몸을 가득 채웠다. 그래서 노인의 목을 쥐고 노인을 죽이고자 힘을 쏟는 순간, 온몸의 기운이 썰물처럼 빠져나갔다.

이제껏 자신이 휘두른 용호곤에 다치거나, 심지어는 죽은 사람도 있겠지만 그때처럼 온 영혼 가득 살심을 끌어올리지는 않았다. 그래서 그런 현상은 나타나지 않은 것 같았다.

백염 노인과의 마지막 순간은 신열에 휩싸이듯이 살기에 휩싸였다.

그 노인은 사부의 신위에 침을 뱉은 것이나 마찬가지였다. 그래서 살심을 억누를 수가 없었다.

"사부……."

진우청은 낮은 음성으로 사부를 불렀다.

사부에 대한 궁금증이 그리움과 함께 가슴 가득 스며들었다.

대체 어떤 사람이고 백염 노인과는 어떤 관계일까? 그리고 창룡금시란 또 무엇일까?

백염 노인과는 아마도 사형제지간이나, 못해도 같은 사문의 사람이란 짐작은 들었다.

그렇다면 그 노인은 자신에게는 사백이나 사숙이 될 것이었다.

사백이나 사숙!

일반적인 경우라면 사부만큼이나 존경스러워야 할 사람들이고 그들 역시 자신을 그렇게 대해야 했다. 그런데 그 노인의 눈에서는 털끝만큼도 그런 느낌을 받지 못했다.

배신자란 소리와 함께 시체를 쳐다보듯 자신을 쳐다봤다.

진우청은 한숨을 토했다.

그때의 기억이 되살아나며 살심이 들끓어오르는 느낌이었다.

그러자 기혈도 함께 들끓어올랐다.

진우청은 더욱 깊이 대기를 빨아들이며 황산의 소나무와 운해를 생각했다.

그 속에서 사부의 모습을 마주하며 용무를 추던 기억을 되살렸다.

들끓어오르던 살심이 가라앉으며 기혈도 안정되었다.

위험한 순간이었다.

자신의 생각이 맞는다면 조금 전에도 온몸의 기력이 다 빠져나가 드러누웠을 수도 있었다. 더욱이 이번에는 영원히 깨어나지 못할 수도 있었다.

진우청은 벌떡 일어나 창문을 열었다.

선선한 가을 바람이 창문을 통해 흘러들어 왔다.

천천히 그 대기를 들이마시며 진우청은 다시 용무의 동작 속으로 녹아들었다.

한 자락의 춤사위가 끝나고 나자 몸과 마음이 한층 더 가벼워졌다.

낮고 긴 들숨과 함께 침상에 앉으려던 진우청은 튕기듯이 일어났다.

"창룡금시! 설마 그것이……?"

진우청은 고함을 치듯 중얼거렸다.

비상하는 용 무늬가 새겨진 황금 열쇠!

자신과 싸울 때 백염 노인은 그렇게 설명했다. 하지만 전혀 모르는 물건이었다. 그때는 분명 그랬다.

그런데…….

뇌리 속에서 한 개의 물건이 떠올랐다.

열쇠는 아니었지만 황금색 용 무늬는 기억에 있었다. 너무 오래된 기억이라 떠오르는 순간 착각처럼 사라졌다. 그래서 그것을 창룡금시라 여기는 것도 무리가 있을 것 같았다.

"그런데 그것이 왜 그곳에……?"

진우청은 넋 나간 사람처럼 중얼거렸다. 뒤이어 실타래처럼 엉켜오는 생각들에 진우청은 눈살을 찌푸렸다.

생각을 할수록 오히려 난마처럼 복잡해지고 순간적으로 뇌리에 떠올랐던 그 그림마저 흐릿하게 지워져 갔다. 어느 것 하나 확실한 것이 없었다.

진우청은 세차게 고개를 흔들었다.

이러다간 주화입마인지 뭔지에 빠지지 않을까 하는 걱정마저 들었다.

아무 소득도 없는 생각은 그만 하고 이젠 이곳의 주인 노인을 만나 봐야겠다는 생각이 들었다.

자신에게 궁금한 것이 많은 듯했지만 몸을 추스르는 동안 그 노인은 한마디도 그런 질문을 하지 않았다. 자신이 온전히 기력을 찾도록 기다리고만 있었다.

사부에 비할 수는 없었지만 한쪽 하늘의 주인이 될 만한 사람이었다.

이젠 그 노인을 만나 서로 궁금증을 풀어야 할 것 같았다.

그때 문밖에서 인기척이 들리며 여인의 목소리도 같이 들렸다.

구양혜림의 목소리였다.

"오늘은 좀 어떠세요?"

구양혜림은 들고 온 약사발을 탁자에 내려놓으며 진우청의 안색을 살폈다.

"이젠 예전의 상태로 되돌아왔소."

진우청은 앞에 놓인 약사발에서 얼른 멀어지며 대답했다.

"그래도 이건 드세요. 할아버지께서 주신 것이에요."

구양혜림은 내려놓았던 약사발을 다시 들어 진우청에게로 내밀었다.

"내가 무슨 병자도 아닌데 왜 이런 것을 자꾸 먹이는 것이오?"

진우청은 인상을 쓰며 목소리를 높였다.

"병자는 아니지만 어떤 병자들보다 더 심각한 상태로 누워 있었잖아요. 그땐 열 명도 넘는 신의들이 고개를 흔들었고, 할아버지와 태상호법 할아버지도 속수무책이었어요. 그러니 아직도 걱정이 되는 것은 당연하지요."

구양혜림은 눈을 흘기며 계속 약사발을 들이밀었다.

더 이상 물러날 곳이 없을 때까지 물러나던 진우청은 할 수 없이 약사발을 받아 마셨다.

아무리 입에 쓴 약이 몸에 좋다고 하지만 먹을 땐 그런 생각이 백 리는 더 멀리 달아났다.

"이젠 다 나았으니 오늘을 마지막으로 더 이상은 필요없다고 할아버지께 전하시오."

구양혜림의 얼굴에다 트림을 꺼억 토한 진우청은 오만상을 쓰며 고함을 쳤다.

진우청의 입을 통하여 쓴 약 기운을 같이 들이킨 구양혜림은 기침을 두어 번 토하고는 어이없는 표정을 지었다. 아무리 산에서만 살다 내려왔지만 여자 얼굴에다 정통으로 트림을 토하다니…….

"그러게 누가 그렇게 가까이 얼굴을 갖다 대라고 했소?"

구양혜림의 눈빛을 읽은 진우청이 슬쩍 고개를 돌리며 말했다.

"그렇게 안 지켜보면 눈 깜짝할 사이에 창밖으로 버리든지, 옷에다 반 이상 흘리니까 그렇죠!"

구양혜림은 도끼눈을 뜨며 소리 지르다가 깜박했다는 듯 말을 이었다.

"할아버지께서 부르세요. 그걸 전하러 왔는데… 약 가지고 씨름을 하는 바람에……."

구향혜림은 한심하다는 투로 말했다.

"안 그래도 찾아뵐 생각이었소. 밥값을 할 때도 되었고."

고개를 끄덕인 진우청은 성큼 방을 나섰다.

"몸은 어떤가?"

천주전에 도착한 진우청을 향해 구양천은 우선적으로 몸 상태를 물었다. 그간 노심초사한 일을 생각하면 아직도 안심이 안 되는 것이다.

"푹 쉬었더니 예전보다 더 좋아졌습니다. 예전에는 느낄 수 없었던 기운까지 느껴지는 것이 잠이 보약인 것 같습니다."

진우청은 자신의 몸 상태를 간단하게 설명했다.

"잠이 보약이라고?"

태상호법 나유백이 허탈한 표정으로 되뇌었다.

그동안 자신과 구양천이 진우청의 단전과 명문혈로 얼마나 많은 공력을 불어넣었던가? 그리고 숟가락으로 떠먹인 영약들은 또 얼마인가?

그걸 깡그리 잠을 푹 잔 덕분으로 돌리는 진우청을 보니 어이가 없는 기분이었다.

"그렇지. 아픈 사람들에게는 잠이 보약이지. 어쨌든 예전의 기력을 회복했다니 안심일세. 혹시라도 또 그런 증상이 나타나면 즉시 말하게. 두 노인들을 모셔 와 춤을 추게 해줄 테니까."

구양천은 빙그레 미소를 지으며 말했다.

"그것보다는… 다시는 내가 싸운 그런 노인과 안 마주치게 해주시면 될 거 아닙니까."

"그, 그렇지. 그것이 우선이지. 험험!"

뼈있는 진우청의 말에 구양천과 나유백은 헛기침을 했다.

그렇게 몇 마디 더 나누다가 구양천은 진우청에 대한 다른 많은 궁금증을 접어두고 단도직입적으로 본론을 꺼냈다.

"북제성주와는 어떤 관계인가?"

대뜸 흘러나온 북제성주라는 말에 진우청은 잠시 갈피를 잡지 못하고 구양천의 얼굴만 응시했다.

북제성이란 말은 몇 번 들어보았다. 이곳 남패천과 함께 천하사패의 하나라고 했다.

그리고 그것이 전부였다.

성이 얼마나 크고, 얼마만큼 많은 인간들이 그 성에 살고 있는지 하는 것은 전혀 아는 바 없다.

성이라는 명칭이 들어가니 이곳 남패천 못지않은 성을 쌓고, 또 이곳만 한 인원들이 그 성에 죽치고 있지 않을까 하는 생각이 얼핏 들 뿐이었다.

'무슨 밥값이 이렇게 요상한가?'

오늘 천주를 만나면 뭔가 부탁을 받고, 그동안의 밥값 대신 그것을 들어주어야 할 것이라는 단순한 생각만 하고 있던 진우청은 혼란스런 생각에 휩싸이며 입술을 움직였다.

"무슨 말씀이신지 도저히……."

진우청의 표정에서 이미 답을 읽은 구양천은 더 이상 묻지 않고 낮은 한숨을 내쉬었다.

그 탄생부터 비밀에 싸여 있는 북제성이니만큼 그곳에 관련된 모든 일들도 당연히 그럴 것이라는 생각이 들었다.

구양천은 곧장 궁금증에 접근하려던 의도를 접고 북제성의 탄생 배경과 처음 자신이 북제성주를 찾으려 했을 때부터 지금까지의 일들을 세세히 설명했다. 중간중간에 빠뜨리는 것이 있거나, 목이 말라 차를 한 모금 마실 때에는 나유백이 대신 설명을 해주었다.

"그럼 그 노인이 찾는 무공보다 강한 춤이란 것이……?"

긴 설명이 끝났을 때 진우청은 조금 갈피를 잡고 반문했다.

"그렇다네. 처음에는 반신반의했지만 이젠 확신하네. 저번에 백염 노인과 대결할 때 보여준 자네의 동작은 그 말을 너무도 단적으로 증명해 주었네."

구양천은 그때의 대결 장면을 떠올리며 확신에 찬 어조로 답했다.

그건 자신이 더 확연히 느낀 것이기에 진우청은 반박하지 않았다. 대신 머리 속이 복잡해져서 더 이상 대화를 이어가기가 힘들었다.

"진 공자님께선 그곳에 대해서 전혀 모르는 것 같아요. 그러니 생각을 정리할 시간을 주세요, 할아버지."

구양혜림이 나서서 진우청의 혼란스런 마음을 덜어주려 했다.

"그럴 필요 없습니다. 뭐 아는 게 있어야 생각을 정리할 것도 있을 게 아니겠습니까? 어찌 됐든 남패천은 지금 서왕문과 동방회의 합공으로 위기에 빠졌고, 내가 북제성주를 만나주어야 도움을 받아 위기를 빠져나올 수 있다… 그 말 아닙니까?"

내심을 숨긴 진우청은 밥값에 입각해 간단히 말했다.

구양천과 나유백의 설명을 듣고 보니 북제성은 분명 사부와 무슨 연관이 있는 것 같다는 생각이 들었지만 더 이상은 추측 가능한 것이 없었다.

그런 상태에서 자꾸 깊이 생각해 봐야 머리만 복잡해진다.

복잡한 것은 시간이 해결해 준다.

이런 일이 닥치면 형은 스스로 풀었지만 자신은 시간이 해결해 주었다.

그러니 복잡한 일들은 뒤에 생각하고 지금은 이곳에 온 목적, 그러니까 진우청 자신이 갚아야 할 밥값만 확실히 계산해 내면 되었다.

밥값이 터무니없이 비싸면 거절하거나 몇 그릇 더 먹으면 될 것이고, 생각보다 싸다면 시침 뚝 떼고 이익을 챙기면 되는 것이다.

그동안 밥값과 휘주에서 탈출시 구해준 값은 손녀와 며느리를 살려주며 갚고도 남았다. 그러니 지금 구양천이 하는 부탁은 새로운 거래가 되는 것이다.

진우청은 그 계산을 한 치 양보 없이 피력했다.

"자넨… 형보다 더 지독하구먼."

한참 후 구양천이 혀를 차며 말했다.

나유백과 구양혜림도 입을 벌린 채 딴 사람을 쳐다보듯 진우청을 쳐다보았다.

"핏줄은 못 속이는 모양일세."

나유백도 설레설레 고개를 흔들었다.

"문전박대할 때부터 작심하고 있던 일이지요."

"그랬나? 그럼 어떻게 해야 자네와 거래가 성립되겠나?"

구양천도 더 이상은 진우청과 북제성주의 관계나, 얼마 전에 진우청과 싸웠던 두 노인에 대한 궁금증을 접어두고 단순하게 생각하며 거래에 응해왔다.

진우청의 말대로 궁극적인 목적은 그것이었다.

비록 내분이 일어나는 큰 위기는 모면했지만 대외적인 상황은 달라지지 않았다.

서왕문과 동방회의 움직임은 훨씬 더 집요하게 남패천을 포위해 오고 있었다.

결국에는 전면적인 충돌이 있을 것이다.

과연 남패천 혼자서 그 두 세력을 상대할 수 있을까?

싸움이란 것은 맞부딪쳐 봐야 승패를 알 수 있다지만 몇 번을 거듭 생각해 보아도 힘들었다. 또 다른 사패천의 하나인 북제성의 힘을 빌릴 수밖에 없었다.

워낙 두터운 장막에 가려진 힘들이다 보니 정말 그 힘이 현실적으로 도움이 될지 의문스러운 적도 많았지만 그것밖에는 대안이 없다.

구양천은 그들과 맞닿은 끈 하나를 조심스럽게 잡아당기고 있는 중이었다.

"사업차 이곳에 온 제 형님의 요구를 전부 들어주십시오. 그럼 저 역시 노인장의 부탁을 들어드리겠습니다."

진우청은 간단하게 조건을 제시했다. 간단했지만 형이 원하는 요구 조건 전부라는 단서는 결코 만만치 않을 것이다. 형이 어떤 사람인지 잘 알기에 그 조건만으로도 충분했다.

"노인장?"

나유백은 구양천을 노인장이라 부르는 진우청이 어이없는지 입을 벌렸다.

"아주 간단한 조건이구먼. 그건 얼마든지 들어주지."

진우청의 속마음을 알 리 없는 구양천은 흔쾌히 답했다.

진우청은 묵묵히 고개를 끄덕였다.

그런 것이 아니더라도 사부는 어떤 계기로 천룡신무를 얻게 되었는지, 왜 제자에게는 함자 하나 가르쳐 주지 않고 그 힘만 전해주었는지 알고 싶었다.

그리고 창룡금시에 관해서도…….

사부는 북제성이란 곳, 그리고 백염 노인과 관련이 있을 수도 있었지만 북제성이나 백염 노인은 천룡신무와는 무관한 사람들이란 생각도 들었다.

대결을 할 때 백염 노인의 동작에서는 천룡신무의 흔적을 단 한 점도 찾을 수 없었다.

그런 생각에 잠긴 순간 구양천의 손이 느닷없이 진우청의 맥문을 향해 찍어왔다.

전혀 예상 못한 일이었다.

구양천의 친구이자 태상호법인 나유백도 마찬가지였는지 깜짝 놀라며 눈을 크게 떴다.

구양혜림도 놀라 짧은 비명을 터뜨렸다.

팟—

진우청은 무의식적으로 구양천의 손을 쳐냈다. 진우청의 손등에 구양천의 손가락 끝이 부딪치려는 순간 구양천은 손목을 틀었다. 손끝으로 맥문을 찍은 수법에 이은 절정의 금나수법이었다. 그렇게 구양천의 손은 이번에는 진우청의 손목을 왕창 잡아오고 있었다.

진우청은 슬쩍 손을 뒤로 뺐다. 그리고 다른 손으로 구양천의 손목을 잡아갔다.

구양천도 이젠 두 손으로 진우청의 손을 잡아왔다.

처음에는 갑작스러웠지만 이젠 진우청은 구양천의 의도를 짐작했다.

북제성주를 만나고 그와 이런 대결을 벌였다는 얘기를 조금 전에 상세히 듣지 않았다면 이 노인네가 벌써부터 노망이 났나 보다 하고 생각했겠지만 오십 수 만에 북제성주에게 꺾였다는 얘기를 들었으니 충분히 짐작할 수 있었다.

구양천은 똑같은 대결로 북제성주와 진우청의 관계를 읽어내려 하고 있는 것이다.

파파팍—

순식간에 십여 합이 나누어졌다.

그동안 누구도 서로의 맥문을 제압하지 못했다.

파앗—

팔목을 잡을 생각을 포기한 구양천이 손가락 하나를 펴서 진우청의 어깨를 찔러왔다.

진우청은 슬쩍 팔을 흔들었다.

날아드는 파리를 쫓는 듯한 지극히 단순한 동작이었다.

그런데 그 동작이 일렁 흔들리는 어깨의 움직임 속으로 녹아들자 어떤 초식보다 절묘하게 방어를 해왔다.

놀란 눈빛을 한 구양천은 더욱 세차게 양손을 흔들었다.

역시 마찬가지!

지극히 단순하게 움직이는 두 개의 손은 기묘한 힘과 동작에 어우러져 구양천의 손을 그물처럼 가로막았다.

그사이 이십 합이 흘렀다.

구양천은 불끈 내력을 끌어올려 양손으로 불어넣었다. 이젠 전력을 다해 손을 휘두를 생각이었다.

"흐읍!"

진우청도 길고 낮게 들숨을 쉬었다.

그 들숨이 동작과 일치하며 두 손 사이에서 엄중한 기운이 뻗어 나왔다.

파파팡—

네 개의 손이 부딪치는 곳에서 어느 순간부터 가볍지 않은 폭음이 터졌다.

가만히 앉아서 손만 부딪치고 있었지만 손과 손이 일으키는 기세가 절대 만만치 않았기 때문이다.

그사이 다시 이십 합이 지나 도합 오십 합을 향해 치닫고 있었다.

"그만 하세!"

정확히 오십 합째에 구양천은 손을 멈추었다.

진우청 역시 손을 멈추며 뒤로 뺐다.

"휴우—"

상체를 등받이 뒤로 기댄 구양천은 낮게 숨을 토했다.

"거래는 성사되었으니 이젠 마음의 준비를 하게나. 때가 되면 통보해 주겠네."

구양천은 아무 일 없었다는 듯 말했다.

"그렇게 하지요."

진우청 역시 아무 일 없었다는 듯 고개를 숙인 후 천주전을 빠져나갔다.

"종잡을 수 없구먼."

구양천은 진우청이 나간 방문 쪽을 쳐다보며 말했다.

"뭐가 말인가, 천주?"

온 얼굴 가득 궁금증으로 도배를 한 나유백이 득달같이 다가오며 말을 받았다.

“그 노인과는 달라……. 처음 짧은 순간은 비슷한 듯했으나 나중에는 확실히 달라! 북제성주 그 노인에게서 느낄 수 없는 기세와 움직임이었네.”

구양천은 자신의 양손을 쳐다보며 혼잣소리처럼 말했다.

“어, 어떻게 달랐단 말인가? 내 보기엔 지극히 평범한…….”

나유백은 말을 끊었다. 천하의 구양천을 상대로 평범하다는 말은 어불성설이었다. 이치상으로 그랬는데 끝까지 평범한 움직임으로 구양천을 상대하며 손목을 잡히거나 맥문을 찍히지 않고 멀쩡히 나간 진우청의 모습을 생각하니 혼란한 기분이 극에 달했다.

“직접 부딪쳐 보기 전에는 그런 생각이 들 수밖에 없는 움직임이었네. 단순하고 평범하지만 어떤 초식으로도 뚫을 수가 없는 장막이 쳐진 것 같았네, 그 아이의 손놀림에는…….”

구양천은 고개를 흔들며 말했다.

세상 구석구석에는 모래알만큼 많은 기인이사들이 있다는 말을 다시 한 번 실감한 순간이었다. 그건 두려움이면서도 새로운 세계를 접한 경이와 희열의 감흥을 같이 느끼게 했다.

“북제성주와 비교해선 어떤가? 그와 동문(同門)도 아니라면 무공 고하는…….”

나유백은 조바심이 나서 참을 수 없는 얼굴로 거듭 질문을 퍼부었다.

“글쎄… 워낙 경륜 차이가 있으니 단순 비교는 무리가 있겠지. 하지만 북제성주와 마주쳤을 때와는 또 다른 벽을 느낀 기분일세. 북제성주 앞에서는 실력 차이를 느낄 수 있었지만 저 아이에게는 그걸 느낄 수 없었네.”

"그 말은……?"

"처음에는 분명히 잡을 수 있을 것 같았는데 바람처럼 빠져나가는 움직임은 시간이 갈수록 허공을 상대하는 기분이 들었네."

구양천은 더 이상 설명하기 힘든 듯 그 말을 끝으로 손을 내저었다.

"그래도 북제성주에게서처럼 어깨는 찍히지 않았으니 그 아이의 무공 수위는……."

"그건 그 아이가 수비만 했으니까 그렇지. 작심하고 공격을 했다면……."

"그랬다면?"

"허허! 그렇게 궁금하면 자네도 직접 한번 부딪쳐 보게나. 그럼 확연히 이해가 갈 테니까."

손녀 구양혜림을 한번 쳐다본 구양천은 대답을 회피하고는 입을 다물었다.

"북제성… 북제성주……. 무공보다 강한 춤……."

잠시 후, 구양천은 세 가지 단어를 염불처럼 되뇌었다.

구양천과의 대면 후 숙소로 돌아온 진우청은 구양천과 마찬가지로 북제성의 이름을 수없이 입속으로 되뇌었다.

처음 그 이름을 들었을 때는 실감이 나지 않아 고민조차 할 수가 없었는데 이젠 조금이나마 현실적으로 느껴졌다.

모든 것이 장막에 가려진 북제성이라면 사부와 뭔가 어울리는 것도 같았다.

사부는 비밀이 많은 사람이란 생각을 자주 했었다.

특히 산을 내려오고 나서, 뱀춤이라고 생각되었던 춤의 위력을 깨달아가면서부터 그 느낌은 점점 커졌다. 이젠 북제성이란 단어와 함께 아예 안개 속에 파묻힌 사람 같다는 느낌이다.

대체 사부께서는 당신 자신에 대한 것들을 제자에게 왜 한마디도 해 주시지 않은 것일까?

애초에 제자를 키울 생각이 없었던 사부께서 부친의 집요한 청에 못 이겨 자신을 제자로 삼았으니 사부 자신의 과거와 제자를 철저히 단절 시키고 천룡신무만 가르쳐 주었다고 생각할 수도 있지만 그건 너무 과 한 처사가 아닌가?

채 몇 달이 지나지 않아 제자는 이렇게 고민에 빠졌으니 사부의 의 도는 허사가 된 것 같다.

침상에 앉아 그런 생각을 하고 있던 진우청은 세차게 고개를 흔들고 는 벌렁 드러누웠다.

뭔가를 곰곰이 또는 진지하게 고민하는 것은 자신과 거리가 멀었다.

시간이 지나다 보면 자연히 마주치게 될 것이고 그땐 그에 맞게 부 딪쳐 나가면 되는 것이다.

그런 방식으로 살면 언제나 손발이 고생을 한다고 조부님으로부터 수없이 꾸중을 들었지만 남들에 비해 두 배 가까이 큰 손과 발을 가졌 으니 별걱정은 없다.

그런 생각과 함께 진우청은 구양천이 조금 전에 펼쳤던 수법들을 떠 올려 보았다.

까닥했으면 맥문이 찍혔을 손놀림이었다. 그만큼 구양천의 손은 빠 르고, 그 손에서 뻗어 나오는 기세가 강했다.

맥문을 찍히거나 팔목을 잡히지 않은 것은 용호곤이 오히려 속박이 될 수도 있다는 자각 덕분이었다. 예전처럼 용호곤에 의존하고 있었다면 무의식적으로 그런 동작이 펼쳐졌을 것이고 꼼짝없이 잡혔을 것이다.

그러고 보면 죽음의 위기를 맞았던 백염 노인과의 대결이 전화위복이 된 것도 같았다. 잠을 푹 잔 덕분으로 돌리고 시치미를 뚝 뗐지만 구양천과 나유백, 두 노인의 가볍지 않은 내력까지 자신의 몸속에 융화되었으니…….

"좀 더 의식을 잃고 누워 있으면 더 많은 공력을 불어넣어 주었으려나?"

아쉬운 입맛을 다신 진우청은 길게 기지개를 켰다.

第四十八 章
복수를 위하여

복수를 위하여

"세상에, 벌써 이걸 다 만들었어
요?"

백봉령주는 눈이 휘둥그레지며 유화경이 만들어놓은 화탄들을 쳐다
보았다.

여러 가지 크기와 모양의 화탄들이 한 소쿠리나 만들어져 있었다.

폭발력이 강한 것은 아니었다. 그런 것은 아직 만들 수도, 만들어서
도 안 되는 것이다. 이건 그냥 초보적인 배합으로 공부 삼아 만든 화탄
이었다.

그런데 그 양이 너무 많았고 진도 또한 너무 빨랐다.

백봉령주는 화탄들과 유화경을 번갈아 쳐다보았다.

노력은 천재를 낳는다는 말이 맞는 모양이었다.

이런 방면에 있어서는 타고난 소질이 있는 자신도 이렇게 빠른 진척

은 보이지 않았다.

소질 문제라기보다는 노력의 문제였다.

아무리 소질이 뛰어나더라도 육체적으로나 시간적으로는 한계가 있다. 유화경은 그 한계를 뛰어넘는 집중력과 노력을 쏟아 부은 것이다.

그 증거가 작업실 바닥과 유화경의 얼굴에 고스란히 남겨져 있었다.

바닥 곳곳에 코피를 흘린 자국이 있었다. 그건 얼굴에도 마찬가지였다.

짓물러 터진 입술과 충혈된 눈은 마치 병든 사람 같았다.

그걸 본 백봉령주는 유화경의 성취를 칭찬해 줄 수 없었다.

이건 도를 넘어서서 위험한 지경에 이르렀다.

아무리 철인이라도 거듭 밤을 지새우며 과로를 하면 지치게 되고, 깜박 실수를 하게 된다.

한 번의 실수는 병가지상사라 하지만 화약을 다루는 일에 있어서는 그 실수란 것을 절대로 해서는 안 된다.

백봉령주는 오싹 소름이 끼쳐 오는 느낌을 받았다.

한 광주리 분량으로 만들어진 저 화탄들은 유황보다는 다른 재료들이 더 많이 섞어 큰 위험은 없었지만 바로 앞에서 터진다면 한 사람의 얼굴을 완전히 짓뭉개 버릴 정도는 되고도 남았다.

운이 좋아 살아난다고 해도 필연적으로 실명을 할 것이고, 화상으로 인해 얼굴 또한 괴물처럼 변할 것이다. 오히려 죽는 것이 낫다.

"밖에 나가 얘기 좀 해요, 유 소저!"

백봉령주는 딱딱한 음성으로 말하고 몸을 돌려 작업실 밖으로 나갔다.

잠시 백봉령주의 뒷모습을 쳐다보던 유화경은 주춤거리며 뒤를 따랐다.

"대체 하루에 잠은 얼마나 자는 건가요?"

백봉령주는 화난 표정을 숨기지 않고 질문했다. 걱정이 넘치자 왈칵 화가 치민 것이다.

"왜… 그러세요, 언니?"

백봉령주의 이런 모습을 처음 본 유화경은 혹시나 자신이 무슨 큰 실수라도 하지 않았나 싶어 얼른 작업실 쪽으로 눈길을 준 후 반문했다. 그녀 역시 화약을 제조할 때는 단 한 번의 실수가 마지막 실수라는 것을 귀에 못이 박힐 정도로 들었다.

"이런 일을 하는 데 있어서는 완성보다는 실수를 안 하는 것이 지상 과업이라는 것을 아는가요, 모르는가요?"

백봉령주는 조금도 표정을 풀지 않고 다그치듯 말했다.

"어, 언니……!"

"묻는 말에 대답이나 하세요."

백봉령주는 더욱 매몰차게 물었다.

"알고 있어요. 그걸 어떻게 잊겠어요."

"그런데 이런 식으로 일을 한단 말인가요?"

"제가 뭘 어쨌기에……? 전 언니가 가르쳐 준 그대로 어김없이……."

유화경은 도저히 갈피를 잡을 수가 없었다.

이제껏 단 한 치의 오차도 없이 배합하고 제조했다. 그건 자신할 수 있었다.

"화약을 제조하는 과정을 따지는 것이 아니에요. 제가 말하는 것은 일에 임하는 자세예요. 무서울 정도의 집중력과 노력… 다 좋아요. 하지만 그 집중력과 노력이 어디서 나오는 건가요?"

백봉령주는 굳이 답을 원하는 듯 유화경을 똑바로 쳐다보았다.

"정신에서 나오는 것이 아닌가요? 그렇게 가르쳐 주셨잖아요?"

"그렇게 가르쳤죠. 하지만 그보다 먼저 가르친 것은 까맣게 잊고 있군요. 몸이 죽으면 머리도 죽고, 정신도 죽어요!"

백봉령주는 고함치듯 말했다.

그제야 유화경은 백봉령주가 무슨 말을 하는지 알아들었다.

어제저녁, 아니, 오늘 새벽에는 너무 피곤해 깜박 실수를 할 뻔했다. 그땐 정말 모골이 송연했다. 그리고 바닥에 쭈그리고 앉아 한참 울었다.

아무리 울어도 가슴은 뚫리지 않았다.

통곡처럼 소리 내어 우는 울음은 행복한 울음이다.

누가 들을까 면포로 입을 막고 우는 울음!

그런 울음은 아무리 울어도 억눌린 가슴은 시원해지지 않고, 울면 울수록 더 깊은 무저갱 속으로 빠져드는 느낌이었다.

아무에게도 위로받지 못하고 결국 스스로를 위로하며 그칠 수밖에 없었다.

그런 위험한 상황을 백봉령주도 짐작하고 이렇게 고함을 치는 것이다.

"그건 알지만……."

"알면 뭐 해요. 실천을 못하고 있잖아요. 그러려면 더 이상 작업실에 오지 마세요!"

백봉령주는 한층 더 높아진 음색으로 소리를 쳤다.

유화경은 잠시 대꾸를 하지 않고 조용히 숨만 골랐다.

오늘 새벽 스스로도 소름이 끼칠 정도로 느낀 일이기에 백봉령주에게 반감이 있을 수는 없었다. 그러나 스스로를 억제할 수도 없었다.

"몸이 죽으면 머리도 마음도 죽어요. 하지만 몸은 질겨서 잘 안 죽잖아요. 마음은 너무 쉽게 죽을 수 있어요. 난 마음이 죽을까 봐 겁이 나요. 잠시라도 손을 놓고 있으면 그럴 것 같아요. 그래서 멈출 수가……."

"그만, 그만 하세요. 제발!"

백봉령주는 유화경의 말을 다 듣지 못하고 고함을 질렀다.

"흑!"

결국 울음을 터뜨린 백봉령주는 와락 유화경을 끌어안았다.

"미안해요, 정말 미안해요. 흑! 하지만… 유 소저가 미워서 고함친 건 아니에요."

"알아요, 그건. 스스로도 고함치고 있으니까요."

유화경은 오히려 백봉령주의 등을 두드리며 달랬다.

"이 어린 아가씨에게… 어쩌자고 운명은……."

백봉령주는 더 크게 울며 중얼거렸다.

"언니가 있어서 얼마나 큰 힘이 되는지 몰라요. 언니를 만나지 못하고, 화약 냄새를 맡지 못했다면 지금쯤 어떻게 하고 있을지 상상이 안 가요. 신안강 변에서 서왕문 무리들에게 둘러싸였을 때 비로소 내가 얼마나 무기력하고, 내가 익힌 검법이 얼마나 부질없는지 똑똑히 깨달았어요. 매화검법을 익히고 나서는 세상 겁날 게 없었는데 그때는 내 검이 부지깽이보다 더 하잘것없었어요. 후후!"

유화경은 나직하게 웃음을 흘렸다.

"난 이제 검을 버렸어요. 대신 화약의 그 화려한 폭발력을 가슴 가득 담았어요. 세상을 뒤집을 듯한 폭발음과 함께 터져 오르는 불길…
그리고 그 엄청난 폭풍! 그 폭풍과 불길은 수천 개의 검을 동시에 휘둘
러도 힘들 만한 파괴력으로 인간의 육신을 산산조각 내더군요. 그때는
진저리가 쳐졌는데 이젠 그 장면이 너무… 그래요. 너무 감탄스러워
요.”

유화경은 꿈을 꾸는 듯한 목소리로 말을 이었다.

“더 나아가 이젠 화약의 폭발력을 사랑하게 되었어요. 전율이 일어
날 정도로.”

그러면서 유화경의 몸이 가늘게 떨렸다. 그건 겁이 나서가 아니라 그
녀가 한 말처럼 화탄의 위력에 진심으로 감동하며 전율하는 모습이었다.

백봉령주는 놀란 눈을 하며 눈물을 닦고 유화경을 쳐다보았다.

가혹한 운명이란 것은 인간을 상상도 못하게 변화시킨다. 그 변화가
지나치면 어떻게 될지 모른다.

백봉령주는 그런 염려를 이미 유화성에게서 느끼고 있었다.

이젠 유화경에서까지…….

“너무 걱정 마세요. 언니! 무식한 인간은 귀신도 어쩌지 못한다고
하잖아요. 난 계속 무식하게 나갈 거예요. 그럼 악귀도 근접하지 못해
사고도 안 일어날 거예요.”

백봉령주에게서 몸을 떼어낸 유화경은 생각난 듯이 작업실 쪽을 쳐
다보았다.

“유황이 떨어졌어요. 우청 오라버니에게 다시 떼를 써봐야겠어요.”

멍한 표정의 백봉령주를 뒤에 두고 유화경은 바쁘게 움직였다.

“살기였어.”

유화결 남매와 찻잔을 마주하고 앉은 자리에서 진우청이 불쑥 말했다.

"무슨 소리야?"

유화결은 말뜻을 알아듣지 못하고 진우청을 쳐다보았다.

"살기… 아니, 살심을 온몸 가득 채우는 순간 기력이 한 올도 남김없이 빠져나갔어."

진우청은 백염 노인의 목줄기를 잡던 순간을 떠올리며 말했다.

"그럼 앞으로는 쇠몽둥이 대신 목탁을 두드려야 하겠구나."

유화결은 말도 안 된다는 표정을 지으며 빈정거렸다.

자신의 경험으로는 살기를 끌어올리면 나중에는 어찌 됐든 그 순간에는 오히려 기력이 증폭된다. 그래서 불가능한 동작도 가능하게 했다. 때문에 정반대로 얘기하는 진우청의 말에 수긍이 가지 않았다.

"하여간 네놈하고는 대화가 안 된다. 그러니 좀 나가라."

진우청이 도끼눈을 뜨며 소리를 높였다.

"둘이서 뭘 하려고?"

나가라는 말에 유화결은 유화경과 진우청을 번갈아 보며 즉각 받아쳤다.

"이 망할 놈!"

결국 진우청은 유화결의 왼쪽 어깨를 덥석 잡았다. 그러나 유화결은 꿈쩍도 하지 않았다.

"어! 다 나은 거야?"

진우청은 눈을 크게 뜨며 유화결을 쳐다보았다.

예전 같았으면 화살에 맞은 상처가 당겨져서 입을 딱 벌렸을 텐데 유화결은 전혀 그런 반응을 보이지 않았다.

"천하사패의 한곳이라 그런지 영약들이 많더군. 그동안 네놈 떠먹이라고 가져온 것을 내가 다 마시고 바르고 했더니 멀쩡해졌어."

유화결은 피식 웃으며 진우청의 손을 밀쳐 냈다.

"쩝! 화살 맞았을 때가 그래도 사람 같았는데 이젠 옛날의 그 성질 더러운 놈으로 되돌아갔구만."

진우청은 혀를 찼다.

"부탁이 있어요."

티격태격하는 두 사람을 지켜만 보고 있던 유화경이 조용히 입술을 움직였다.

"으응, 무슨?"

진우청은 궁금한 표정으로 고개를 돌렸다.

그녀는 유화결을 따라온 것처럼 보였지만 실상은 유화결이 그녀 때문에 온 것이다. 그렇지 않았다면 이런 시간에 차나 마시자고 올 놈이 절대로 아니었다.

"유황이 더 필요해요."

유화경은 짤막하게 말했다.

"며칠 전에 한 말도 넘게 가져갔는데 그걸 벌써 다 썼단 말이야?"

진우청은 놀란 음성으로 소리를 질렀다.

그 정도 분량이라면 이곳 남패천 화진각(火振閣) 전체에서 한 달간 소비하는 분량이다.

화진각은 남패천에서 화탄의 연구, 제조, 실험 등의 일을 하는 곳인데, 전시라면 몰라도 평상시에는 그렇게 많은 유황을 소모하지 않는다. 요 며칠째 유화경은 그들 전체가 소모하는 양보다 훨씬 더 많은 양의 유황을 소모하고 있었다.

백봉령주에게서 지도를 받으며 밤낮으로 화약 제조 공부에 매달린 결과였다. 그 때문인지 그녀의 얼굴은 핼쑥하다 못해 푸석해지기까지 했다.

젊은 나이이니 그런 것쯤은 며칠만 푹 쉬며 영양 보충을 하면 회복되겠지만 사고라도 나면 운 좋아야 반병신이고, 목숨이 위태로울 것이다. 휴식도 없이 미친 듯이 매달리는 행동은 그럴 위험성을 가중시킬 것이다.

"더 이상은 나도 힘들어!"

진우청은 냉정하게 거절했다.

"부탁이에요."

유화경은 다시 한 번 부탁했다.

"못 들어주는 부탁도 있는 법이야."

진우청은 작심을 하고 더욱 냉정하게 대답했다.

두 번에 걸쳐 너무 냉정하게 자르는 진우청의 말에 유화경은 눈을 내렸다.

그녀 역시 무리한 부탁이란 것은 알고 있었다. 유황이라는 것이 쉽게 구할 수 있는 것도 아니고, 그 유통에는 엄격한 통제가 따랐다. 남패천 식구도 아닌 자신에게 지금까지의 유황도 절대로 허락할 수가 없는 양이었다. 진우청을 통해 천주의 입김이 작용했기에 가능한 일이었다.

그런데도 부족했다.

쉬엄쉬엄 연구를 한다면 남아돌 양이었지만 그렇게 쉬었다간 가슴이 폭발할 것 같았다. 진우청의 염려대로 지친 심신에 실수하여 오폭을 일으킬 수도 있었지만 가슴이 폭발하는 것보다는 차라리 그쪽이 나았다.

유화경은 잠시 입을 다물고 있었다.

무리한 부탁이고, 진우청이 왜 거절하는지 익히 알고 있었지만 서러움이 밀려왔다.

조금 전 백봉령주에게 이런 대접을 받을 때는 울음을 터뜨리는 그녀를 오히려 자신이 토닥거려 주었는데 진우청 앞에서는 정반대였다.

그간의 피로가 함께 밀려오며 따뜻한 위로의 말 한마디라도 받고 싶었다. 그래서 한순간이나마 모든 것을 잊고 푸념이라도 하고 싶었다.

결국 눈물이 흘러내렸다.

당황한 유화결이 찻잔을 잘못 잡아 달그락 하는 소리가 울렸다. 부모를 잃은 동생의 울음은 그로서는 가슴을 칼로 찌르는 것과 마찬가지의 고통이었다.

유화경의 눈물이 좀 더 굵어졌다.

진우청이 나지막한 한숨을 토했다. 그리고는 커다랗게 입을 벌렸다.

"뚝 그쳐!"

커다랗게 벌어진 입으로 더 커다란 고함 소리가 터져 나왔다.

흡사 대포 같은 고함 소리에 유화경은 화들짝 놀라 눈을 동그랗게 떴고, 유화결은 결국 찻잔을 넘어뜨렸다.

"울어도 안 되는 건 안 되는 것이야. 그리고 그렇게 질질 짜고 다니다간 탁해진 호흡이 손끝을 무디게 해서 틀림없이 사고를 일으킬 거야. 절대로 안 돼!"

진우청은 좀 낮아지긴 했지만 그래도 방 안이 쩌렁쩌렁 울리는 목소리로 말했다.

집을 떠나 산에 오른 어느 날, 동굴 구석에서 쭈그리고 앉아 운 적이 있었다. 사부께서는 그때 이렇게 호통을 쳐서 가슴을 짓눌러 오던 먹구름을 단숨에 날려주셨다.

사자 같은 외침.

그래서 사자후라고도 부르는 것 같았다.

그 호통은 백 마디의 다독거림보다 더 효력이 컸다.

가슴 가득 답답하게 모여들던 먹구름들은 단번에 흩어지고 그 속으로 상쾌한 바람이 스며들었다. 그러자 몸이 날 듯이 가벼워졌다.

진우청은 자신의 고함 소리도 유화경에게 그렇게 작용하길 바랐다.

바람은 이루어졌다.

통곡으로 이어질 것 같던 눈물이 그치고 긴 한숨과 함께 유화경은 냉정을 되찾았다.

"미안해요, 오라버니. 너무 제 고집만 부렸어요. 사실 더 받아가도 몸이 견뎌내지 못해 공부를 할 수 있을지도 의문이었는데… 자꾸……."

"그걸 알았으니 이젠 됐어. 오늘부터 닷새 동안만 네 오빠하고 외성 밖에서 뱃놀이나 하며 쉬어. 그럼 구해줄게."

사자 같은 고함을 지른 진우청은 어느새 산골 청년 같은 모습으로 돌아와 말했다.

"뱃놀이 같은 소리 하고 있군. 미친놈!"

동생의 눈에서 눈물이 마르는 것을 보며 몰래 안도의 한숨을 터뜨리던 유화결은 왈칵 문을 열고 나갔다.

"저놈은 등줄기에 화살이 하나 더 박혀야 돼."

진우청은 문 쪽을 바라보며 혀를 찼다.

"고마워요. 오라버니는 제 기분이, 아니, 제 호흡이 탁해질 때면 언제나 일깨워 주시는군요."

이젠 완전히 평정심을 찾은 유화경이 진우청의 표현을 흉내 내며 말했다.

진우청을 만나고 숙소로 돌아온 유화결은 애병 은하검을 들어 올렸다.

검의 무게를 이기지 못한 어린 시절부터 휘둘렀던 은하검은 언제나 마음을 가라앉게 해주었다.

스르릉—

검집에서 뽑혀져 나오는 검신이 시리도록 하얀 백광을 뿜어냈다.

파앗—

검을 다 뽑음과 동시에 유화결은 쾌속하게 휘둘렀다.

어두컴컴한 방 안에 백광이 흩뿌려지며 표풍만리의 초식이 펼쳐졌다.

뜨끔—

왼쪽 등줄기 어림에서 익숙한 통증이 느껴졌다.

처음에 비하면 미약하다 싶을 정도였지만 그 통증과 함께 하는 진기의 끊김은 제대로 된 초식을 뿌릴 수 없었다.

쫘악—

유화결은 입술을 깨물었다.

사내의 복수는 십 년 후라도 늦지 않다는 말이 있지만 그건 당해보지 않은 사람들의 팔자 좋은 소리이다. 단 하루라도 빨리 검을 휘두르고, 단 하루라도 빨리 부모님의 원수들을 도륙 내어 그 피를 마시고 싶었다.

그런 불길 같은 마음을 애써 억누르며 상처가 낫기를 기다렸다.

이곳 남패천 총단 의생들의 도움과 영약의 복용으로 보통의 경우보다 세 배는 빨리 상처가 아물었지만 검을 휘두르고 검초를 더욱 날카롭게 다듬는 데는 무리가 따랐다.

"빌어먹을!"

절망 섞인 고함과 함께 유화결은 은하검을 아래로 내려쳤다.

둔탁한 소리와 함께 탁자가 반으로 쪼개졌다.

예전 같으면 종잇장을 가르는 정도의 소음밖에 들리지 않아야 했다.

이런 둔탁한 소리는 삼류를 조금 넘은 햇병아리들에게나 어울린다.

유화결은 두 조각 난 탁자를 들어 올렸다.

잘린 단면 역시 거칠고 투박했다.

휘익―

유화결은 반 토막 난 탁자를 벽을 향해 집어 던졌다.

탁자가 부숴지며 벽이 흔들렸다.

아무리 노력을 해도 당분간은 검을 휘두를 수 없을 것 같았다. 아니, 영원히 예전처럼 휘두르지 못할 가능성이 높았다.

예전의 두 배로 강해져도 모자라는 판에 이런 상황은 더 이상 살 의욕을 깡그리 앗아가는 것과 마찬가지였다.

유화경과 형 유화성이 걱정하지 않게끔 겉으로는 아무 내색도 하지 않았지만 속으로는 불길이 일어 가슴이 재가 되는 기분이었다.

"휴유―"

긴 한숨을 내뿜은 유화결은 침상에 주저앉아 양팔 사이로 머리를 파묻었다.

날개가 꺾인다는 말은 이럴 때를 두고 하는 말 같았다. 시간이 좀 더 흐르다 보면 상처는 완전히 아물어 뜨끔거리는 느낌도 사라지겠지만 진기의 끊김은 회복이 불가능했다. 앞으로 경천동지할 만한 기연을 얻어 임독양맥이 뚫리거나 환골탈태라도 하지 않는 한, 혈도가 손상되어 진기가 끊기는 현상은 불가능했다.

아무에게도 그 사실을 밝히지 않았다. 아직 상처가 다 낫지 않아 검을 휘두를 정도가 아니라고만 했다.

왼쪽 팔에서 오른쪽 팔로 자연스럽게 이어지는 혈도 한곳이 완전히 손상되어 회복 불능임을 알면 형도 큰 충격에 빠질 것이다.

결국 혼자서 삭이고 혼자서 짊어지고 가야 할 짐이었다.

너무 무거운 짐!

유화결은 그 짐의 무게에 짓눌려 숨을 쉬기가 어려웠다.

꽈악!

으스러져라 주먹을 쥔 손바닥 안으로 손톱이 파고들었지만 아픔도 느껴지지 않았다.

이대로 무기력하게 운명의 흐름에만 모든 것을 맡길 수는 없다. 그럴 바에야 차라리 자결을 하는 것이 나을 것이다.

그런데 지금 무얼 할 수 있을까?

검을 휘두를 수 없고, 무공을 펼칠 수 없다면 자신이 할 수 있는 일이 무엇일까?

동생 화경 곁에서 화약 만드는 일이나 거들 수밖에 없지 않은가?

"크크큭!"

오장 육부를 쥐어짜는 듯한 웃음이 터져 나왔다.

운명이란 놈은 왜 이렇게 심술궂은 것인가?

가슴에는 지독한 복수심을 심어놓고 팔다리에는 족쇄를 채워놓았
다.

유화결은 벌떡 자리에서 일어섰다.

계속 이렇게 방 안에 죽치고 있다가는 심장이 파열될 것 같았다.

숙소에서 벗어나 내성 야산 자락에 도착한 유화결은 숲 속으로 경공
을 펼쳤다.

검을 휘두르는 데는 치명적인 상처였지만 경공을 펼치는 데는 문제
가 없었다.

온 힘을 한꺼번에 다 쏟아 부으며 미친 듯이 땅을 박차자 나뭇가지
들이 칼날처럼 얼굴과 팔, 어깨를 때렸다.

숲 속 공터에 도착한 유화결은 거친 숨을 몰아쉬었다.

방 안에 있을 때보다 조금은 나아진 것 같았지만 그건 일시적인 기
분일 뿐이었다. 근본적으로 달라진 것은 아무것도 없었다.

유화결은 털썩 바닥에 드러누웠다.

밤에는 제법 스산한 기운 느껴졌다. 그 바람에 씻긴 별들이 차가운
빛을 발하고 있었다.

자포자기한 심정이 된 유화결은 쏟아질 것 같은 별빛도 의식하지 못
하고 눈을 질끈 감았다.

"하하하! 웃기는 놈들 아닙니까? 그것을 팔라니요? 우리보고 터전을 버리
라는 말 아닙니까! 하하하!"

텅 빈 머리 속으로 자신들을 살리기 위해 성동격서의 계략을 펼치다
가 폭사한 막내숙부 유상기의 목소리가 들려왔다.

"그러게 말이야. 인가덕 그놈이 벌써 노망이 난 모양이야! 하하!"

선친의 음성도 텅 빈 머리 속에서 울렸다.

"그런 것 같지는 않았습니다."

또 다른 사람의 목소리였다.
'장 노인!'
유화결은 벼락 치듯 몸을 일으켰다. 안개 속에 가려진 듯 실체를 드러내지 않던 목소리의 주인공은 집사도 총관도 아니었다. 휘주현에서 거간꾼으로 잘 알려진 장 노인이었다.
그동안 온갖 노력으로도 떠오르지 않던 기억 한 조각이 절망의 나락으로 떨어지기 직전 선명하게 떠올랐다.
그랬다.
거간꾼 장 노인이 그날 인가장주의 서찰을 들고 왔다.
가문의 비극은 그날 그 일과 함께 서서히 실체를 드러내며 먹구름처럼 몰려온 것 같았다.
지나가다가 우연히 그 광경을 보고 들은 자신은 물론, 선친도 숙부도 그걸 느끼지 못했다. 지나고 보니 그날의 일이 시발점인 것 같았다.
물론 인가장과 동방회 쪽에서는 훨씬 더 오래전부터 음모를 꾸몄겠지만 유가검보에 가시적으로 마수를 뻗친 것은 분명 그날이 처음이었다.
그날 그 자리에 있었던 사람 중 두 사람은 고인이 되었지만 거간꾼

장 노인은 살아 있다.

다행이라고 해야 하는가?

부친과 숙부는 유명을 달리하고 딴 식구는 살아남아 있는 상황을 절대로 다행이라고 할 수는 없다. 그런데 절망의 구렁텅이 속에서 실낱보다 가는 빛줄기 하나를 발견한 기분이다.

이젠 할 일이 생겼다.

비록 날개가 꺾인 몸이지만 다른 방식으로 접근할 수 있는 일이다.

유화결은 은하검을 불끈 쥔 자세로 어둠 속을 응시했다.

그의 눈이 악령처럼 빛을 발하고 있었다.

*　　　*　　　*

임전성(林佺成)은 자신의 애병인 칠지검(七支劍)을 정성스레 닦고 있었다.

묵빛이 감도는 칠지검은 검신에 일곱 개의 가지가 솟아나 있는 기형검이었다.

한쪽에 세 개, 다른 한쪽에 네 개가 돋아 있는 가지는 부딪치는 상대의 검을 옭아매 댕강 부러뜨리기도 하고, 떨어뜨리게 만들기도 한다. 또 상대의 육신을 벨 때는 일반적인 검보다 훨씬 잔인하게 상처를 입힌다. 그때는 벤다기보다는 썰어버린다는 표현이 더 어울렸다.

그동안 칠지검을 제대로 휘둘러 본 적이 없었다. 그래서 놈은 피 냄새가 그리워 발광을 하고 있는 것 같았다. 그건 검 주인의 현재 심정이 손에 든 검에 고스란히 전이된 때문이었다.

검신에 입김이 스치지 않도록 종이 한 장을 입에 물고 있었지만 어느덧 거칠어진 숨결에 종이는 찢어질 듯 떨리고 있었다.

사아악―

사아악―

영혼까지 상쾌하게 하는 음향과 함께 검신이 거울처럼 반짝거렸다.

이 순간은 무엇과도 바꿀 수 없다.

뇌옥 속에서 이런 날이 오기를 얼마나 기다렸던가?

간절히 바라는 것은 이루어진다는 말이 맞는가 보다.

뜻하지 않게 뇌옥에서 석방되고, 며칠이 지나기도 전에 검을 돌려받고 아무런 제약 없이 휘두를 기회까지 잡게 되다니.

미세한 자국 하나 없는 검신처럼 마음도 명경지수처럼 맑아져 무념무욕의 상태가 되었다.

그 명경지수 위로 검초가 빠르게 펼쳐졌다.

마치 자신이 직접 검을 휘두르고 있는 것처럼 펼쳐지는 검초들!

이젠 준비가 다 된 것이다.

임전성은 온몸에 열기가 감싸는 것을 느꼈다.

맹수가 사냥감을 앞에 두고 도약 직전에 아마도 이런 열기를 느낄 것이다.

임전성은 천천히 신형을 일으켰다.

"내 검에 피 맛을 보여주겠다니… 정말 고맙네, 친구."

임전성은 한 자루 검처럼 서 있는 사내를 보고 인사를 건네듯이 말했다.

"그 검이 피 맛을 볼 때쯤이면 자네 목은 바닥에 뒹굴고 있을지도 모르지."

칼날 같은 사내는 대답 또한 칼날처럼 했다.

"멋진 말이군. 하지만 멍청이들은 왕왕 자신의 실력을 과신하기 쉽다네."

"난 항상 내 능력을 많이 과소평가하며 살아온 셈이었어. 그것 역시 별로 좋은 자세는 아니더군. 그래서 지금부터는 그러지 않기로 했네!"

"와하하! 정말 마음에 드는 친구로군. 좋아! 좋아! 애초에는 인사 한 마디만 나누고 목숨을 끊어버리려고 했는데 몇 마디 더 나누고 싶은 생각이 들었어. 이런 미친 짓을 벌이는 이유는?"

"알고 있는 줄 알았는데."

"듣기야 했지. 어떤 미친놈이 뇌옥에 갇힌 우리를 풀어주라고 천주에게 요청했다더군. 연후에 자신이 다시 사냥하겠다고 말일세. 하하! 도저히 안 믿어져서 다시 한 번 확인하는 중이네. 그런 미친 짓을 왜 하려고 하는지……."

"미친 늑대를 다시 야수로 만들어주기 위해서지."

그 말과 함께 유화성은 신형을 날렸다.

발끝으로 땅을 박차는 순간 그의 몸은 바람이 되었고, 검을 뽑는 순간 비호가 되었다.

임전성은 어이가 없었다.

새파란 애송이가 이런 짓을 벌인 것도 어이없었는데 마치 단 일 검에 제압할 것처럼 달려드는 저 기세는?

'그래도 마지막 한마디는 제법 마음에 드는군.'

임전성은 쾌속하게 칠지검을 휘둘렀다.

휘이잉—

빈 허공만이 칠지검에 걸려 일곱 조각으로 갈라졌다.

"제법!"

자신의 검초를 교묘히 피하며 가슴으로 쓸어오는 표풍검을 보고 임전성은 입가에 미소를 배어 물었다.

제대로 된 맹수의 피가 아니고는 오히려 손만 더럽힌다.

그런 피는 닦을 때도 비린내가 진동해 욕지기가 느껴진다. 그건 칠지검에 대한 모욕이다.

이 년 만에 검을 잡자마자 모욕을 줄 수는 없었는데 다행이란 생각이 들었다. 단 일 합이었지만 제대로 된 맹수의 냄새가 맡아졌다.

금계독립의 자세로 유화성의 검을 피한 임전성은 어지럽게 칠지검을 흔들었다.

째애앵—

칠지검에서 바람을 가르는 소리가 흘러나왔다.

언뜻 한 가지 소리인 것 같았지만 자세히 들어보면 각각 다른 일곱 가지의 소리였다.

칠지만화(七支滿花)!

일곱 개의 가지에서 제각각 꽃송이가 피어오르는 검초였다.

그 검초가 유화성의 가슴에 있는 일곱 개 대혈을 노리고 빛살처럼 뻗어나갔다.

제일 먼저 뻗어 나온 검기가 가슴 옷깃을 건드리는 순간, 유화성은 표풍귀일의 초식에 이어 표풍광망의 초식으로 바꾸며 맹렬히 표풍검을 휘둘렀다.

째째째쨍—

일곱 개의 검기가 표풍광망의 그물에 걸려 한꺼번에 사라졌다.

뿐만 아니라 그 빛 그물 속에서 표풍귀일의 검초가 재차 펼쳐졌다.

그건 분명히 좀 전에 펼친 검초였다. 그리고 칠지만화에 마주치기 위해 바뀐 검초였는데 그게 어떻게 암기처럼 다시 쏟아진단 말인가?

표풍무형의 초식을 알 리 없는 임전성은 그 의문을 다 풀지도 못하고 필사적으로 상체를 틀며 검초를 변화시켰다.

"헉!"

결국 임전성은 경호성을 토했다.

분명 처음 펼친 검초가 두 번째 펼친 검초 뒤에서 암기처럼 튀어나왔는데 정작 검신에 부딪칠 때는 두 번째 펼친 검초가 짓쳐들고 있었다.

임전성은 또 한 번 미친 듯이 칠지검을 휘둘렀다.

파앗—

결국 임전성의 가슴 옆 옷자락이 길게 그어졌다.

정확히 심장의 중앙을 사선으로 비스듬히 갈라 버린 일검이었다.

임전성은 잘려진 자신의 갈비뼈 안에서 심장도 같이 갈라져 선혈이 폭포처럼 쏟아져 나오는 모습을 보았다.

환상이었지만 현실처럼 선명하게 피 냄새까지 맡아졌다.

"왜 흉내만 내었나?"

심장 대신 옷깃만 자른 데 대한 물음이었다.

"미친 사냥개의 피는 냄새가 지독하지. 야수의 피를 되찾으면 제대로 베어주겠네."

유화성은 검갑 속으로 표풍검을 가볍게 찔러 넣었다.

"내가 다시 야수의 감각을 되찾으면 네놈부터 제일 먼저 죽이겠다. 대신 그때까지는 네놈을 인정하겠다."

임전성도 칠지검을 헝겊으로 둘둘 말아 등 뒤로 걸쳤다.

유화성은 무심한 눈으로 임전성을 쳐다보았다.

'살려두어도 될 자!'

머리 속에 펼쳐진 생살부(生殺簿)에서 생(生)의 단면 쪽에 임전성의 이름을 새긴 후 유화성은 등을 돌렸다.

혈랑대 서열 십위 임전성을 꺾은 유화성은 일 다경 정도 걸음을 옮기다가 발끝으로 땅을 찍었다. 지붕 한쪽 끝에서 미약한 살기가 새어 나오고 있었다.

순식간에 삼 장 높이로 솟아오른 유화성은 추녀 끝 기왓장을 발끝으로 다시 찍었다.

조그만 충격에도 깨어져 내릴 것 같은 기왓장은 미동도 않고 그대로 있었지만 유화성의 신형은 비조처럼 용마루 위로 쏘아졌다.

파앗―

유화성의 검첨에서 한 가닥 검기가 쏘아져 나와 기왓장 가운데를 꿰뚫었다.

기왓장 대여섯 개가 튀어 오르며 그곳에서 한 인영이 솟아올랐다.

몸을 숨기고 있다가 기습을 하려고 하는 자라면 더 이상 생각할 것도 없었다.

죽여야 할 자였다.

이런 자들은 늑대의 본성을 완전히 잃어버린 자들이었다.

앞에서는 아무런 불평도 내뱉지 않고 있지만 음습한 곳에서는 이빨을 드러내는 승냥이 같은 자들이다. 그런 자들은 조직에 있어 적보다 더 악영향을 끼친다.

죽은 혈랑대 대주 역시 이런 자들에게 당했다.

결심을 굳히자 유화성의 검은 추호의 온정도 없이 솟아오른 사내의 허리를 양단해 갔다.

쌔애액—

사내의 신형 뒤쪽에서 넓은 물체가 튀어나오며 달빛을 반사시켰다.

폭이 넓은 파산도(破山刀)였다.

유화성은 검초를 변화시켜 파산도가 그리는 궤적의 빈틈 속으로 쾌속하게 표풍검을 찔러 넣었다. 무거운 도초를 현란한 검초로 제압하고자 함이었다.

유화성의 검이 사내의 심장을 찌르고 들 즈음 사내의 도가 용수철에 튕기듯 위로 솟구쳤다.

피에 굶주린 혈랑대, 또는 남패천의 무적대라는 명성이 결코 과하지 않은 도법이었다.

자신의 상체 한곳도 꿰뚫리겠지만 상대는 기필코 죽이고 말겠다는 투지가 가득 담긴 파산도가 유화성의 명치로부터 정수리까지 쪼개어왔다.

바람처럼 검을 회수한 유화성은 표풍보를 밟으며 상체를 틀었다.

파아앙—

목표를 놓친 파산도가 이번에는 옆으로 뚝 꺾어지며 유화성의 허리를 양단해 들었다.

유화성은 자신도 모르게 등줄기로 식은땀이 흐르는 것을 느꼈다.

비록 너무 강한 야성을 다스리지 못해 통제 불능의 오합지졸이 되어버렸지만 개개인의 무위는 가공할 만했다. 검보다는 족히 배는 더 무거워 보이는 파산도를 이렇게 자유자재로 휘두르는 인간은 중원무림에 그렇게 많지 않다.

달빛을 등지고 아직 한 번도 얼굴은 보여주지 않은 사내. 아니, 정체불명의 괴인은 파산도를 자유자재로 휘둘러 검초의 현란함을 막아왔다. 물론 검만큼 어지럽고 현란한 움직임은 아니었다. 도의 무거움을 그대로 살리면서 필요한 방위를 한꺼번에 쓸어오는 초식은 여러 개의 검초를 한꺼번에 지워 버렸다. 그 순간을 파고들어 작은 상처 정도는 새길 수 있겠지만 도격에 의한 큰 상처를 입을 수도 있었다.

파아앙―

대기를 찢어발기며 파산도가 수직으로 떨어져 내렸다.

바위처럼 떨어져 내리는 저런 도세 앞에서는 웬만한 검초 같은 건 통하지 않는다.

유화성은 손아귀에 불끈 힘을 불어넣었다.

표풍검의 초식은 말 그대로 바람처럼 표홀하다. 그러나 그 바람이 한꺼번에 몰아치면 바위도 날릴 수 있다.

표풍무형에 실린 또 하나의 힘!

그걸 펼쳐 보고 싶었다.

슈아앙―

표풍검에서 이제껏 뿜어 나오던 기운과는 전혀 이질적인 기운이 터져 나왔다.

그 힘은 모든 것을 휩쓸어가는 폭풍의 힘이었다.

가벼운 검에서 순간적으로 터져 나오는 막강한 기운에 괴인의 눈이 번쩍 빛을 발했다. 강한 경각심을 느낀 눈빛이었지만 다른 선택은 없었다. 괴인은 내려치던 도에 더 큰 힘을 실어 끝까지 뿌렸다.

콰앙―

번쩍 하는 섬광과 함께 벼락 치는 소리가 터졌다.

"크윽!"

괴인의 입에서 답답한 신음이 흘러나왔다.

유화성은 폭풍 같은 힘을 쏟아낸 검을 다시 바람처럼 가볍게 흔들며 괴인의 목을 베어갔다.

이젠 죽여야 할 자는 망설임없이 죽인다!

죽여야 할 자에게 온정을 남기는 것은 사치다. 그런 사치는 가문의 복수가 끝나고 나서 누릴 것이다.

파앗—

더운 피가 달빛 아래로 먹물처럼 튀어 올랐다.

그 사이로 비릿한 혈향이 훅 하고 끼쳐 왔다.

독사보다 더 마음을 독하게 먹었지만 살인의 순간은 어쩔 수 없었다.

어쩔 수 없는 감정 한줄기가 가슴을 헤집었다.

그 짧은 틈!

죄책감에 젖은 그 짧은 틈을 헤집으며 암기 하나가 무섭게 날아들었다. 뒤이어 더 많은 암기들이 따랐다. 별 모양을 한 유성표(流星鏢)였다.

너무도 시기 적절하게 날아온 암기들에 유화성은 신형을 허공에 띄운 채 한꺼번에 세 차례나 회전했다.

세 개는 피했지만 한 개가 허벅지를 스쳤다.

용마루 한복판에 내려선 유화성은 호흡을 가다듬었다.

암기에 독 같은 것은 발려 있지 않았다.

하지만 혼신을 다한 신법으로도 다 피하지 못할 정도의 암기를 날린 사람이라면 중독되지 않았다 하더라도 똑같이 위험했다. 어쩌면 독에 의존하는 인간들보다 몇 배는 더 위험할 것이다.

"아직 멀쩡하다니 놀랍군!"

직각으로 맞닿아 있는 저쪽 지붕 위로 세 명의 사내가 솟아오르며 으스스하게 중얼거렸다.

그것을 끝으로 더 이상의 말은 흘러나오지 않았다.

대신 암기 하나가 다시 날아왔다.

야조의 울음소리를 내며 날아오는 암기는 아까와는 전혀 다른 궤적은 그렸다.

선회하는 듯하면서도 순식간에 다가오는 암기에 유화성은 신경을 곤두세웠다.

쌔애액—

암기로 신경을 분산시킨 뒤 사내 세 명은 제각각의 방향에서 유화성을 향해 짓쳐들었다.

유화성은 표풍검을 풍차처럼 휘둘러 암기를 쳐내며 세 사내에게로 쾌속하게 마주쳐 갔다.

한 사내의 입이 벌어지며 이빨이 드러났다.

경각심을 느낀 유화성은 급히 신형을 눕혔다.

쳐냈다고 생각했던 암기가 등줄기 대혈을 파고들고 있었다.

은사가 달린 암기였다.

'백무강(白无剛)!'

이런 식의 암기를 다루는 사람이라면 혈랑대의 서열 오위 백무강이었다. 아까 던진 것은 자신의 암기가 아니었다. 이것이 진짜였다.

그를 따르는 두 명 역시 짐작이 갔다.

패왕창(覇王槍) 호가무(胡歌巫)와 독검(毒劍) 영사인(影仕寅)이었다.

무리를 짓지 않던 이들이 뜻밖에도 한꺼번에 나타난 것이다.

어차피 제거해야 될 자들!

어쩌면 빠를수록 좋을지 몰랐다.

혈랑대를 자신의 수족으로 만들려면 저들은 기필코 처치해야 했다. 저들도 그걸 알기에 한꺼번에 나타난 것이다.

파아앙―

파공음과 함께 패왕창이 무섭게 찔러들었다.

유화성은 상체를 젖힌 상태에서 몸을 뒤집으며 세차게 표풍검을 휘둘렀다.

강물 속의 물고기를 사냥하듯 찔러들던 패왕창이 옆으로 미끄러졌다. 창대에 실린 힘이 워낙 강해 밀려난 길이는 한 뼘도 되지 않았지만 피하기엔 충분한 간격이었다.

창대에 어깨를 스치듯 피하며 상체를 세운 유화성은 표풍무형의 초식을 펼쳤다.

초식과 초식 사이의 경계를 무너뜨린 표풍무형은 처음에는 표풍일섬의 초식으로 찔러들었지만 호가무의 가슴에 닿을 때는 표풍만리였다.

대경한 호가무가 입을 벌렸다.

그의 입보다 가슴이 먼저 갈라지며 폭포수 같은 선혈이 쏟아졌다.

생살부의 살(殺) 쪽에 이름 하나를 더 새겼지만 그만한 대가를 지불했다.

독검 영사인이 뿌린 일검이 왼쪽 허리에 상체를 입혔다. 그리고 백무강의 암기가 복부를 향해 쏟아져 들었다.

유화성은 패왕창 호가무의 피를 온몸에 뒤집어쓴 채 백무강의 암기

뒤쪽으로 검을 휘둘렀다.

암기만 쳐내봐야 그때뿐이다. 은사에 달려 있는 이상 계속해서 날아들 것이다. 조금 위험했지만 은사를 아예 끊어버리는 게 확실했다.

칭—

은사가 검신에 감기며 복부를 파고들던 암기가 또 하나의 상처를 남기며 날아갔다.

상처 하나를 입으며 은사를 끊어낸 것이다.

"하앗—"

기합성과 함께 독검 영사인이 검을 내려쳤다.

백무강 역시 분노로 일그러진 얼굴을 하며 품속에 있던 암기를 모두 던졌다.

유화성은 표풍만리의 초식을 펼치며 백무강이 던진 암기의 궤적 속으로 뛰어들었다.

독검 영사인의 눈이 부릅떠졌다.

그곳으로 유화성이 몸을 던질 줄 몰랐던 것이다. 그 때문에 자신의 독검이 허공을 가르고 말았다.

따다당—

백무강이 던진 암기들 중에서 우선적으로 급소를 노리고 드는 것들을 먼저 쳐낸 유화성은 표풍일섬의 검초로 변화시키며 영사인의 목을 찔러갔다.

영사인의 목에서 피분수가 터져 나왔다.

그 순간, 유화성의 뒤쪽 옆구리에도 핏줄기가 터졌다.

나머지 암기들 중 하나가 박혔다.

이를 악문 유화성은 필사적으로 신형을 틀며 표풍소설의 검초를 뿌렸다. 그러나 백무강의 손이 한발 빠르게 복부로 쑤셔들고 있었다. 그의 손에서 작은 비도 하나가 늑대의 이빨처럼 번뜩였다.

푸욱!

살가죽을 뚫는 섬뜩한 소리가 들리며 선혈이 폭포처럼 쏟아졌다.

그 피를 고스란히 뒤집어쓴 유화성이 망연히 허공을 바라보았다.

"큭큭!"

백무강의 육신을 썰 듯이 반쪽 낸 칠지검 임전성이 마귀처럼 웃고 있었다.

"빚을 갚았으니 이젠 네놈을 죽여도 되겠지?"

임전성은 칠지검을 빙글빙글 돌리며 유화성의 전신을 훑었다.

"다리와 옆구리 상처를 입었군. 정말 놀랄 일이야. 혈랑대 서열 십 위 안의 괴물 셋을 상대하면서 겨우 그 정도 상처밖에 안 입었다니……. 큭큭! 하지만 그 때문에 이제부터는 제 실력의 반도 발휘하지 못하겠지?"

임전성은 재미있어 죽겠다는 표정을 하며 기왓장을 밟고 유화성 주변을 한 바퀴 돌았다.

"내 실력이 반으로 줄어들면 이길 수 있을 것 같나?"

유화성은 용마루에 걸터앉으며 물었다.

"자신감이 용솟음치는걸!"

"그럼 해보게."

유화성은 앉은 자세 그대로 책상다리를 만들었다.

그건 앉은 상태에서 순간적인 폭발력을 얻기에 가장 적합한 자세였다. 그 상태로 유화성은 호흡을 골랐다. 운기조식이라도 하는 모습이었다.

“날 무시하나?”

자신을 전혀 경계하지 않는 유화성을 보며 슬쩍 눈살을 찌푸린 임전성이 질문했다.

“아닐세.”

“그럼?”

“백무강이란 자가 던진 마지막 암기에는 독이 발라져 있었네. 그래서 더 이상 싸울 힘이 없다네.”

유화성은 그 말을 끝으로 완전히 운기조식에 빠져들었다.

“뭐 이런… 새끼가 다 있어?”

어이없는 표정으로 한참 동안 유화성을 쳐다보던 임전성은 신경질적으로 내뱉은 후 호법을 서듯 주변을 두리번거렸다.

第四十九章
호상혈투(湖上血鬪)

호상혈투(湖上血鬪)

"**말**년에 좋은 경험을 했네."

백운 노인은 너털웃음과 함께 진우청의 어깨를 두드렸다.

"노인장……."

진우청은 물끄러미 두 노인을 쳐다보았다.

"자네도 그런 표정을 지을 줄 아는가? 허허!"

해천 노인도 만면 가득 미소를 지으며 진우청의 등을 두드렸다.

진우청이 완전히 기력을 되찾고 걱정할 일이 없어지자 두 노인은 짧다면 짧고, 길다면 긴 여행을 끝내고 집으로 돌아가려 하는 것이다.

진우청도 마찬가지지만 두 노인 역시 진우청과의 만남으로 인해 평생 겪었던 것보다 더 많은 일을 겪으며 이곳까지 왔다. 그러는 동안 진우청과 두 노인은 친조손이나 마찬가지로 정이 들었다.

진우청은 서운한 마음을 가눌 길 없어 연신 입만 다셨다.

언제까지 같이 다닐 수 있는 노인들은 아니었지만 집까지 배웅도 해
주지 못하는 것이 내내 아쉬웠다.

"조그만 더 계셨으면… 제가……."

유화경도 안타까운 표정으로 말을 잇지 못했다.

신안강 변에서 서왕문의 무리들에게 포위되어 생사의 기로에 놓였
을 때, 모두들 방관하고 있었지만 백운 노인은 그곳으로 뛰어들어 생사
를 같이했다. 이젠 집안의 어른들이 모두 유명을 달리한 유화경에게도
노인들은 친할아버지나 마찬가지였다.

그동안 화약 제조 공부에 미친 듯이 매달리느라 노인들에게 차 한잔
제대로 대접하지 못한 것이 뼈에 사무쳤다.

"허허! 수구초심이라 하지 않던가? 젊은 사람들이야 세상 곳곳으로
돌아다니며 견문을 쌓는 것이 좋겠지만 우리 같은 늙은이들은 집 떠나
면 매일매일 돌아가고 싶은 생각뿐이라네."

백운 노인은 인자한 미소로 유화경을 달랬다.

"가셨다가 따분하시면 언제든지 놀러 오시구라. 노인장들께서 방문
하신다면 내 이번에는 기필코 외성 성문 밖까지 마중 나가리다."

남패천주 구양천도 두 노인의 손을 잡으며 배웅했다.

"성문 밖에서 받은 대접에 한 맺힌 사람은 따로 있지 않소이까? 아
직도 그때의 기막힌 심정이 다 가시지 않은 듯하니 잘 대접해 주시구
려."

해천 노인은 진우청을 한번 쳐다보며 응수했다.

"허허, 여부가 있습니까? 아무쪼록 편히 가시오."

두 노인은 그렇게 내성 성문을 나섰다.

유화성 형제와 진우청은 외성 밖까지 따라와 노인을 배웅했다.

"부디 몸조심하게. 그리고 언젠가는 다시 한 번 더 봄세."

해천 노인은 진우청이 손녀 이여옥과 한 약속을 상기하며 의미심장한 말을 던졌다.

그 말은 약속을 지키라는 뜻일 뿐만 아니라, 손녀에게 드리워진 운명의 굴레까지 진우청이 벗겨주길 바란다는 뜻이었다. 그 뜻을 알아들었는지 못 알아들었는지 진우청은 크게 고개를 끄덕였다.

"남아일언중천금이지요. 언젠가는 다시 찾아뵙겠습니다."

진우청은 문자까지 써가며 답한 후, 두 노인을 태우고 떠날 마차 문을 손수 열어주었다.

마차에 오른 두 노인은 구양천이 딸려 보내는 호위무사들을 대동하고 서서히 시야에서 멀어져 갔다.

마차가 완전히 사라지고 나서도 진우청은 한동안 그 자리에 서 있었다.

"남아일언중천금이 뭔가?"

진우청의 의식을 일깨우며 유화성이 물었다.

우연인지 아닌지 이여옥과의 약속을 생각하고 있던 진우청은 흠칫 고개를 돌렸다.

유화성의 눈빛은 하루하루 더 무심해졌다. 질문을 하는 지금도 그랬다.

"남자가 한 번 내뱉은 말은 천금보다 더 무겁다. 그 뜻 아닙니까?"

진우청은 진지한 표정으로 답했다.

"곰탱이!"

진우청이 말뜻을 못 알아들은 걸로 여긴 유화결이 픽 웃으며 소리를 질렀다.

"맞잖아, 자식아!"

진우청도 맞받아 고함을 지르고는 앞서 걸었다. 이여옥과 자신 사이에 있었던 중천금 같은 사연을 이들에게 어떻게 다 설명한단 말인가? 그냥 이렇게 구렁이처럼 넘어가는 것이 편했다.

"이왕 이곳에 나왔으니 뱃놀이나 한번 하고 갈까?"

성큼성큼 호숫가를 따라 걸어가던 진우청은 씨익 웃으며 돌아보았다.

"미친놈!"

유화결은 눈살을 찌푸리며 소리쳤다.

"그럼 미쳐 보지 뭐!"

진우청은 외성 주변으로 그림같이 펼쳐져 있는 인공 호수 가운데로 주저없이 몸을 날렸다.

춘삼월 호시절도 아니었지만 호숫가에는 빈 배가 없었다. 호수 가운데에 한 척이 있었다. 늙은 사공이 저쪽에 청춘남녀 한 쌍을 내려주고 호숫가를 향해 배를 저어오고 있었다. 가만히 있으면 그 배도 다른 사람들이 채갈 판이었다.

"아악!"

머리 위로 날아가는 곰 한 마리를 보며 뱃놀이하던 소녀들이 비명을 질렀다.

"어이쿠!"

뒤이어 늙은 사공도 외마디 소리를 지르며 물속으로 몸을 날렸다. 가만있다가는 깔려 죽든지 폭발하는 배의 파편에 맞아 죽든지 할 것 같다는 판단에서 한 행동이었다.

뱃사공 노인의 판단을 깡그리 뒤집으며 잔물결 하나 일게 하지 않고 배 위에 내려선 진우청은 손을 흔들었다.

"조금만 기다려! 그쪽으로 저어 갈 테니까."

진우청의 고함 소리에 유화성 형제는 할 말을 잃고 멍하니 쳐다보고만 있었다.

그러는 사이 진우청은 물속으로 탈출한 사공 노인을 끄집어 올려 도로 태우고는 호숫가로 오기 위해 노을 저었다.

"뭐야, 이거?"

몇 번 노를 저어도 배는 그 자리에서 맴돌 뿐, 호숫가로 나아가지 않자 진우청은 사공 노인을 쳐다보았다.

노인은 아직도 놀란 가슴을 달래지 못하고 물에 젖은 상체를 양팔로 감싸며 떨고 있었다.

진우청은 하는 수 없이 몇 번 더 노를 움직였지만 배는 오히려 호숫가에서 멀어졌다.

"망할!"

결국 진우청은 한마디 불평과 함께 노를 뱃전에서 분리해 호수 표면을 때렸다.

물기둥이 치솟아오르며 배는 그제야 강가로 나아가기 시작했다.

재미를 붙인 진우청은 노를 들어 올려 연속으로 몇 번 더 호수 표면을 두드렸다.

과유불급!

이번에는 속도가 지나쳐 강가를 향해 처박히고 있었다.

"어어!"

다급성을 지른 진우청은 조금 전과는 반대 방향으로 힘을 주며 강물 표면을 또 한 번 때렸다.

파아악—

온 호수에 물결치는 소리가 울려 퍼지며 아까보다 세 배는 더 큰 물줄기가 치솟아올랐다.

그 결과 배는 호숫가에 처박히기 일보 직전에 겨우 멈추었다.

“…….”

폭발하듯 튀어 오르는 물줄기를 온통 뒤집어쓴 유화결은 아예 할 말을 잃고 진우청을 쳐다만 보고 있었다.

유화성도 물에 흠뻑 젖었고, 유화경만 두 오빠들 뒤로 몸을 피해 물에 빠진 생쥐 신세는 겨우 면했다.

“피하지 그랬어?”

진우청은 아예 물에 빠졌다 나온 것 같은 유화결을 보고 씨익 웃으며 머리를 긁적였다.

“곰같이 무식한…….”

분통을 터뜨리려던 유화결은 입 안으로 흘러내리는 물을 뿌리치기 위해 머리를 세차게 흔들었다.

“그래도 배 안에는 물이 튀지 않았으니까 어서 타라. 노는 사공 노인께 넘길 테니.”

“시끄러, 자식아! 너 혼자 실컷 타다가 호수 한가운데서 빠져 죽어!”

유화결은 마침내 버럭 고함을 지르고는 신형을 홱 돌렸다.

“작은오빠!”

몸을 돌려 걸어가려는 유화결의 팔을 유화경이 붙잡았다. 그런 후 유화경은 배 위로 올랐다.

진우청이 결코 자기 자신을 위해서 이렇게 배를 몰아온 것이 아니라는 걸 유화경은 잘 알고 있었다. 그간 겪어본 바로는 이런 뱃놀이는 자신들보다 더 싫어할 사람이었다.

유화경이 배 위로 오르자 유화성도 잠시 생각하는 표정을 짓더니 배 위로 올랐다.

한참 뒤 뻣뻣하게 서 있던 유화결도 처음 이곳에 왔을 때 성문 앞에서 오라를 받던 때와 거의 흡사한 표정으로 유람선 위에 올랐다.

유화경으로부터 평소 배 삯의 두 배도 넘는 금액을 받은 사공 노인은 언제 물에 빠졌고, 언제 추위를 느꼈냐는 모습으로 노를 저었다.

지극히 즉흥적이고, 거의 탈취에 가까운 방식으로 유람선을 얻어 시작된 뱃놀이는 그 이후에도 별로 흥겹지 못했다.

배 삯을 많이 받은 사공만 돈 값을 하려는지 주변에 있는 희귀종 나무나 기암괴석 등에 대한 설명을 하다가 별 관심을 보이지 않는 손님들을 보며 흥을 잃었는지 종내는 입을 다물고 노만 저었다.

"물렁탱아!"

정적을 깨며 진우청이 유화결을 불렀다.

"너 요즘 말 못할 고민 있지?"

유화결이 시선을 맞춰오자 진우청이 눈을 가늘게 뜨고 물었다.

유화결은 내심 움찔 놀랐지만 내색 않고 매서운 표정을 지으며 입을 열었다.

"고민이 뭔지도 모르는 놈이 무슨 고민 타령이야. 심심하면 거기 있는 술이나 마셔!"

유화결은 만사 귀찮다는 목소리와 함께 고개를 돌렸다.

"내 눈은 못 속여. 그러니 털어놔라."

아랑곳 않은 진우청은 집요하게 질문하며 유화결의 호흡을 읽었다.

최근 유화결의 입에서 토해져 나오는 냄새와 온몸을 감싼 호흡의 색

깔은 이전과는 다른 불안감을 전해주었다.

그런 불행을 겪은 놈이 고민이 없다면 오히려 인간도 아니겠지만 지금은 또 뭔가 달랐다. 그건 말로 꼬집어낼 수 없는, 피부로 전해지는 느낌이었다.

"말도 안 되는 소리 하지 말고 잠이나 자라. 더 이상 떠들면 물속에 처박아 버리겠다."

유화결은 이젠 싸우기라도 할 것 같은 표정으로 으르렁거렸다.

유화결의 표정이 험악해진 것을 본 진우청은 마침내 입을 다물었다.

더 이상 채근해 봐야 역효과만 날 뿐이었다. 시간을 두고 지켜봐야 할 것 같았다.

'휴우— 얼음 작대기 같은 놈!'

한숨과 함께 고개를 돌리던 진우청은 무언가를 발견하고 반색을 했다.

"노인장!"

진우청의 목소리에 저쪽 유람선에서 유유자적 술잔을 들이키던 노인이 천천히 고개를 돌렸다.

사공 옆에 비파를 연주하는 소녀를 앉히고, 지그시 눈을 감고 있던 절명자 오무평이었다.

"악연이로고……."

이런 곳에서 진우청을 만난 것이 전혀 안 반가운 듯 오무평은 혀를 찼다.

"이런 취미도 있었습니까, 노인장?"

오무평의 표정이야 어떻든 진우청은 반가운 목소리로 고함을 질렀다.

"아직 안 죽었더냐?"

그간 진우청에게서 일어난 일을 알고 있는 듯 오무평이 말했다.

"죽기는 누가 죽는다고 그러시오. 모자라는 잠 실컷 자고 났더니 예전보다 두 배는 기력이 충만해진 것 같소!"

"네놈 잠이야 항상 모자라지. 쯧쯧!"

오무평은 혀를 찬 후 한 잔 술을 더 마셨다. 그리고는 잠시 유화성 쪽으로 시선을 주었다.

"늑대들이 배를 타니 호수가 온통 피 냄새구먼!"

오무평은 흘러가듯 무심히 중얼거린 후 이내 시선을 돌렸다. 대신 무심하게 가라앉아 있던 유화성의 눈빛이 폭광을 토했다.

"노인장! 어서 호숫가로 배를 모시오! 어서!"

벌떡 일어서서 검병을 잡은 유화성은 사공 노인을 향해 벼락처럼 소리를 질렀다.

"오, 오빠!"

"형, 왜?"

유화경과 유화결이 놀라 같이 일어섰다.

진우청도 둥그렇게 뜬 눈으로 유화성을 쳐다보다가 얼른 주변을 살폈다.

혼잣소리처럼 뭔가 중얼거린 오무평이 탄 배는 아무 일 없는 듯 반대쪽으로 유유히 멀어져 갔다.

언뜻 보면 아무런 이상이 없는 모습이었다.

모든 배들은 유유히 떠 있었고, 그 안에 탄 사람들은 그보다 더 유유자적 홍취에 젖어 있었다. 특별히 다가오는 배들도 없었다.

슈악―

갑자기 물줄기 하나가 솟구치며 그 속에서 백광이 쏟아졌다.

한 개의 예리한 검이었다.

파앗—

유화성은 빛살처럼 표풍검을 휘둘렀다.

보통 사람은 사태를 인식할 겨를도 없는 기습과 반격이었다.

챙—

쇳소리가 울리며 흰색으로 튀어 오른 물줄기가 핏빛으로 떨어져 내렸다.

"아이쿠!"

놀란 사공 노인이 비명을 지른 후 양팔로 머리를 감싸고 유람선 바닥에 납작 엎드렸다.

파파파팍!

수면을 뚫는 소리와 함께 양쪽 옆에서 각각 두 개씩, 네 개의 물줄기가 더 솟구쳤다.

아까와 마찬가지로 물줄기 속에서 백광이 튀어나왔다.

협봉검(峽峯劍)과 분수아미자(分水蛾眉刺)가 유화성을 향해 날아들었다.

반대쪽 두 개의 물줄기에서는 장도 하나와 보통의 검 하나가 진우청을 향해 날아들었다.

진우청은 이젠 이들이 누군지 짐작이 갔다.

혈랑대!

남패천의 이단아들이었다.

버리자니 아깝고 먹자니 살보다는 뼈가 더 많은 계륵 같은 존재들!

차라리 계륵이라면 개 먹이로나 주지만 이들은 살 속에 독 가시가 돋아난 뼈를 간직하고 있었다.

뇌옥에 갇혀 있던 그들을 유화성이 풀어주게 하여 하나하나 제압하고 있다는 말을 얼마 전에 들었다. 한마디로 미친 짓이었다.

뇌옥에서 풀려난 그들 역시 남패천 사람도 아닌 유화성이, 그것도 자신들 대부분보다 어린 유화성이 자신들을 꺾고 대주가 되고 싶어한다는 말을 듣고는 앙천광소를 터뜨렸다고 했다.

당연히 그들은 유화성을 죽이고자 했지만 아직 성공하지 못했다.

오히려 혈랑대 인원의 이 할은 죽었고 반 정도는 유화성에게 꺾이거나 강하게 끌리고 있었다.

이들은 나머지 삼 할 중의 인원들이었다.

쌔애액—

장도가 한발 앞서 진우청의 어깨 위로 떨어져 내렸다.

진우청은 가볍게 상체를 틀었다.

장도는 요란한 소음과 함께 뱃전을 잘랐다.

진우청은 어깨를 틀면서 회전한 팔꿈치를 그대로 내밀어 사내의 관자놀이를 가격했다.

파육음과 함께 사내가 뻣뻣하게 뒤로 넘어갔다.

휘익—

뒤이어 평범한 검의 검신을 발끝으로 차올리고 그 발을 뻗어 사내의 복부를 찍은 진우청은 콧김을 내뿜었다.

"내 싸움은 아니지만 건드리면 못 참지!"

낮게 중얼거린 진우청은 사내들이 떨어뜨린 검과 도를 주워 유화결과 유화경에게 주었다.

유화경은 검을 놓았고, 유화결은 아직 제대로 휘두를 수 없어 빈 몸이었다.

진우청은 빠르게 주변을 훑었다.

주변에 떠 있는 배들 중에서 가장 크고 유람선다운 두 척의 배가 빠르게 다가오고 있었다.

주변에서 제일 화려했고, 그보다 더 화려한 차림의 여인들도 한 명씩이나 동승하고 있었다. 그래서 유화성의 경고가 있은 후에도 얼른 식별하지 못했다.

파아앗—

빠르게 다가오기 시작하면서부터 유람선은 더 이상 화려하지 않았다.

제일 먼저 두 명의 여인들이 순식간에 그 화려한 껍질을 벗고 무복 차림이 되어 검을 빼 들었다.

뒤이어 배를 치장했던 화려한 휘장들도 갈기갈기 찢어지며 흑의사내들이 솟아올랐다.

솟아오름과 동시에 사내들은 유화성과 진우청이 탄 배로 날아들었다.

“꽉 잡아!”

진우청이 고함을 질렀다.

유화결과 유화경은 무의식적으로 뱃전을 잡았다. 유화성도 양 발에 공력을 모아 중심을 무겁게 아래로 끌어내렸다.

퍼엉—

노가 물살을 두드리는 소리가 흡사 대포 소리 같았다. 뒤이어 진우청과 유화성 형제들이 탄 배가 포탄처럼 앞으로 쏘아졌다.

그 배를 목표로 정하고 허공으로 몸을 솟구쳤던 사내들의 얼굴에 낭

패감이 어렸다.

그때 그들이 솟아오른 배에서 두 가닥 쇠사슬이 튀어나왔다.

끝에 낫이 달린 밧줄이 십자로 교차하며 근처에 있던 다른 유람선 꼭대기에 걸렸다.

처음 이곳에 오던 날 성문 앞에서 마주친 삼절삭 서문휴에 못지않은 기병이었고 그것을 다루는 솜씨 또한 그에 못지않았다.

출렁—

착지점을 잃고 속절없이 물에 빠질 뻔했던 사내들이 허공에 펼쳐진 쇠사슬을 밟고 다시 도약했다.

진우청은 또 한 번 노로 수면을 쳤다.

배가 방향을 바꾸었다. 동시에 두 개의 쇠사슬도 방향을 바꾸며 새로운 발판을 만들어주었다.

'살려야 할 자!'

혈랑대원들의 합공하는 모습을 보며 유화성은 결심을 굳혔다.

지독한 훈련 속에서 완전히 자아를 잃고 철저히 홀로 된 자들이 가장 위험했다. 그들은 언제든지 주변의 모든 사람들을 물어뜯을 위험성이 있었고, 종국에는 자신까지 물어뜯었다. 반면 저들처럼 누군가와 손을 맞추며 움직이는 인간들은 다른 사람들과도 손을 맞출 수 있었다.

더 나아가 자신과도…….

유화성의 그런 심정과는 상관없이 진우청은 더 이상 노로 수면을 치지 않고 날아오는 혈랑대원들을 권태롭게 쳐다보았다. 그에게는 죽어야 할 자와 살려야 할 자 같은 건 생각할 필요 없었다. 그냥 건드리는 놈은 처박아 버리면 되었다.

"너무 심하게는 말게. 내 사람들이니까!"

진우청의 표정을 본 유화성이 부탁하듯 말했다.

"이렇게 심하게 건드려 오는데도 말이오?"

섬전처럼 찔러드는 검을 피하며 검 주인의 뒤통수를 가격하여 물에 빠뜨린 진우청은 불만 가득한 목소리로 말했다.

"부탁일세!"

유화성도 검신으로 사내 하나의 허리를 가격한 후 답했다.

그러는 사이, 또 한 명의 사내가 진우청과 유화성을 향해 짓쳐들었다.

유화성은 여전히 무심하게 검을 휘둘렀다.

진우청 역시 마주 오는 인영의 가슴을 향해 손바닥을 뻗다가 기겁을 하며 물러섰다.

상대는 화려한 껍질을 벗고 무복 차림으로 날아온 여인이었다.

"하앗—"

날카로운 고함과 함께 유화경이 검을 휘둘렀다.

까앙—

두 개의 검이 부딪치자마자 유화경의 검이 허공으로 튕겨 올랐다.

같은 여자들이었지만 한쪽은 자아를 상실할 정도로 지옥 훈련을 쌓았고, 다른 한쪽은 이젠 검을 버리고 화약 제조 공부에 열중하던 여인이었다. 자연 상대가 되지 않았다.

유화경의 검을 튕겨낸 여인이 그대로 검을 휘둘러 유화경의 목을 잘라왔다.

퍼억—

진우청이 여인의 엉덩이를 걷어찼다. 그곳이 제일 적당해 보였다.

"개자식!"

여인이 욕설과 함께 물속에 처박혔다.

여인을 물속에 처박은 진우청은 십자로 교차된 쇠사슬 위로 날아올랐다. 그것을 그냥 놔두면 배를 이동시켜 봐야 헛일이었다.

출렁!

쇠사슬이 요동을 치며 흔들렸다.

"재미있군!"

진우청은 이를 드러내며 웃었다.

이건 자신의 전문 종목이나 마찬가지다.

황산 동굴 속에서 외줄 용무를 추며 온몸의 중심을 잡는 데는 이골이 났다.

이골이 났을 뿐만 아니라 그 상태에서 포탄처럼 날아오는 호두알을 몸으로 튕겨내기까지 하지 않았던가.

그냥 중심만 잡는 것이라면 발가락 하나만 걸치고 한잠 잘 수도 있었다.

그런 진우청의 마음을 알 리 없는 한 사내가 쇠사슬 위로 올라섰다.

파앗—

쇠사슬에 한 발을 올려놓자마자 사내는 줄을 흔들어 진우청을 떨어뜨리려 했다.

진우청은 여전히 이를 드러내며 웃고만 있었다.

사내는 쇠사슬을 향해 양 발을 강하게 내려찍었다.

쇠사슬이 물결치며 진우청의 발바닥을 두드렸다.

진우청은 그 흐름에 그대로 몸을 맡겼다.

일순 진우청의 몸이 허공으로 솟구쳐 올랐다.

사내는 희미한 미소와 함께 쇠사슬을 박찼다. 중심을 잃은 진우청을 도륙하기 위해서였다.

'어엇!'

사내는 경호성을 삼켰다.

발바닥에 아무런 감촉이 느껴지지 않았기 때문이다.

아무리 고수라도 발바닥에 걸리는 것이 없으면 떨어져 내릴 수밖에 없다.

답설무흔이나 초상비의 신법을 익혔더라도 풀 끝, 눈밭은 밟아야 했다.

사내는 급히 시선을 내려 쇠사슬을 쳐다보았다.

쇠사슬이 약 두 치가량 발바닥 아래로 가라앉아 있었다.

대신, 한 자 정도 앞의 쇠사슬이 봉우리처럼 솟아 있었다. 그곳에 봉우리가 생기며 자신의 발바닥 아래는 골이 파이듯 내려앉은 것이다.

사내는 급히 중심을 잡으며 내려앉은 쇠사슬을 밟으려 했다.

출렁―

사내는 다시 한 번 경호성을 삼키며 눈을 부릅떴다.

이번에는 쇠사슬이 아래위가 아닌, 좌우로 물결치며 자신의 발바닥을 피하고 있었다.

이젠 쇠사슬을 밟기는 틀렸다. 발은 이미 쇠사슬 한참 아래로 떨어져 있었다.

사내는 손을 뻗어 쇠사슬을 잡으며 진우청을 쳐다보았다.

물결치는 쇠사슬의 한 봉우리 위에서 뒷짐을 진 진우청이 한 발은 쇠사슬을 밟고 다른 한 발로 장난치듯 쇠사슬을 아래와 위, 양옆으로 흔들고 있었다.

그래서 자신의 발판이 사라진 것이었다.

사내는 쇠사슬을 쥐려는 순간에도 혼란을 느꼈다.

자신과는 달리 곰 같은 덩치가 파도 위에 뜬 깃털처럼 쇠사슬의 움직임을 전혀 거스르지 않고 쇠사슬의 일부처럼 같이 출렁거리고 있었다.

여전히 황소 같은 웃음을 머금은 채…….

그 웃음이 조금 더 짙어진다고 느끼는 순간, 쇠사슬을 흔들던 앞발이 크게 움직였다.

사내는 급히 시선을 돌려 자신의 손을 바라보았다.

출렁!

손아귀에 잡히려던 쇠사슬이 저만치 도망가고 있었다. 그리고는 순식간에 다가왔다.

파악!

쇠사슬이 채찍처럼 사내의 목을 때렸다.

사내는 눈을 까뒤집으려 물속으로 처박혔다.

"이런 죽일!"

자신의 기병 위에서 즐기듯이, 그러면서도 동료들을 하나하나 물속에 빠뜨리고 있는 진우청을 보며 한 사내가 와락 손을 흔들었다.

저쪽 배 위에 걸려 있던 낫이 풀리며 쇠사슬이 튕기듯 날아왔다.

그런데 밧줄만 날아오는 것이 아니었다.

해일 같은 파도를 만들며 날아오는 밧줄 꼭대기를 밟고 진우청도 같이 날아오고 있었다.

퍼억!

진우청의 발이 사슬 낫을 든 사내의 가슴을 찼다.

사내는 비명도 지르지 못하고 물속으로 처박혔다.

허공에서 혈랑대가 마음대로 몸을 날릴 다리 역할을 하던 쇠사슬을
없앤 후 진우청은 다시 노로 수면을 쳤다.

퍼엉—

배가 이동하며 뱃전을 잡고 오르려던 혈랑대원들이 표류자 신세가
되었다.

"다시 꽉 잡아!"

고함을 친 진우청은 노를 휘둘러 연속적으로 수면을 두드렸다.

견디지 못한 노가 결국 두 동강 났다. 대신 유람선은 앞부분이 반쯤
위로 들리며 혈랑대원들이 탄 두 척의 배를 향해 쏘아졌다. 마침 두 척
의 배는 서로 가까이 모이고 있던 중이었다.

세 척의 배가 충돌하기 직전, 진우청은 바닥에 엎드려 덜덜 떨고 있
는 사공 노인의 덜미를 잡아 물속으로 던졌다. 노인에게는 그곳이 제
일 안전했다. 그리고 또 그 동작은 타고 있는 배에 반작용의 힘을 가해
배의 속도를 더욱 빠르게 했다.

콰앙—

우지직—

몇 가지 굉음이 한꺼번에 터지며 진우청과 유화성 등이 탔던 배는
거의 두 동강이 날 정도로 부서졌다. 다른 두 배는 선수와 뱃전 한곳이
박살났다.

배가 박살나고 안 나고는 중요한 것이 아니었다. 충돌로 인해 혈랑
대원들이 탔던 배가 중심을 잡을 수 없도록 흔들린다는 것이 중요했다.

몸을 날린 진우청과 유화성 등은 격류 속의 가랑잎처럼 흔들리는 두
척의 배 위로 올랐다.

슈아악—

섬뜩한 소음과 함께 한 자루 검이 튀어나왔다.

이런 흔들림 속에서도 정확히 심장을 찔러드는 검을 보며 유화성은 감탄을 삼켰다.

역시 남패천의 무적대라는 생각이 들었다.

그 검의 주인이 여인이라는 사실이 또 한 번 감탄을 삼키게 했다.

표풍검을 가볍게 흔든 유화성은 뒤에 있는 유화경을 보호하며 여인의 검을 쳐냈다.

여인이 이를 악물며 재차 검을 휘둘러 왔다.

잇몸 아래로 피가 흐를 정도로 세차게 이를 악물며 검을 휘둘러 오는 여인의 모습은 웬만한 남자들도 기가 질려 불식간에 뒷걸음질을 칠 만한 투지가 담겨 있었다.

그것이 무적대보다는 혈랑대라고 더 많이 불리는 이유였다.

그동안 이들을 상대하며 이런 투지가 가장 마음에 들었다.

살아남은 유가검보의 검대원들과 함께 지옥대를 만들 최적의 조건을 갖춘 인간들이었다.

목숨을 걸며 이들을 각개 격파해 나가는 것도 그것을 위해서이다.

유화성은 표풍무형의 초식을 펼쳤다.

표풍소설, 표풍만리, 표풍일섬의 초식이 환영처럼 한꺼번에 터져 나왔다.

독기로 이성을 잃은 것 같던 여인의 눈빛이 순간적으로 정상으로 돌아왔다. 겁 많고 감수성 깊은 소녀에 가까운 모습이었다.

"처음 눈빛 그대로 유지해! 안 그럼 내 손에 죽는다!"

검신으로 여인을 쓰러뜨린 유화성은 혈랑처럼 소리를 질렀다.

"조심해, 물렁탱이!"

유화성이 검신으로 혈랑대원들을 한 사람씩 쓰러뜨리는 사이 진우
청은 유화결과 함께 다른 배 위로 올랐다.

오르자마자 그곳에서도 쾌속하게 검이 튀어나왔다.

진우청은 어깨로 검을 쳐올렸다.

진우청의 몸은 손과 발뿐만 아니라 어깨, 허리, 어느 곳이든 손처럼
움직일 수 있고, 각각 눈이라도 달린 것처럼 움직였다.

용호곤에 의존하지 않은 후부터는 그 움직임이 더욱 가공스러워졌
다.

구름처럼 가볍고 바람처럼 표홀하면서도 대호의 발톱처럼 섬뜩했
다.

어깨에서 튕겨져 나온 검이 중병기에 부딪쳐 튕겨져 나온 것보다 더
높이 튀어 오른 것을 본 사내가 황당한 표정을 지었다. 그리고 그 어깨
가 묘하게 뒤틀리며 그대로 자신의 목을 쳐오는 것을 보며 아예 넋을
놓았다.

"운 좋은 줄 아시오!"

마지막 순간, 목이 아닌 가슴을 쳐서 호수 위로 날려 버린 진우청이
인심 쓰듯 소리쳤다.

그 소리를 다 내뱉기도 전에 진우청은 다른 한 사내의 검을 팔꿈치
로 쳐올리며 손등으로 관자놀이를 쳤다.

"당신도!"

두 사내 모두에게 사정을 두지 않고 목을 쳤다면 천돌혈이 파괴되어
그들은 그 자리에서 죽을 수도 있었고, 평생 죽만 마시고 살 수도 있었
다.

쨍—

사내들을 순식간에 호수 속으로 처박은 진우청의 귓속으로 유화결의 검이 부딪치는 소리가 들렸다.

진우청은 본능적으로 경각심을 느끼며 보지도 않고 몸을 날렸다.

유화결의 검에서 울리는 소리!

호흡이 스며들지 못한 껍데기뿐인 쉿소리였다.

그런 검은 수수깡이나 마찬가지다. 자신의 검이 아닌, 뱃전에 떨어진 검을 주워 들고 휘둘렀기에 더욱 그랬다.

예상대로 검이 동강나며 유화결은 급히 신형을 틀고 있었다.

날리는 몸을 허공에서 회전시켜 떨어져 내리는 두 발로 동시에 두 사내를 걷어찬 진우청은 와락 유화결의 어깨를 잡았다.

이런 경우를 두고 사부께서는 숨길이 끊어졌다고 했다. 숨길이 막힌 것은 뚫을 수 있지만 완전히 끊긴 것은 치명적이었다.

진우청은 유화결의 가슴 한쪽을 눌렀다.

"크윽!"

예상대로 유화결은 비명을 질렀다.

"너?"

진우청이 눈을 부릅떴다. 이게 요즘 들어 느껴지던 놈의 고민이었다. 그 순간 유화결 등 뒤에서 검이 날아들었다.

진우청은 어깨를 잡은 유화결의 신형을 와락 끌었다. 그리고 뒤에서 날아드는 검을 유화결의 어깨를 들이대 흘러내리게 했다. 자신의 몸으로 하는 것보다는 조금 더 위험했지만 검 하나를 막기에는 부족함이 없었다.

퍼억—

이번에는 유화결의 다른 쪽 어깨를 그대로 밀어 마지막 남은 그 사내를 호수 속으로 처박았다.

"아예 방패로 써라, 망할 자식아!"

부딪친 충격이 만만치 않아 등 뒤쪽의 상처에서 뜨끔한 통증을 느낀 유화결은 악을 썼다.

"이 형님에게 말하지 않은 벌이다."

"아무에게도 말하지 마! 안 그럼 우리 둘 중 하나는 죽어!"

유화결은 이를 악다물며 악귀처럼 말했다.

"얼음 작대기 같은 놈!"

진우청은 역정을 내듯 말했다.

그동안 유화결의 고민이 이해되었다. 아니, 그 심정이 어땠을지 도저히 짐작이 가지 않았다. 검을 휘두르며 복수를 업으로 생각해야 하는 놈에게 검을 빼앗아 버린 상황이니 그 좌절감이 오죽하랴.

'휴우—'

속으로 한숨을 삼키며 진우청은 유화성 쪽을 쳐다보았다.

애초부터 유화성과의 싸움이었기에 그쪽으로 훨씬 많이 모였다. 그래서 아직 끝나지 않았다. 사정을 봐주며 싸우고 있기에 더욱 그랬다.

콰아앙—

유화성의 검이 폭음을 토했다.

표풍무형에 담겨 있는 또 하나의 힘인 폭풍의 힘이었다.

세 명의 사내가 한꺼번에 튕겨 나갔다. 그리고 싸움은 끝났다.

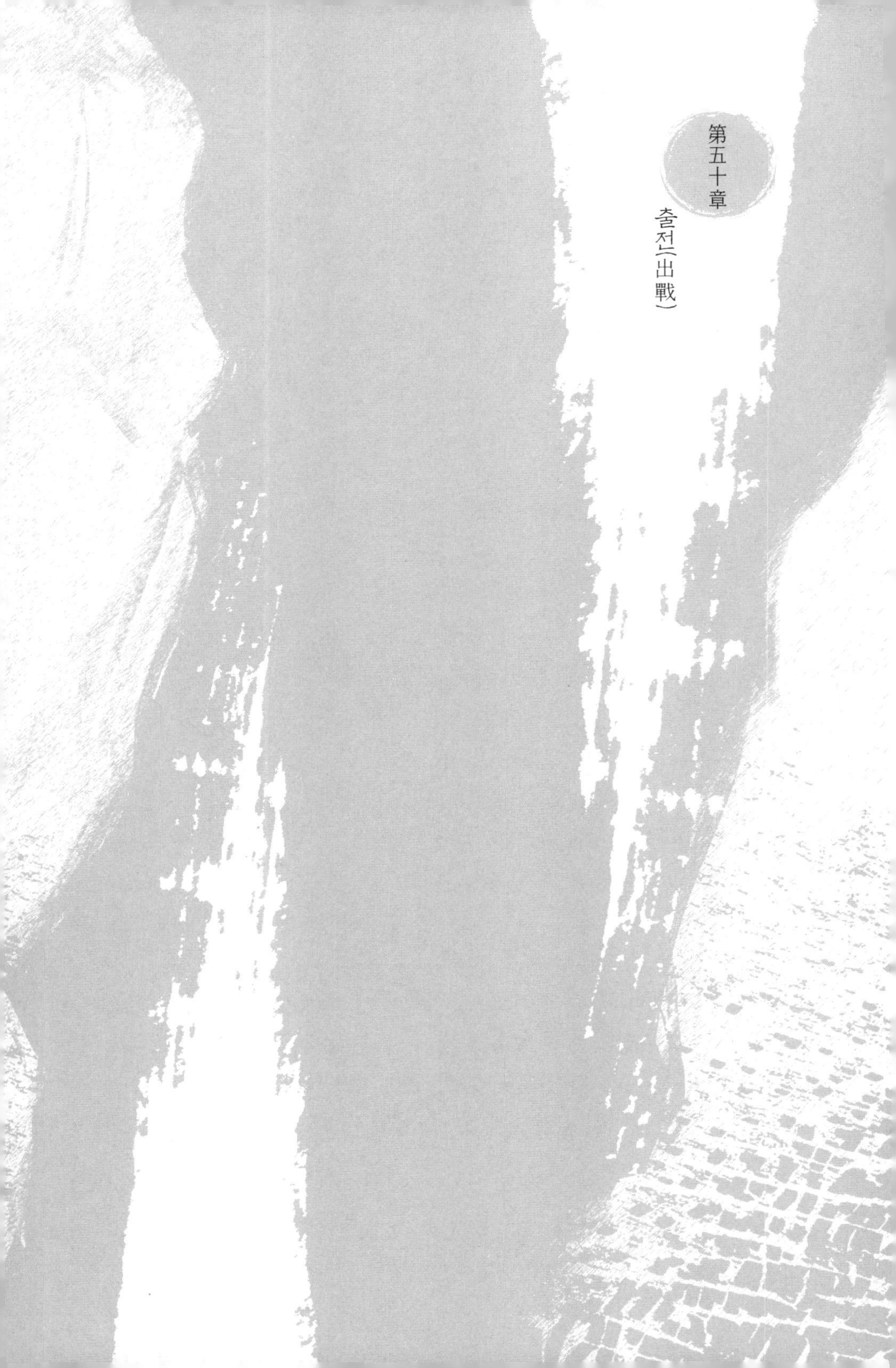

第五十章
출전(出戰)

진우청과 유화결은 몸을 날려 유화성이 탄 배로 건너갔다.

"배를 저쪽까지 좀 저어주게."

잠시 호흡을 가다듬은 유화성은 진우청에게 말했다.

"뭐 하려고요?"

진우청은 내키지 않는 어투로 물었다.

"건져 올려야지."

"그럼 또 죽이려 들 텐데요."

진우청은 눈살을 찌푸리며 대꾸했다.

"그럼 다시 처박아야지."

"언제까지 말이오?"

"내 사람이 될 때까지!"

"끝까지 고집 피우면?"

"세상 사람들이 다 자네 같긴 않다네."

유화성의 그 대답을 끝으로 진우청은 입을 다물고 노로 수면을 쳐서 혈랑대원들이 있는 쪽으로 배를 움직였다.

이미 근처 백 장 이내에 다른 유람선들은 없었다. 혼비백산 멀찌감치 사라진 것이다. 일격을 당한 상태에서 물에 빠진 그들은 죽은 듯이 누워서 둥둥 떠 있거나 버둥거리기는 해도 호숫가까지 갈 여력이 없었다.

그들에게 다가간 유화성은 맨손을 내밀었다.

처음 끌어 올려진 대원은 제일 나중에 표풍붕산(飄風崩山)의 초식에 한꺼번에 당한 대원 중 한 명이었다.

압도적인 무위 차!

그걸 고스란히 느끼고, 마지막 순간 사정을 봐주었다는 것을 느낀 그는 잠시 뜸을 들인 후 손을 내밀었다. 그 다음으로 건져진 대원은 표풍무형의 초식에 넋을 잃고 처음의 투지를 잃은 채 물속에 빠진 여인이었다.

파앗—

그녀는 손을 내미는 유화성을 향해 일검을 휘둘렀다.

"좋아! 눈빛이 다시 살아났으니 살려주지."

간단하게 일검을 피한 유화성은 그녀의 어깨를 잡고 무를 뽑듯이 건져 올렸다. 그리고는 스스럼없이 등을 돌리며 다른 대원들에게로 향했다.

유화성의 등이 암벽 같게 느껴진 그녀는 낮은 한숨과 함께 검을 쥔 손에 힘을 풀었다.

때로는 재차 삼차 처박고, 때로는 단번에 끌어 올리기를 반복하며 혈랑대원들을 모두 끌어 올린 후 유화성은 자신의 검에 어쩔 수 없이 심한 상처를 입은 사람들을 치료해 주었다. 또한 진우청에게 맞아 어디 부러진 사람은 뼈를 맞춰주며 분주히 움직였다.

진우청은 그들에게 전혀 신경 쓰지 않고 노로 수면을 치며 배만 움직였다. 그러면서도 노를 언제든지 휘두를 준비를 하고 있었다.

배가 호숫가에 도착했을 때 밀려들었던 사람들이 일시에 흩어졌다.

이곳 호수에서 이런 광경이 벌어지는 것을 처음 본 사람들이었다.

내성에서는 진우청 일행의 등장으로 인해 많은 사건들이 있었지만 바깥 세상이나 마찬가지인 외성, 그리고 그 외성 밖에 있는 호수는 별천지였기에 이런 상황은 낯설었다.

잠시 후 오무평의 연락을 받은 무사들이 달려왔다.

거동이 불편한 사람들은 그들이 가져온 들것에 실려 가고, 거동에 이상이 없는 자들은 유화성의 손짓과 함께 알아서 흩어졌다.

장내가 모두 정리되었을 때 오무평이 지나가는 행인처럼 다가와 두 사람의 상태를 살폈다.

"신세를 졌습니다."

유화성이 고개를 숙였다.

"나야 지시에 따라 움직이는 사람이지. 그러니 그 인사는 비원각주에게 하게."

가볍게 답한 오무평은 진우청에게로 고개를 돌렸다.

"싸우는 방식이 예전보다 훨씬 무식해졌더군."

오무평은 진우청을 향해 보일 듯 말 듯한 미소와 함께 말했다.

"좀 도와주면 어디가 덧납니까?"

진우청은 뚱하게 중얼거렸다.

"뭐가 예쁘다고!"

오무평은 그 말과 함께 총총히 사라졌다. 최대한 빨리 보고할 일이 남아 있었기 때문이다.

"이젠 모두 끝난 셈인가?"

오무평의 뒤를 이어 제일 먼저 유화성과 싸웠던 칠지검 임전성이 건들거리며 다가왔다.

"일단은……."

유화성이 말끝을 흐렸다.

가장 골치 아픈 자들과의 싸움은 끝났지만 모두 다 싸운 것은 아니었다. 반 정도는 아직 남아 있었다. 조금 전에 싸웠던 대원들처럼 자신에게 극단적인 적의를 드러내지 않고 있을 뿐, 언제 돌변하여 검을 들이댈지 몰랐다.

"이젠 큰 신경은 안 써도 될 걸세!"

임전성은 씨익 웃으며 말했다.

"어떻게 장담하나?"

"그들 마음을 알거든. 우린 우리를 확실히 꺾어줄 사람을 원했지. 그러면서도 늑대가 아니라 인간으로 대접해 줄 사람을 말일세. 대주직을 맡게 되면 제일 먼저 혈랑대란 이름부터 바꿔야 할 걸세. 우린 늑대가 아닐세. 사람이지. 똑같이 아프고, 똑같이 눈물 흘리는……. 단지 그걸 단 한 번도 제대로 표출할 자유를 얻지 못했네. 그래서 결국 폭발했지. 대원들을 건져 올리는 자네의 맨손… 따뜻해 보였네. 예전엔 무조건 혼자서 기어나와야 했지. 후후!"

칠지검 임전성은 왔을 때처럼 다시 건들거리며 사라졌다. 그 모습은 피에 젖은 늑대가 아니라 영락없는 건달의 모습이었다.

＊　　　　＊　　　　＊

　진우혁은 기쁨을 감추지 못했다.

　예상은 했지만 서역 특산물 판매 사업권이 하남진가와 하가 두 집안으로 넘어온 것이다. 그것도 애초 생각했던 것보다 몇 배는 되는 물량과 함께 가격 면에서도 파격적인 조건이었다.

　장사를 하고, 협상을 할 때면 언제나 마찬가지로 처음에는 약간 터무니없다 싶은 조건을 제시한다. 물론 상대 쪽도 그렇게 한다. 그러다 서로 조금씩 양보하며 절충점을 찾아간다.

　이번에 진우혁은 동생 진우청의 영향력을 믿고 약간이 아닌, 꽤나 터무니없는 조건을 제시했다. 물론, 거절당하고 절충안이 제시될 것이라 예상했다. 그런데 그것이 그대로 받아들여졌다.

　순간 진우혁과 하수린은 사기당하는 것이 아닌가 하는 착각이 들었다.

　잠시 협상을 멈춘 후, 대동하고 온 가솔들과 의논까지 했다. 그 정도로 파격적인 성과를 거둔 것이다.

　"이게 모두 네 덕분이다!"

　숙소로 돌아온 진우혁은 진우청을 덥석 끌어안으며 고함을 질렀다.

　하수린도 기쁨을 감추지 못하고 두 사람을 같이 안았다. 아니, 두 사람에게 매달렸다.

　"이런 날은 술이 빠질 수 없지. 린매! 어서 술을 준비해. 그리고 또… 아! 네 친구도 불러서 거나하게 한잔하자꾸나!"

"그 얼음 작대기 불렀다가는 분위기 다 망칠 텐데."

유화결을 부르자는 형의 말에 진우청은 손을 흔들었다.

"누가 망친다고 망쳐질 기분이 아니야. 부를 수 있는 사람은 모두 불러서 한잔하자꾸나."

진우혁은 벌써부터 코가 비뚤어지게 마신 사람처럼 행동했다.

"그것도 제가 알아서 할게요!"

하수린이 목소리를 높이며 방을 나섰다.

"형, 그런데……."

약간 분위기가 가라앉았을 때 진우청이 말문을 열었다.

"뭔데?"

"저번에 한 약속 잊지 마!"

"무슨 약속?"

진우혁은 기억하지 못했다.

"왜, 저번에 묶이면서 한 약속 말이야."

"응? 뭐야? 그러니까… 향후 십오 년 동안 널 만났단 사실을 집에는 알리지 말라는 이상한 약속 말이야?"

"맞아! 그 약속이야."

"농담 아니었어? 무슨 그런 요구가 다 있어?"

진우혁은 눈을 들어 의혹 어린 시선을 보냈다.

"십오 년이란 말은 그냥 해본 소리고… 내가 스스로 찾아갈 때까지는 아무 말 하지 마! 당분간은 집에 돌아갈 형편이 아니야. 그러니 예비 형수에게나 같이 온 가솔들에게나 입단속 잘해줘. 약속한 거잖아?"

진우청은 윽박지르듯이 말했다.

북제성주를 만나고, 이여옥에게 한 약속을 지키는 것이 그리 만만치 않게 느껴졌다. 그리고 어쩐지 이여옥과의 약속을 지키는 것은 촌각을 다투어야 할 것 같은 느낌이 들었다. 조부님의 귀가 명령을 받으면 십 중팔구는 지키기 어려울 것이다.

"알았어. 약속은 약속이니까. 그런데 이곳 천주가 너한테 뭘 요구한 거냐? 그것이 이 약속과 관계있는 것이냐?"

"전혀 상관없지 않지. 그 노인네 부탁을 들어주려면 시간이 많이 걸릴 테니까."

진우청은 적당히 둘러댔다.

"그 노인네?"

"노인 맞잖아?"

"남패천 천주를 그렇게 부르는 사람은 세상에 너밖에 없을 것이다."

진우혁은 실소를 토했다.

"이곳 사람들 천주지, 내 천주는 아니니까."

잠시 후 하수린이 준비해 온 것들을 차려놓으며 술자리를 마련했다.

바깥 세상도 아니었지만 오히려 바깥 세상보다 더 풍족하고 편리하게 모든 것이 관리되는 남패천인지라 잠깐 사이에 고급 주루 못지않은 술자리가 만들어졌다.

물론, 얼음 작대기 유화결도 왔다. 그리고 더 뜻밖인 것은 그동안 술을 한 모금도 입에 대지 않던 유화성도 모습을 드러냈다.

"술 맛이 돌아온 겁니까?"

진우청은 대뜸 질문했다.

"아직 아닐세."

“그럼?”

진우청의 물음에 대한 대답 대신 유화성은 진우혁을 쳐다보며 입술을 움직였다.

“며칠 후면 귀가한다고 들었습니다.”

“덕분에 사업도 큰 성과를 거두었습니다. 우청이 몸도 이젠 걱정할 것이 없으니 더 늦기 전에 떠나야지요. 집에 가면 벌써 첫눈이 내릴 겁니다.”

진우혁은 빠르게 답했다. 그리고는 조심스럽게 말을 이었다.

“저보다 연배시니 앞으로는 말씀 낮추십시오. 저도 형님으로 대하겠습니다.”

진우혁은 자신에게는 언제나 깍듯이 대하는 유화성이 부담스러운지 그렇게 제안했다.

“그렇게 하지. 그래야 앞으로도 편할 테니까.”

유화성은 고개를 끄덕거린 후 뜻 모를 말로 여운을 남겼다.

“앞으로 언제 본다고 그런 말씀입니까?”

진우청이 피식 웃으며 끼어들었다.

“자네 형님을 내가 바래다주기로 했네.”

“그게 무슨?”

뜻밖의 말에 진우청은 고개를 돌려 유화성을 빤히 쳐다보았다.

“내 생각이기도 하고 천주님 지시이기도 하지. 아울러 무적대를 훈련시킬 기간이기도 하고…….”

유화성은 서두를 꺼낸 후 설명을 이었다.

아직은 아니지만 진우청이 남패천에서 점점 큰 역할을 하게 됨에 따라 동방회나 서왕문에서는 진우청을 한층 더 눈엣가시로 생각하게 될 것이다. 자연히 진우혁도 남패천을 나가는 순간부터 위험해질 수도 있다. 그 위험성을 배제하지 못한 유화성은 천주에게 무적대의 수련을 겸한 진우혁의 배웅을 요구하여 허락을 받은 것이다.

무적대는 혈랑대의 옛 이름을 되찾은 것인데 칠지검 임전성의 말대로 호수에서의 결투가 있은 후, 더 이상 유화성에게 반기를 드는 사람은 없었다.

일부는 고혼이 되었고 일부는 혹독하게 당했다. 그리고 또 일부는 임전성처럼 마음이 통했다. 거친 야수들로 사육당해 몸과 마음에 상처밖에 안 남았지만 자신들보다 더 큰 상처를 감추고 있는 유화성에 차츰 이끌리기 시작한 것이다.

그렇게 규합이 되자 그들은 혈랑대란 이름을 버리고 무적대란 옛 이름을 되찾았다.

유화성은 자신을 따라온 유가검보 무사들도 무적대에 편입시킨 후 빠르게 조직을 재정비했다. 그리고 그 첫 번째 행보로 세상 밖에서의 수련을 택해 진우혁의 귀가 행로와 겹치게 한 것이다.

"그렇게 한다면야 금상천하지요. 사실 은근히 걱정되었는데……."

"킥!"

"금상천하가 아니라 금상첨화(錦上添花) 아니냐?"

"형은 다 좋은데 내 말에 꼬투리 잡는 건 정말 맘에 안 들어!"

진우청은 고함을 지른 후 뒷머리를 벅벅 긁었다.

문자는 틀려도 뜻은 통했다. 더 이상 좋을 수 없었고, 큰 걱정거리가 해결되었다.

이젠 자신 역시 구양천의 뜻에 따라 북제성주를 만날 일만 남았다.

그 노인을 만나면 사부와 창룡금시 등에 얽힌 궁금증을 풀 수 있을 것이다.

그 길이 황산에서 여기까지 오는 길보다 몇 배는 더 험난한 길이 될지 몰라도 어쩐지 자신이 가야 할 길 같았다.

그 이후엔 항주, 서주, 소호, 태호 구경이 가능할까?

그리고 이여옥과의 만남도……

진우청은 긴 한숨과 함께 술을 한잔 벌컥 들이켰다.

"여행을 떠났다고?"

다음날 오후 고함과 함께 진우청은 튕기듯이 일어났다.

백운, 해천 두 노인이 남패천을 떠나고 그 다음은 진우혁이라 생각했는데 뜻밖에도 유화결이었다. 그것도 머리를 식히기 위해 여행을 좀 하고 돌아오겠다는 서찰과 함께…….

진우청은 잠시 유화경을 쳐다본 후 초조한 속마음을 감추며 소식을 전하러 온 시녀에게 사정을 물었다.

유화결은 어제저녁 술을 좀 많이 마셨다. 얼음 작대기 같은 놈에겐 안 어울리는 모습이었는데, 지금 생각해 보니 그건 연극이었던 것 같았다.

많이 취한 모습으로 숙소에 도착한 유화결은 내일은 늦게 일어날 테니 부르기 전에는 문을 열지 말라고 시녀에게 당부했기에 시녀는 그렇게 했다. 그런데 점심때가 한참 지난 후에도 일어나지 않아 시녀는 문을 열어보았고 서찰만 발견했다는 것이다.

"우청 오라버니는 무슨 말씀 듣지 못했나요?"

유화경은 걱정스런 표정으로 물었다.

"그놈이 언제 속에 있는 말을 남에게 하는 놈이라야 말이지."

진우청은 얼버무린 후 서찰을 직접 읽었다.

머리가 복잡해 며칠 바람을 쐬고 돌아오겠다는 간단한 내용이었다.

아무것도 모른다면 그러려니 생각할 수도 있겠지만 그게 아니었다.

그놈의 고민을, 아니, 그놈의 좌절을 자신만은 알고 있지 않은가?

그런 녀석의 야반 잠적은 걱정에 더해 불길한 마음까지 들게 했다.

진우청은 후회막심한 심정을 가눌 길이 없었다.

녀석의 몸 상태를 알았을 때 즉시 무슨 조치를 취했어야 했다. 유화경이나 유화성에게 얘기하여 함께 의논하는 게 나았을지도 몰랐다. 워낙 놈의 태도가 강경하여 잠시 미루고 있었는데 일이 터지고 만 기분이었다.

"언제 사라졌는지는 알아봤어?"

진우청은 걱정으로 안절부절못하고 있는 유화경에게 질문했다.

"구양 소저에게 물어봤는데 어제 술자리를 파한 직후 나갔나 봐요. 미리 작정을 한 것 같아요."

"젠장!"

진우청은 버럭 역정을 토했다. 그건 자기 자신에 대해서였다.

자기 배 안 고프면 남의 배고픈 줄 모른다는 옛말이 하나 틀리지 않았다.

내가 무딘 놈이다 보니 남들도 그렇게 무딜 것이라 여기고 있었을 것이다.

"무슨 일이 있는 건가요?"

진우청이 전에 없이 초조해하자 유화경은 더욱 걱정스런 모습으로 물었다.

"무슨 일이야 있겠어? 괘씸하니까 그렇지. 나한테는 한마디 말도 없이 혼자만 유람하겠다고······."

유화경의 의심을 사지 않기 위해 진우청은 말꼬리를 돌렸다.

"여비는 충분히 챙겨갔겠지?"

"그건······."

유화경은 대답을 하지 못했다.

그녀 역시 자기 일에 바빠 유화결에 대해 신경 쓰지 못했기 때문이다.

그러고 보니 작은오빠의 상처가 다 나았는지 어땠는지도 모르고 있다는 생각이 들었다.

큰 흉터는 남았지만 외상은 다 아물었기에 됐다고 생각했다. 어떤 때는 유화결이 화살을 맞았다는 생각조차 잊고 화약 제조 공부에만 몰두했다. 그러다 필요한 것이 있으면 작은오빠를 찾았다. 또 가문의 참상에 대한 기억이 떠오르면 투정을 부리거나 괜한 한풀이를 해댔다.

그럴 때마다 작은오빠는 냉정한 표정을 했지만 부족함없이 자신을 다독거려 주었다.

작은오빠 유화결은 언제나 그랬다.

겉모습은 얼음 작대기였지만 오히려 큰오빠 유화성보다 훨씬 편했다.

때때로 성질을 부리며 팩팩거려도 자신의 부탁은 한번도 빠뜨리지 않고 들어주었고, 항상 든든한 울타리가 되어주었다.

있을 때는 그걸 느끼지 못했다.

매일 마시는 물처럼, 공기처럼 의식하지 못하고 지냈다.

특히 이번에 겪은 가문의 비극에서도 작은오빠는 자신의 가슴은 문드러져 온 혈맥 속에 썩은 피가 고였지만 동생에게는 약한 모습을 보이지 않으려고 이를 악물었다.

그런 작은오빠를 보며 용기를 얻고 마음을 다잡았다.

그런데 자신은 작은오빠에게 아무것도 해준 것이 없었고, 마음 한 조각 헤아리지 못하고 있었다.

어릴 때부터 그랬기에 언제나 그건 당연한 일이었다.

이젠 작은오빠가 곁에 없다고 생각하니 그 울타리가 얼마나 크고 든든했는지 실감이 갔다.

"작은오빠!"

유화경은 갑자기 머리 속을 지나가는 한 가지 생각에 흠칫 몸을 떨며 비명처럼 외쳤다. 뒤이어 원인을 알 수 없는 먹구름 같은 불안감이 전신을 엄습해 왔다.

조금 전까지는 서찰의 내용대로 한 며칠 바람을 쐬고 돌아오겠거니 하는 생각을 했었다.

불현듯 그게 아니라는 생각이 들었다.

옆에서 벼락이 떨어져도 얼굴만 잠깐 찡그린 후 제 갈 길을 갈 사람이었다. 그런 사람이 이렇게 서찰 한 장만 남기고 도망치듯 사라졌다는 것은……?

"우청 오라버니! 작은오빠에게 무슨 일이 있는 것은 아니겠죠? 그렇겠죠?"

유화경은 허둥대며 목소리를 높였다.

"일은 무슨……. 워낙 융통성이 없는 놈이다 보니 생고생을 할까 걱정이 되서 그러지."

진우청은 오히려 심드렁한 표정을 지으며 분위기를 가라앉히려 했다.

"아니에요! 무슨 일이 있는 것 같아요! 그렇지 않고는 이럴 오빠가 아니에요! 우청 오라버니! 작은오빠 찾아봐 주세요! 제발요!"

유화경의 표정이 점점 사색이 되어갔다.

'핏줄은 서로 통하는 것인가?'

자신의 연극에도 불구하고 뭔가를 느낀 듯 사색이 되어 허둥대는 유화경을 보며 진우청은 가슴이 무거워져 오는 기분을 느꼈다. 유화경의 말대로 그놈은 뭔가 심상찮은 결심을 하고 움직인 것이다.

"너무 걱정 마! 이 집 주인 노인에게 부탁해서 그놈을 당장 끌고 오게 할 테니. 이곳 무사들이 쫓아간다면 그놈은 뛰어봤자 벼룩이야."

유화경을 달래며 진우청은 얼른 신형을 일으켰다.

그러나 진우청의 호언장담과는 달리 유화결의 흔적은 찾을 수 없었다.

비원각의 노력으로 외성까지는 흔적이 발견되었는데 그곳에서 감쪽같이 사라져 버렸다.

단순히 바람이나 쐬러갔다면 그럴 수가 없었다. 사전에 치밀히 준비하고 변장을 하거나 어떤 다른 행렬들 틈에 숨어들어 같이 사라졌다는 얘기였다.

진우청은 비원각주에게 부탁해 추적대로 유화결을 쫓게 했다.

*　　　*　　　*

외부로 나가는 짐 마차 속에서 꼬박 이틀을 보낸 유화결은 어둠을 틈타 신형을 날렸다.

짐 마차를 모는 사람들의 시선이 미치지 못하는 곳까지 완전히 벗어난 유화결은 품속에서 작은 보퉁이를 꺼냈다. 그 안에는 암행과 잠행에 꼭 필요한 것들이 빠짐없이 들어 있었다.

요 며칠 동안 꼼꼼히 준비한 것들이었다.

유화결은 그것들 중에서 지도를 꺼내 땅바닥에 펼쳤다.

어둠이 점점 짙어지고 있는 시각이라 지도 위의 글과 그림들이 세세하게 보이지는 않았지만 자세한 것은 필요없다. 우선은 이곳이 어딘지 대략적인 방위만 잡으면 되었다.

유화결은 안력을 돋우어 지도의 내용을 머리 속에 각인시킨 후 주변의 정물들을 훑었다.

산과 강, 들, 마을 네 가지의 방위만 가늠해도 충분했다. 그것과 지도 위의 그림들을 맞추면 방향이 나오는 것이다.

"쩝!"

한참 동안 머리 속에 각인된 지도를 떠올리며 방향을 가늠하던 유화결은 입맛을 다셨다.

자신이 가려는 방향과 정반대로 온 것이었다.

아쉽지만 어쩔 수 없었다.

우선은 아무런 흔적을 남기지 않고 남패천을 빠져나오는 게 목적이었다. 그래서 어느 방향으로 가든 상관 않고 마차 속에서 이틀 동안 죽은 듯이 처박혀 있었던 것이다.

그 마차를 꼭 집어 의심하지 않는 이상, 당분간은 자신의 행적을 찾기 힘들 것이다.

행적이 노출되는 가장 빠른 길은 인간들을 만나는 것이다. 그렇기에 앞으로 인간들이 없는 곳으로만 움직일 생각이었다.

천하사패의 하나인 남패천, 그리고 그곳의 눈과 귀인 비원각이란 곳에 괴물 같은 인간들이 얼마나 많이 득실거리는지 잘 알기 때문에 아무리 조심을 해도 모자랄 일이다.

방향을 가늠한 유화결은 전포를 꺼내 입 안에 넣었다.

질긴 육포가 처음에는 나무껍질처럼 입 안을 찔렀다. 이윽고 그것이 조금 물렁해지자 맛이 느껴졌다. 뒤이어 갈증을 느낀 유화결은 품속에서 가죽 주머니를 꺼내 얼마 남지 않은 물을 모두 마셨다. 밖으로 나온 이상 아낄 필요가 없었다.

'문제는 먹을 음식인데…….'

이틀 동안은 육포로 견뎠지만 이젠 진저리가 쳐진다.

우선은 산속에 있는 과일이라도 좀 따 먹어야 할 것 같았다.

유화결은 천천히 신형을 일으켰다.

막 한 발짝 움직이려던 순간, 유화결은 급히 신형을 굳혔다.

사방을 조여오는 인기척이 느껴졌기 때문이다.

"유가검보의 유화결 공자 맞으시오?"

포위하듯 사방에서 다가오던 네 명의 사내 중, 한 사내가 억양없는 소리로 물었다.

*　　　*　　　*

"곰보다 더 고집 센 놈!"

진우청은 유화결의 서찰을 들고 고함을 질렀다. 소리없이 사라지긴 했지만 남패천 비원각의 이목을 끝까지 따돌릴 수는 없었던지 결국 흔적이 발각되었다고 했다. 그 소식을 들은 진우청은 안심하고 있었는데 그들은 유화결을 데리고 오지 못했다.

워낙 완강하게 고집을 부려서 도저히 데려올 수 없었다고 했다.

죄인도 아닌 사람을 반병신으로 만들어서 끌고 올 수도 없는 일이어서 그들은 유화결이 써준 서찰과 은하검을 받아 왔다.

서찰에는 이왕 나온 김에 화산으로 간다고 적혀 있었다. 그때까지는 위험한 짓 하지 않고 서생으로 변장해 가겠다며 은하검을 풀어 서찰과 함께 보냈다.

무사의 생명인 검까지 넘겨주며 고집을 피우는 사람이라 더 더욱 데려올 수 없었다는 말과 함께 비원각 무사들은 자신의 임무를 마치고 숙소로 가버렸다.

"휴우—"

진우청은 한숨을 내쉬며 생각에 잠겼지만 유화결이 왜 화산으로 가려는지 쉽게 짐작이 가지 않았다. 끊긴 혈도를 치유하고 화산에서 수련을 할 수도 있었고, 그곳에서 상황을 만들어 다른 방식으로 복수를 하려는지도 몰랐다.

어쨌든 돌아오지는 않을 놈이었다.

"검도 제대로 못 휘두르는 놈이… 맞아 죽든 굶어 죽든 맘대로 해라!"

버럭 고함을 지른 진우청은 고개를 흔든 후 침상에 드러누웠다.

바보도 아닌 놈이니, 더구나 검을 차지 않고 서생으로 변장까지 하겠다니 조금은 안심이 되었지만 마음 한구석이 무거운 건 어쩔 수 없었다.

유화성에게 모든 사실을 말해야 할까 생각하던 진우청은 유화결의 표정을 떠올렸다.

자신이 유화결의 몸 상태를 눈치챘을 때 아무에게도 알리지 말라고 고함을 지르던 놈의 모습은 처절하다는 표현이 어울릴 정도였다. 그런 놈의 당부를 안 들어줄 수도 없는 일이지만 혼자 삭이자니 가슴이 너무 답답했다.

"악연이로고……."

절명자 오무평의 말투를 흉내 낸 진우청은 반대쪽으로 돌아누웠다.

며칠 후 성공적으로 사업을 끝낸 진우혁이 집을 향해 남패천 성문을 나섰다.

그들 곁에는 아직 불안해 보이긴 했지만 서서히 예전의 위용을 되찾아가는 남패천의 무적대가 함께 했다.

이백 명가량의 무적대!

완전히 기강이 무너지고 뇌옥에 갇히기까지 했지만 개개인의 몸에서 풍기는 기도와 살기는 주변을 숨 막히게 했다.

"괜찮겠나, 자네?"

천주를 대신해 배웅 나온 태상호법 나유백이 걱정스럽다기보다는 차라리 혼란스런 표정으로 유화성을 쳐다보며 말했다.

그에게 있어 유화성의 모든 행동은 혼란 그 자체였다.

진우청과 백염 노인이 혈투를 벌이는 사이, 구궁팔상진을 파훼하며 기관 조종실을 향해 쏘아지던 유화성의 움직임과 총명함은 혀를 내두르게 했다.

그런 얼마 후, 대뜸 뇌옥에 갇힌 혈랑대를 풀어주라고 했을 땐 총명한 놈이 아니라 미친놈이란 생각이 들었다.

그들이 무방비로 풀려나서 제대로 설치면 아무도 감당할 수 없는 일이었다. 그건 나유백 자신도 마찬가지였다. 그런데 혼자서 그들을 감당했다. 마지막 싸움에서는 그 곰 같은 놈이 조금 도와주긴 했지만 말이다.

놀란 가슴이 진정되기도 전에 이젠 이 마귀 같은 놈들을 데리고 아예 남패천 밖으로 나가겠다는 제안은 터져 나오는 경호성을 삼키는 데 큰 힘을 소모하게 했다.

그동안 남패천의 삼엄함 경계망 안에서도 위험하기 짝이 없는 놈들이었다. 뇌옥에서도 마찬가지였다. 그런데 그런 놈들을 몽땅 끌고 들판으로, 세상 밖으로 나간다면 죽은 목숨이나 마찬가지가 아닐까?

정상이 아닌 놈들은 창살 속에 가둬놓는 것이 가장 안전하다. 이렇게 풀어놓으면 사단이 생긴다. 제압되고 승복했다고는 하지만 그건 연극일지도 몰랐다. 이곳 밖으로 나가기 위해 속마음을 숨기고 꾹 참고 있을 수도 있었다. 그러다 남패천을 완전히 벗어난 후엔 미친 늑대가 되어 다시 이빨을 들이댈 수도 있는 것이다.

나유백의 눈에 그런 걱정이 고스란히 담겨 있었다.

"괜찮을 수가 없겠지요."

"……?"

유화성의 대답에 나유백은 또 한 번 혼란함을 느꼈다.

"무슨 소린가?"

나유백은 눈을 가늘게 뜨며 물었다.

"지옥을 경험하고 올 생각입니다. 그때는 무적대에서 지옥대로 이름도 바꿀 생각입니다."

유화성은 나지막하게 말했다.

무심한 눈빛이었지만 그 속에는 어떤 것도 꺾을 수 없는 의지가 엿보였다.

"허허! 네놈이야말로 진정 미친놈이로다!"

나유백은 혀를 차며 중얼거렸다.

"몸조심해, 형!"

진우청은 약간은 걱정스런 표정으로 진우혁과 하수린을 쳐다보았다.

이곳에서 하남성 본가까지는 몇 달이 걸리는 먼 길이다. 날씨가 추워지기 전에 도착하면 다행이지만 폭설이라도 만나면 큰 고생을 할 것이다.

"남패천 무적대와 같이 가는데 무슨 걱정이냐. 내 걱정 말고 너나 조심해라, 이 말썽꾸러기 녀석아!"

진우혁은 진우청보다 훨씬 더 걱정스런 얼굴로 말했다.

아무리 덩치가 크고 튼튼해 보여도 동생은 동생이었다. 이젠 동생의 무위가 절대로 하수가 아님을 알지만 그건 그만큼 위험도 많이 따른다는 말이었다. 특히 남패천주가 동생에게 어떤 일을 시킬지 못내 안심이 안 되었다.

세상에는 공짜가 없는 법! 자신의 가문에 이런 막대한 이익을 넘겨주었다면 반대급부로 동생에게 그만큼 힘든 일을 시킬 것이다. 그건 정해진 이치였다.

"그런데… 형!"

진우혁의 걱정과는 아랑곳없이 잠시 생각하는 표정을 짓던 진우청도 조심스럽게 입을 열었다.

"뭔데?"

"우리 외갓집이 어디지?"

"외갓집?"

이런 상황에서 전혀 어울리지 않는 질문에 진우혁은 잠시 혼란을 느꼈다.

"혼인하기 전까지 어머니는 사고무친이셨는데 외갓집이 어디 있어. 몰랐어?"

잠시 후 진우혁은 대답을 해주면서도 질문의 의도를 몰라 어리둥절해했다.

"워낙 멀어 한 번도 못 가본 줄 알았지만… 아예 없는 줄은 몰랐는걸……."

진우청은 고개를 끄덕였다.

"그런데 그건 왜 묻는 거냐, 뚱딴지같이?"

"그냥 문득 생각이 나서……."

진우청은 대수롭지 않은 투로 답했다.

"녀석! 싱겁긴……. 다시 한 번 당부하는데 무슨 일을 벌일 때는 한 번만이라도 앞뒤 재어보고 움직여라. 그래야……."

"그래야 손발이 고생을 덜하고, 만수무강의 지름길에… 뭐 이런 얘길 하려면 사양하겠어. 할아버지로부터도 귀에 못이 박히게 들은 소리니까."

진우청은 손을 흔들며 진우혁의 말을 잘랐다.

"푸후후! 귀에 못이 박혔으면 한 번쯤은 행동으로 표출될 만도 한데… 참 신기해요."

하수린이 놀리듯 말하며 웃음을 지었지만 그녀의 눈에도 걱정이 가득했다.

잠시 더 작별 인사가 나눠지고 진우혁과 하수린, 그리고 그들 가문의 기술들을 실은 마차는 유화성이 이끄는 무적대의 기마 행렬과 함께 남패천을 떠났다.

"모두 떠났는가?"

남패천주 구양천은 자신 대신 배웅을 하고 돌아온 나유백을 보며 말했다.

"한참 전에 떠났네. 그런데 종잡을 수가 없네."

나유백은 여전히 염려스런 안색이었다.

"뭐가 말인가?"

"혈랑대를 맡은 그 아이 말일세. 지옥을 맛보고 온다고 하면서 떠났는데 당최 그게 무슨 말인지……."

"후후!"

나유백의 말에 구양천은 나직하게 웃었다. 의미심장하면서도 신뢰감이 깃든 그런 웃음이었다.

"뭔가, 그 웃음은? 무슨 암계가 있는 것인가?"

"영특한 아이야. 그 아이의 생각대로만 된다면 무적대는 몇 배는 더 강해질 걸세. 아울러 놈들의 뒤통수도 크게 한번 치겠지. 후후!"

구양천의 웃음소리가 더욱 낮게 내려앉았다.

〈6권에 계속〉

청 어 람 신 무 협 판 타 지 소 설

제1회 신춘무협 공모전에 『보표무적』으로
금상을 수상한 작가 장영훈의 신작!!

일도양단(一刀兩斷) / 장영훈 지음

한 겹 한 겹 파헤쳐지는
음모의 속살을 엿본다!

『일도양단』
(一刀兩斷)

그의 이름은 기풍한.

천룡맹(天龍盟) 강호 일급 음모(一級陰謀) 진압조(鎭壓組)
질풍육조(疾風六組)의 조장이다.

임무를 위해 출맹한 지 사 년이 지난 어느 겨울날 새벽,
돌아온 그에게 천룡맹 섬서 지단 부단주가 말했다.

"질풍조는 이미 해체되었네."

그리고…
그의 존재를 알던 모든 이들이 죽었다.

청어람 신무협 판타지 소설

2005년 고무판(WWW.GOMUFAN.COM) 「장르문학 대상」 최고의 영예, 대상(大賞) 수상작!

좌검우도전(左劍右刀傳) / 이령 지음

한칼에 세상이 갈라지고,
한걸음에 무림이 격동친다!

『좌검우도전』
(左劍右刀傳)

강한 자(强漢者)가 뿜어내는 거대한 힘과 강인한 매력에 빠져든다!

"너는 반드시 힘을 가져야 한다. 네 의지로… 세상을 뒤엎어 버려라."

"강자를 약자로 만들고, 명예를 똥칠하고, 돈을 빼앗아라.
협의도(俠義道)가, 마도(魔道)가 얼마나 더러운 것인지 알려주어라."

"오냐, 아무것에도 얽매이지 말고 네 마음대로 세상을 휘저어라.
너의 이름은 수강호(讐江湖)가 아니더냐? 강호를 향해 마음껏 복수하거라!
유오독존(唯吾獨尊)! 그것이 나의 소원이다."